ROMAN À L'EAU DE BLEU

DU MÊME AUTEUR

Chez le même éditeur

Et encore, je m'retiens !, 1995.
Tous les hommes sont égaux même les femmes, 1999.
Pourquoi je suis Chienne de garde, 2001.

ISABELLE ALONSO

ROMAN À L'EAU DE BLEU

ROBERT LAFFONT

Ouvrage publié sous la direction de Betty Mialet

ISBN : 2-221-09965-6

À Vicente,
Jorge, Vincent,
Juan-Ovidio, Guillermo,
Diego,
mes hommes, mes amours, mon sang.

Il faut traiter tous les hommes comme des objets pour le plaisir de la moitié noble de l'humanité.

Marquise Donatienne de Sade

La nature destinait les hommes à être nos esclaves. Ils sont notre propriété.

Napoléone

L'homme en lui-même n'a pas de raison d'être. Il est une sorte de moyen terme entre la femme et le reste du monde animal. Sans la femme, il ne sortirait pas de l'état bestial.

Proudhonne

Un ministère de la Condition masculine ?
Pourquoi pas un sous-secrétariat d'État au Football ?

Charlotte de Gaulle

Je suis si pressée, dans l'intérêt non seulement du couple mais des hommes, qu'on se débarrasse de l'idéologie hoministe.

Bernardine-Henriette Lévy

Solstice d'été

1.

Kim passa dans la salle d'eau. La fraîcheur du carrelage lui surprit délicieusement la plante des pieds. Tout le monde était déjà descendu au réfectoire, au comble de l'excitation, en proie à une impatience que Kim ne partageait pas. Il lui restait largement le temps de se préparer. Les sanitaires de la cité étudiante, vieille de plusieurs décennies, n'étaient pas un modèle de confort, il fallait attendre un bon moment pour que l'eau tiédisse, mais il faisait tellement chaud qu'une douche froide ferait l'affaire. Et lui ferait le plus grand bien.

Kim se déshabilla. Ses dessous tombèrent au sol comme des pétales. En ce tout dernier jour de l'année scolaire, l'irréprochable élève de la prestigieuse pension ne put résister au plaisir de s'observer dans la glace, en prenant des poses comme on en trouvait dans les magazines de charme. Son regard se promena comme une caresse sur son corps élastique, fin et musclé, un plaisir pour ses yeux, pour ses mains. Plus tard, quand le vrai, le grand amour viendrait, sa beauté serait-elle la source d'une autre sensation totale, inconnue et fascinante ? Suffirait-elle à inspirer un sentiment d'une telle force qu'il illuminerait sa vie entière ?

Kim changea d'angle, cambra les reins, s'observa de trois quarts, puis de face. Sa peau avait commencé à brunir et prenait à la lumière des luisances de soie, des veloutés d'abricot. Ses mains glissèrent sur ses épaules, puis sur ses hanches et se posèrent en conque sur le bas de son ventre. Ce geste pour cacher son sexe lui était familier. Presque un réflexe dans ses séances d'autocontemplation. Son corps paraissait beaucoup plus beau comme ça, dépourvu de son fleuron. Plus lisse, plus élégant. Plus artistique. Plus sexy.

Kim tourna le robinet, laissa l'eau froide dissoudre ses états d'âme. Il s'apprêtait à défiler, à donner aux yeux du monde l'image du jeune homme charmant, bien dans sa peau, digne représentant de la virilité fraîche et joyeuse de la nouvelle génération. Son uniforme, rouge comme il seyait à la fête du jour, ébauchait sur le lit une silhouette désarticulée. Redessiné spécialement pour les sections masculines d'après l'uniforme féminin, il n'en différait guère que par le caleçon long et ajusté qui remplaçait la jupe des filles.

C'était toujours un plaisir de glisser son corps dans des vêtements, même aussi conventionnels que la tenue de l'école. Sentir sa peau frôler le tissu, se laisser caresser par l'étoffe, ajuster les épaules, la taille, les cuisses. Et se délecter du résultat final. Il ne s'en lassait pas. Kim était, comme disaient ses potes, bien foutu. Il le savait, et ne manquait jamais une occasion de savourer sa propre vision dans tout miroir à portée de regard.

2.

Au même moment, Loup regardait par la fenêtre. Le paysage lui était devenu plus que familier. Une vue toute bête, tranquille et ordonnée. Les bâtiments de brique et de pierre de l'école semblaient tenus en respect par la rectitude impeccable des allées, et disparaissaient presque sous les arbres centenaires étendant sur toute l'institution la pérennité de leurs branches protectrices. Rien ne pouvait lui arriver tant qu'il resterait là où des générations de garçons, d'origine modeste comme lui, avaient mené à bien des études traditionnelles dans un des établissements masculins d'éducation à l'air libre les plus anciens du pays. Il avait la sensation d'étouffer dès qu'il passait une porte. La ville, les édifices, tout ce qui était construit lui était étranger. Hostile. Les maisons, les immeubles, les parlements et les palais avaient beau être bâtis par des hommes, ce n'était pas leur monde. C'était celui des femmes, le monde du dedans, le monde du pouvoir. Dehors, c'était le royaume masculin. Celui de la force musculaire, de l'effort en plein air, le monde de la nature, de ses joies simples et un peu sauvages, un monde rassurant où il s'était toujours senti chez lui. Et voilà que la fin de ses études sonnait l'heure de son stage en ville.

Dans ce pensionnat, où il avait été interne pendant six ans chez les frères, Loup avait acquis les connaissances qui feraient de lui un parfait homme d'extérieur : posséder une culture de base, savoir réparer une route, soigner un jardin, guérir un arbre, cultiver un potager, maîtriser la mécanique, pratiquer la plupart des sports qui lui permettraient d'entretenir sa musculature pour plaire longtemps à celle qui le choisirait pour époux. Après toutes ces années sous l'ombre rassurante des arbres et l'autorité des religieux, il se sentait effrayé à l'idée de rejoindre le monde intérieur. Mais également impatient et excité par la perspective de changer de vie, de découvrir un nouvel univers dont il ignorait les codes. Il devrait se montrer à la hauteur. Il espérait passer inaperçu, avoir le temps de s'habituer. Il tenait à soigner son apparence, craignait d'avoir l'air d'un paysan, d'un provincial mal dégrossi.

Sa barbe, jamais coupée, soigneusement frisée à l'anglaise, faisait à son visage une auréole de pureté, une nébuleuse virginale et un peu mystérieuse. Il y avait bien longtemps que les fémignons avaient rasé nuque et menton par défi contre l'ordre établi. Les temps avaient changé. Les garçons avaient conquis leur indépendance et les jeunes générations affichaient désormais sans complexes une abondance capillaire condamnée comme aliénante par leurs grands-pères. Il rassembla ses cheveux sur le haut du crâne et les noua en queue de jument, à la Viking, avec un chouchou en cuir souple, mèches folles lui retombant sur les épaules, boucles lui encadrant le front. Il vérifia la netteté de son décolleté, soigneusement épilé en forme de cœur comme les chanteurs du groupe Girl Toys en avaient lancé la mode, rajusta son bustier de daim fauve. Il portait un pantalon corsaire en suédine caramel, dont la braguette était soulignée sans ostentation par un zip juste assez sexy pour se faire remarquer. Un dernier coup d'œil à ses jarrets gainés de soie et à ses chaussures qui le grandissaient d'une demi-toise lui confirma que toute femme lui refusant un regard loupait une belle occasion de se rincer l'œil. Il se sentit libre, conquérant, et espéra que ça allait durer.

Ses bagages étaient partis la veille, il n'avait en charge que lui-même. Il hésita à rappeler Kim pour lui refaire confirmer son trajet en ville. Non, il n'allait pas le déranger de nouveau, risquer de passer pour un nul. Mieux valait se dépêcher. Se mettre en retard le jour même où il devait revoir les parentes de Kim était à coup sûr une mauvaise idée. Il avait prévu large, mais quand même. Une heure de train, plus une heure pour trouver le point de rendez-vous ne lui laisseraient guère le temps de voir parader son pote, mais il serait à l'heure pour déjeuner. Il lui fallait faire bonne impression. Loup aimait plaire, adorait séduire. Les femmes étaient prêtes à bien des concessions pour un joli homme, et lui était un homme très joli, le corps plein de muscles, le cœur plein de tendresse et la tête pleine de belles histoires. Il rêvait de la princesse charmante, voulait trouver une marie, et voilà. Étudier, travailler, c'était bien beau, mais ça ne faisait pas battre le cœur. Un jour il serait marié, se consacrerait à la femme de sa vie, lui donnerait des enfants, lui tiendrait le jardin le plus copié de la ville, aurait une belle voiture… Et ce jour-là, il serait heureux. Le bonheur commençait aujourd'hui.

3.

Kim descendit rejoindre les autres. L'été avait pris de l'avance et les pelouses de l'École Polybotanique, fierté de l'institution, commençaient à carboniser, frappées par les recommandations officielles de lutte contre la sécheresse. Deux cents joyeux drilles tout de rouge vêtus montaient dans des bus qui mettraient une trentaine de minutes à rejoindre le point de départ du défilé. Tous se sentaient guillerets. De toutes les fêtes qui rythmaient le calendrier, le solstice d'été était de loin celle qui suscitait auprès des élèves l'impatience la plus fiévreuse. Et pour cause. En marquant la fin de l'année scolaire, il lâchait la bride aux allégresses estivales, et sentait davantage les grandes vacances que le civisme.

Les autres Fêtes de la Fécondité, aux solstice d'hiver, équinoxes de printemps et d'automne, faisaient l'objet d'égales réjouissances officielles. Seule la fête nationale, le 14 Juillet, les dépassait en faste. Les garçons n'y défilaient pas, au prétexte qu'il célébrait la première expérimentation réussie de contraception orale. La prise de la Pastille, comme on l'appelait, remémorait à chacune que l'invention de la pilule anticonceptionnelle, en permettant de ne mettre au monde que des enfants désirées, constituait un progrès essentiel dans l'histoire de l'humanité. On la fêtait chaque année par des défilés et des cérémonies commémoratives dans toutes les mèries du pays.

Pour l'heure, on se préparait au Jour Rouge, autre nom du solstice d'été. Fête de la jeunesse, elle célébrait la menstruation, ce miracle à répétition qui permettait de donner la vie. On voyait dans le sang qui sourdait au corps des femmes la preuve du caractère sacré de la féminité. Caractère sacré confirmé par l'adéquation du rythme femelle au cycle de la voûte céleste. Une femme enceinte arborait la réplique vivante d'une planète, une sorte d'astre humain chargé du plus saint des fardeaux. La Lune, comme un métronome, marquait le tempo des ventres, en harmonie avec la galaxie et, de manière évidente, avec la Volonté suprême. Jessie-Christa, fille de Dia la Mère, en mourant sur la croix, avait donné son sang pour racheter l'humanité. Les femmes menstruées portaient au revers de leur toge une rosette rouge, signe qu'elles étaient en état de grâce. Les Saintes Écritures étaient formelles : qui ne saignait pas ne pouvait prétendre au sacré. Le corps masculin n'était pas en règles.

Les filles tiraient de ce phénomène récurrent un orgueil qui avait toujours paru stupide à Kim. Comme si elles y avaient été pour quelque chose ! Fascinées par leurs propres organes, elles en parlaient énormément, se lançaient dans des séances d'autocongratulation permanentes. Leur rendez-vous lunaire comptait parmi leurs terrains de compétition favoris. C'était à celle qui saignerait le plus et le plus longtemps. On traitait de mini, d'après les tampons de même format, celles qu'on soupçonnait d'être une saigne-petit, une mauviette. Les frimeuses prétendaient n'utiliser pour contenir leur flux que des plus et super plus. Beaucoup de très jeunes filles qui n'en avaient pas l'usage réclamaient haut et fort dans les pharmacies les mégacalibres qui assureraient leur prestige auprès des copines.

Dès la maternelle, les filles vivaient dans l'attente impatiente du grand jour de leur seconde naissance, celui de l'apparition de leurs lunes. La date en était gravée sur une médaille que l'on accrochait à leur cou au cours d'une cérémonie solennelle et grave. Avant de festoyer en famille, chaque fille qui de petite devenait jeune était adoubée par toutes les femmes de la famille ayant porté au moins un enfant. Nulle fête ne soulignait la puberté des garçons. Leur corps ne parlant pas, eux restaient muets. Le ventre sec des hommes inscrivait le vide en eux, le manque originel. Leur pâle semence, gaspillable et chaotique, répandue sans cadence ni mesure, portait le stigmate du péché originel.

Tous ces rituels de la maternitude avaient quelque chose de désuet, mais, en tant que diplômé tout frais de son école, Kim allait défiler avec plaisir. La participation de garçons au Jour du Sang était une nouveauté, une conquête arrachée par les hominístes depuis trop peu d'années pour qu'il pût se sentir blasé. Défiler constituait au moins une victoire de principe, même si la plupart des élèves n'y voyaient qu'une joyeuse rupture dans leur routine de pensionnaires.

Kim se réjouissait de la présence de ses parentes. Elles allaient assister à la cérémonie, puis l'emmèneraient déjeuner. Bernardine, sa mère, avait toujours veillé de près à la bonne marche de ses études, et n'aurait manqué la fête sous aucun prétexte. Elle avait accepté de se séparer de son fils, l'avait même poussé à accepter les conditions ingrates du pensionnat, parce qu'elle savait qu'il en sortirait armé pour la vie. Elle était de ces femmes que la soumission habituelle des hommes agaçait. Quand elle avait épousé Gil, le père de Kim, c'était séduite par ce révolté, hoministe passionné et véhément. Qui avait néanmoins cessé de travailler au moment de son mariage pour se révéler un parfait homme d'extérieur.

Vingt-trois ans au jardin avaient quelque peu émoussé les élans révolutionnaires du flamboyant Gilou le Rouge, héros des manifs qui avaient stupéfié le pays un quart de siècle auparavant. Comment était-il devenu Gil, époux discret dont le jardin faisait l'admiration des amies de Bernardine ? Mystère. Le provocateur s'était mué en fleuriste émérite qui n'avait pas son pareil pour composer les bijoux floraux qu'exhibait sa marie en toute occasion, et pour fermer les yeux sur ses incartades incessantes. Du pourfendeur de clitocrates il ne restait qu'un homme effacé, père attentif secrètement fier de son fils et de ses rodomontades antisexistes. Le rebelle s'était perdu en route, avait renoncé à ses Amériques, avait perdu sa crédibilité auprès de sa marie, qui désormais le traitait avec la bienveillante indifférence que donnent les certitudes. Kim sentait que derrière le sourire du jardinier irréprochable se cachait la triste, lente et insidieuse frustration de celui qui a échoué à mettre sa vie en accord avec ses idées... Gil n'en parlait jamais, savait à merveille cacher ses états d'âme et ses résignations. Et son fils n'osait pas le questionner.

Après le défilé, non seulement il devait rejoindre ses parentes, mais, cerise sur la tartelette, il allait retrouver son cher Loup, son ami d'enfance, son préféré, son presque frère. Ils iraient déjeuner, puis s'installer au jardin. Ensemble. Finie la pension ! La famille de Loup vivait à la campagne, dans une demeure où Kim avait passé ses vacances au vert tous les étés précédents. Habiter en province, loin de tout, la contraignait à présent à envoyer son aîné faire son stage de fin d'études à la capitale. Occasion pour les parentes de Kim de leur rendre la politesse : Loup partagerait la roulotte de leur fils. Ils allaient donc se retrouver non pas pour un mois de vacances, mais pour toute une année de travail et, espérait Kim, de franche rigolade. Pour un beau solstice, ça allait être un beau solstice !

Kim s'installa au fond du bus, une vieille habitude. Les autres chahutaient, échangeaient des considérations sur leur stage de fin d'études et leurs vacances à venir. Ils veillaient cependant à ne pas trop se dissiper, car ils devaient prendre soin de leur invraisemblable coiffure de parade : une sorte de tricorne surmonté d'un amoncellement de fleurs rouges. Anémones, roses, tulipes, œillets leur dégringolaient en cascade jusqu'au milieu du dos. Chacun était responsable de son tricorne, qui devait arriver sur les lieux en parfait état et pour lequel une étagère spécialement aménagée courait au-dessus des sièges.

Cette année, comme depuis que l'école y participait, les garçons seraient le clou de la fête. La direction de l'école les faisait arriver au dernier moment, ne tenant pas à ce qu'ils patientent trop longtemps avant de descendre l'avenue monumentale. Le défilé avait déjà commencé. La Présidente, la Première ministre et la plupart des membres du gouvernement occupaient la tribune d'honneur, avec des femmes d'affaires et quelques célébrités en vue, comédiennes ou journalistes. Leurs hommes avaient revêtu pour l'occasion des tenues de circonstance, et leurs grandes silhouettes écarlates faisaient à leurs maries comme un écrin de fleurs géantes. L'élégance des époux de femmes politiques faisait autant pour la réputation de celles-ci que la qualité de leur politique, et les conseillères en communication ne négligeaient aucun détail.

Kim et ses condisciples piétinèrent pendant un quart d'heure, puis ce fut leur tour. Ils se mirent en formation, par rangées de dix, et s'ébranlèrent. Ils formaient un petit cortège, sur vingt rangs, mais leur grande taille, accentuée par le tricorne fleuri, leurs larges épaules, leur façon de les balancer en marchant au pas, allumaient l'enthousiasme des spectatrices. Ils furent applaudis, en particulier par les filles qui se pressaient contre les grilles de sécurité. Elles sifflaient, poussaient des hurlements et faisaient savoir à qui voulait l'entendre que s'ils disaient oui elles ne diraient pas non, et autres considérations plus obscènes. Kim chercha à distinguer ses parentes dans la foule. Impossible. Trop de monde avait profité du jour chômé et du soleil pour aller voir de plus près ce qu'à l'occasion du solstice d'hiver on préférait souvent suivre à la télévision.

Ils continuèrent leur chemin, spectaculaires et provocants, firent le tour de la place, et s'immobilisèrent pour écouter l'allocution présidentielle. La Présidente, récemment élue, ne manquait jamais une occasion d'envoyer un petit speech. Distraire les médias faisait partie de son job. Elle se leva, s'installa devant les micros, et se lança dans un panégyrique de la jeunesse, de l'avenir, de la bienveillance du ciel et de la protection des planètes, du solstice annonciateur de l'été, des bébées porteuses d'avenir, et tous les thèmes habituels des discours officiels. Puis, en guise de conclusion, elle se lança dans le poncif inévitable de toute parole politique en ces temps d'émancipation de l'homme. Parler ne coûte rien et peut s'avérer payant.

— Et qu'il me soit permis, en ce jour de fin d'année scolaire, de saluer la présence, parmi leurs condisciples, des sections masculines de l'enseignement supérieur. N'oublions pas que les hommes jouent depuis toujours un rôle biologique primordial, auquel nous ne rendrons jamais assez hommage. Et surtout réjouissons-nous que le monde s'ouvre enfin à ceux qui trop longtemps sont restés au fond des jardins. Désormais ils s'intègrent au monde économique, au monde de l'entreprise. Il est plus que jamais souhaitable qu'ils s'intègrent également au monde politique, et mon gouvernement fera tout ce qui est en son pouvoir pour encourager nos compagnons, devenus enfin citoyens à part entière, à participer largement à la vie publique, comme notre Constitution leur en donne le droit !

Kim cessa d'écouter. Malgré son jeune âge, il était las de ces propos creux visant à faire croire aux hommes qu'en haut lieu on s'occupait de leur cas. C'eût été faire preuve de mauvais goût que de demander pourquoi le parti au pouvoir, que l'oratrice dirigeait, faisait sur ses listes électorales une si piètre place aux candidatures masculines. Kim fut interrompu dans ses pensées par ses camarades applaudissant mécaniquement la fin du discours. Même les garçons. Comme des nigauds, ils n'avaient pas écouté, ils étaient juste contents que ça soit fini. On entonna *La Marseillaise* à pleins poumons. Kim en fit autant.

Allons enfants de la matrie
Bel espoir de l'humanité
Nos flancs portent de mère en fille
L'avenir du pays tout entier

Que le courage nous accompagne,
Au bout du chemin de neuf mois,
Nos filles viennent dans nos bras,
Égayer nos villes et nos campagnes !

Aux astres citoyennes
Offrez vos ventres ronds
Chantons, chantons, chaque vie nouvelle
Éclaire l'horizon !

Le signal de la dispersion fut donné. Kim se dirigea vers le point de rendez-vous. Ceux de ses condisciples qui avaient des petites amies leur offraient les fleurs de leur tricorne, désormais sans autre valeur que sentimentale. Comme d'habitude, les fleurs inscrivaient les garçons dans le règne de l'éphémère, du décoratif. Les filles portaient de vrais tricornes en feutre et cuir, au rouge sombre et digne. Il vit son père de loin. Gil scrutait la foule, ne l'avait pas encore repéré. Kim se précipita. Ils s'embrassèrent.

— Salut papa ! Où est maman ?

— Elle nous attend au Flor, au cas où Loup arriverait en avance…

— Ça m'étonnerait ! Il m'a appelé trois fois pour que je lui explique !

Kim prit le bras de son père.

Il lui tardait d'en être à la fin du déjeuner, pour découvrir la nouvelle roulotte où Loup et lui devaient emménager pour l'année. C'était la première fois que les garçons allaient vivre seuls, sans adultes. Il se força à aligner son pas sur la démarche tranquille de son père. S'il n'avait tenu qu'à lui, il aurait sprinté. L'atmosphère était légère, les pensionnaires retrouvaient leurs familles, échangeaient comme des trésors des considérations sur les insignifiances de leur quotidien et profiteraient du soleil tout l'après-midi dans les contre-allées des boulevards et les squares municipaux.

Ils repérèrent Bernardine de loin. Elle trônait à une table entourée de places vides, préservée des assauts de la foule qui, à cette heure, se ruait à l'abordage de la brasserie la plus cotée du quartier. Fumant son éternel cigare, arborant une chevelure drue, beaucoup plus sel que poivre, elle décourageait par son seul aspect quiconque eût envisagé de lui demander si une chaise était libre. Indifférente aux badauds, les yeux dans le vague, perdue dans ses pensées, elle en imposait. Kim s'avança vers sa mère et, retrouvant instantanément ses gestes d'enfant, se jeta sur elle comme un chiot. Bernardine éclata d'un rire tonitruant. Elle adorait son fils. Il lui manquait constamment. Elle ne l'avait envoyé en pension qu'à contrecœur. Elle regrettait chaque jour de ne pouvoir le serrer contre elle. Ses enfants étaient une partie d'elle-même dont elle ne se séparait qu'à regret. À son corps défendant. Que l'une de ses enfants s'éloignât, et c'était comme si l'un de ses organes vitaux, poumon ou estomac, avait décidé de se faire la paire et de mener une vie propre.

Son Kim, son tout-petit, était devenu immense. Bernardine s'émerveillait toujours d'avoir fabriqué une telle splendeur. Éduquer un garçon lui paraissait un jeu, et Bernardine adorait jouer. Il fallait de la dureté avec les garçons, exposés par leur biologie à des excès répréhensibles. Mais correctement contrôlés, ils restaient les plus mignonnes, les plus adorables des créatures. Elle le chatouilla, lui passa la main dans les cheveux. Élever une fille comme elle avait élevé son aînée Adélaïde, destinée à reprendre les rênes de l'entreprise familiale, était à la fois plus simple et plus lourd.

Gil se pencha vers elle, lui posa sur les lèvres un baiser léger. Ils s'assirent et elle commanda de quoi boire. L'heure du rendez-vous était passée de dix minutes, mais la tablée s'apprêtait à attendre Loup qui, en bon provincial, n'allait pas manquer de se perdre en route. Le Flor exhibait cependant une terrasse suffisamment spectaculaire pour que même un villageois pût la repérer. Bernardine n'avait pas vu Loup, le fils aîné d'Éléonore, depuis six ans. Trop de travail, des vies trop différentes avaient espacé les contacts entre les deux amies. Mais elles savaient toutes deux que ni la distance ni les années ne remettraient en cause le pacte non dit de confiance et d'assistance réciproques qui liait entre elles les femmes qui avaient accouché ensemble. Surtout lorsque l'une des deux était primipare. C'était le cas d'Éléonore, qui n'avait pas vingt ans à la naissance de Loup. Bernardine, dont Kim était le benjamin, était devenue la marraine de cet accouchement. C'était le genre de solidarité consororale dont le sens profond échappait aux hommes. Ils ne traversaient pas d'épreuves assez vitales pour créer entre eux de tels liens.

Depuis, Loup avait eu trois frères très rapprochés, et enfin la petite sœur, héritière du nom, était venue au monde. Éléonore peinait à joindre les deux bouts. Pour aider discrètement sa protégée sans heurter sa fierté d'aristocrate désargentée, Bernardine lui avait envoyé Kim en vacances tous les étés, moyennant une rétribution disproportionnée. Elle s'apprêtait à présent à héberger pour un an le fils de sa copine d'accouchement, au prétexte que Kim avait besoin de compagnie pour affronter sa première année au jardin.

Tout en écoutant babiller son fils et son homme, Bernardine promena son regard sur la foule qui déambulait mollement. D'une pupille exercée, elle triait les passantes, ne s'arrêtait que sur les hommes qui, en ce premier jour d'été, avaient fait refleurir leurs tenues légères. Tu es décidément incorrigible, pensa-t-elle. Tu retrouves à peine ton fils après des mois de pension et voilà que tu as déjà un œil qui traîne à repérer le caleçon qui passe... Ma pauvre, c'est pathologique...

Une braguette particulièrement expressive apparut dans le champ de son radar visuel alors même que Bernardine semblait absorbée dans la conversation. Un paquet de rêve... Moulé, maintenu, lourd, se balançant doucement au gré de la démarche... La position assise était idéale pour ce genre d'observation. Elle attarda son regard prédateur sur cette émouvante protubérance, et se demanda à quoi pouvait ressembler le porteur d'un aussi intéressant relief. Elle entreprit l'exploration oculaire du reste de la silhouette, sans cesser d'encourager d'une inclinaison de la tête, ou d'un sourire, la causette en cours. Elle remonta en zigzag de la braguette aux épaules, des épaules au visage, redescendit en vrille jusqu'aux pieds, puis prit du recul pour une vision d'ensemble. Crénom de Dia, quelle merveille ! De quelle olympe avait bien pu chuter ce dieu barbare qui se balançait, magnifique et ondulant, sur le boulevard ? Des sortes de cothurnes aux pieds, les cheveux couleur miel rassemblés en palmier sur le sommet du crâne, épaules tanguantes et ventre arrogant, il marchait, concentré, indifférent, créant sur son passage un sillage de regards jaloux ou admiratifs.

Kim bondit soudain, dans un fracas de chaise, et Bernardine le crut fâché. Elle avait totalement perdu le fil de la conversation, peut-être venait-il de dire quelque chose d'important, en tout cas important pour lui, et elle n'avait pas écouté. Il s'éloigna en courant, et se jeta au cou de la créature ! Il le connaissait donc ?

— Loup !

Les deux garçons s'embrassèrent, et Bernardine resta stupéfaite. Loup ? La merveille sur pattes qui fascinait les badaudes était Loup ?

Évidemment, elle s'attendait qu'il ait changé, mais la métamorphose avait tout effacé du jeune garçon qu'elle avait en mémoire. Elle chercha ce qu'il en restait dans ce prince inouï qui enlaçait Kim en s'esclaffant. Rien. Le nouveau Loup était beau comme le diable. Et elle s'y connaissait ! Kim fit les présentations, et elle reprit ses esprits. Après les exclamations d'usage quand on ne s'est pas vues depuis longtemps, elle commanda à manger pour tout le monde sans se soucier particulièrement des goûts de chacune. Mère nourricière elle était, mère nourricière elle restait, envers et contre toutes les émotions esthétiques et même érotiques. On se régala de velouté d'orties, d'œufs mimosa et de beignets de fleurs de courgettes. Autant de mets délicats et féminins auxquels les hommes ne goûtaient qu'exceptionnellement. Il était d'usage de nourrir les garçons de substances plus roboratives, qui convenaient à leurs besoins énergétiques particuliers. Ils préféraient se gaver de lentilles, de pois chiches, de haricots, de pâtes et même parfois de viande que piquenocher dans des plats qui seyaient aux femmes mais peinaient à satisfaire de grands gaillards ivres d'air libre et d'activités physiques. De temps en temps, pour une occasion spéciale, échanger sa frénésie masticatoire contre une séance de raffinement gastronomique ne pouvait faire que du bien.

Kim avala sa part sans la savourer, tenaillé qu'il était par l'impatience. Loup n'avait carrément jamais goûté à de telles mignardises et tentait de dissimuler son embarras quant à l'utilisation appropriée du régiment de couverts qui montait la garde de part et d'autre de son assiette. Bernardine riait :

— On ne partira pas avant que moi j'aie fini, alors du calme…

Elle était aux anges. Y avait-il compagnie plus parfaite pour elle que cette trinité mâle, le père, le fils et le bimbo ? Elle n'avait aucune envie de s'en aller, reprit du café, lambina pour le boire, l'arrosa d'armagnaque, les tortura à plaisir… Enfin, enfin, elle donna le signal du départ. Elle proposa à Gil de céder à Loup sa place de chauffeur. Façon pour elle de mettre le jeune homme à l'aise, en lui permettant de se montrer à son avantage.

Gil, qui comprenait sa marie à demi-mot, perçut le ton comminatoire qui perçait sous la prière. Il accepta en souriant, dissimulant à la perfection sa réticence intime. Lui-même adorait tenir le volant, surtout avec sa famille comme passagère. Loup se fendit d'un sourire à damner toutes les saintes du paradis, et accepta avec enthousiasme. Conduire était avec le jardinage une activité prioritairement masculine. Les femmes ne le faisaient que quand elles n'avaient pas un homme sous la main. Elles préféraient lire le journal, téléphoner ou taper sur leur portable plutôt que de s'ennuyer dans les limitations de vitesse des centaines de kilomètres de voies urbaines dont les mégalopoles jardinées qui s'étaient étirées comme des pieuvres ces dernières décennies avaient strié la campagne. Les immeubles, souvent si bas que les arbres les dissimulaient à la vue des passantes, bordaient des avenues ombragées et avaient tous une cour à l'avant, et un grand jardin à l'arrière. Le fond des jardins donnait sur des allées non goudronnées et mal éclairées, que l'on appelait rigoles et qui formaient une sorte de ville parallèle, obscure, désertée par les forces de l'ordre, et que les femmes ne fréquentaient que très peu.

Certaines rigoles faisaient juste office de terrains de jeu. Les hommes s'y sentaient chez eux, loin des jugements féminins. Le soir, ils y donnaient libre cours à leur passion pour les ballons et les courses d'engins motorisés. Mais dans certains quartiers, elles avaient dégénéré en véritables zones de non-droit, où traînaient les hommes seuls, les sans-domicile, les délinquants en délicatesse avec la loi. Et aussi les lumignons, ou loupiots. On appelait ainsi les prostitués, souvent très jeunes, qui, signalant leur présence par des lanternes rouges posées à même le sol, dessinaient les zones interlopes à l'attention des conductrices en mal de caresses. Ils attendaient la cliente, à moitié dévêtus, et débordaient parfois sur les avenues, au grand dam des autorités.

Chaque jardin abritait une ou plusieurs maisons des hommes, selon les besoins de chaque famille. Maison était un euphémisme. La tradition voulait que les hommes campent dans des roulottes qui ne partaient jamais nulle part, mais dont les roues inutiles rappelaient au sexe faible que de sa naissance à sa vieillesse il devait rester inscrit dans l'éphémère, le provisoire. De la simple carriole au mobil-homme de luxe, les options variaient en fonction de la fortune de la maîtresse de maison et de l'attention qu'elle accordait à ses compagnons. Noyé dans la verdure, le cadre de vie des nomades immobiles qu'étaient devenus les citadins modernes se structurait autour du verger, du potager, des serres pour les fleurs et des bouquets d'arbres. De quoi mener à bien la lourde tâche de l'homme d'extérieur : produire à manger pour sa famille, entretenir tout ce qui portait moteur, de la tondeuse à la voiture, du moulin à café au tracteur. Et, bien sûr, veiller à rester séduisant en prenant soin de sa peau et de sa musculature.

Bernardine, moelleusement affalée dans les coussins du siège arrière, caressait ses hommes du regard. Le crâne de Gil, au début de calvitie soigneusement dissimulé, le profil délicieux de Loup concentré sur sa conduite, le corps tendu d'impatience de Kim assis à côté d'elle. Elle savourait l'instant et anticipait le plaisir des garçons. Elle avait bien fait les choses. Elle les avait gâtés.

On roula vers les beaux quartiers, là où la verdure était plus intense, les feuillages plus épais, les pelouses plus élastiques. Les hommes avaient les moyens d'y afficher l'opulence de leur dame et maîtresse. La maison de Bernardine donnait dans le genre cossu. Ses deux niveaux abritaient deux appartements de taille très différente, celui de la famille et celui de Pétronille, l'intendante. Diplômée d'État et en partie payée par lui, une intendante était affectée à chaque foyer. Dans les milieux plus modestes, elle pouvait être commune à plusieurs familles et entièrement financée par les deniers publics. Son rôle consistait avant tout à seconder les mères, et éventuellement à les surveiller. Il était notoire qu'en cas de négligence ou de traitement inapproprié des enfants elle jouait les indics auprès des autorités. La profession évoluait. Peu à peu les écoles d'intendance s'ouvraient aux garçons. Rarissimes étaient cependant les familles qui faisaient confiance à un puériculteur. Les diplômés avaient le plus grand mal à trouver un emploi et finissaient, comme les autres, jardiniers-chauffeurs, réduits à utiliser leur belle formation pour rester au jardin. Les meilleures carrières leur échappaient ainsi au nom de facultés innées qui les laissaient s'agglutiner dans les filières mécanico-potagères sous-payées et dévalorisées. Dans cette demeure sans enfants, Pétronille consacrait les ultimes années de sa vie active à administrer la maison et à servir de confidente à toute une chacune.

4.

Bernardine traversa le salon, ouvrit la porte-fenêtre et s'effaça pour les laisser passer dans le jardin... Kim et Loup disparurent dans l'allée qui serpentait vers le verger. Elle les rejoignit, suivie par Gil, alors qu'ils tombaient en arrêt devant la surprise qu'elle leur avait concoctée. Tapie à l'abri des branches d'un saule, anachronique et bohémienne, une roulotte avait arrêté sa course. Jumelle des conquérantes de nouveaux mondes, conforme à l'imagerie populaire fixée par la légende dans les livres d'enfants, prête à larguer les amarres, elle dégageait un parfum d'aventure. Au temps des pionnières, quand il s'agissait de fonder de nouveaux villages, on envoyait les hommes à bord de tels véhicules, en fait de simples chariots bâchés, sillonner les terres inconnues à la recherche de sites favorables à une implantation.

— C'est une vraie ? s'enthousiasma Kim en se penchant vers les roues à l'ancienne, bois ciré et bronze patiné comme autrefois.

— Non, des vraies il n'y en a pour ainsi dire plus, et puis je ne suis pas sûre que le confort de l'époque vous conviendrait, mais c'est une réplique assez réussie, les artisanes ont bien fait leur boulot, attends d'avoir vu l'intérieur...

— J'ai pas fini de voir l'extérieur !

Loup restait muet, impressionné par tant de luxe. Il se laissa entraîner par Kim à faire le tour de leur nouvelle demeure, dont le corps de bois sombre, fidèlement à la tradition, était égayé de frises colorées figurant des feuilles et des fleurs. Les mêmes tons puissants se déclinaient sur les volets, les portes et les plinthes. Le toit opposait au ciel la courbe d'un carmin embrasé. Pour accéder à l'intérieur, il fallait grimper la demi-douzaine de marches d'un escalier qu'autrefois, au moment du départ, on relevait contre la porte. Celui-ci resterait fixé. Recouvert d'un tapis tzigane, il donnait un peu de pérennité à l'installation. Un paillasson très chic en sisal tressé invitait à nettoyer ses semelles avant de monter. Bernardine fouilla dans ses poches et brandit un trousseau de clés. Elle en extrait deux identiques, qu'elle remit à chacun des garçons.

— Si ces damoiseaux veulent bien se donner la peine…

Kim se précipita, Loup hésita, intimidé. Bernardine le poussa doucement, et put constater de la paume la délicieuse fermeté de son flanc. Elle les suivit. La roulotte vacilla légèrement.

L'agencement intérieur coupait le souffle. Bernardine s'en était donné à cœur joie. Gil sourit du plaisir enfantin que sa marie prenait encore à jouer à la poupée. Grandeur nature. La réplique que Bernardine avait fait reconstituer à partir de dessins d'époque était une version agrandie des vérines d'antan, mise à la mesure des garçons de la nouvelle génération, des géants comparés à leurs aïeuls vagabonds. Dans le fond, une véritable petite salle de bains constituait le seul anachronisme visible de l'aménagement. Quelque génie avait réussi à caser une baignoire, en fait un genre de haut baquet de bois agrémenté d'une douche au gros pommeau d'arrosoir, et un lavabo en cuivre roux, surmonté d'un miroir ancien. Entre les deux, le long de la paroi, un battant de bois ciré qui, une fois abaissé, faisait office de banquette, dissimulait une cagoince, luxe suprême sur ce genre de véhicule. La modernité jugée indispensable par Bernardine se cachait sous les matériaux anciens. Deux couchettes en hauteur au confort spartiate mais dont les couettes étaient habillées d'un mohair aérien se faisaient face. Chacune surmontait une petite alcôve aménagée en bureau et isolée de la pièce à vivre par des rideaux de velours. Un canapé ancien et deux petites bergères autour d'une table basse offraient leurs coussins joufflus aux passagères amatrices de croisières immobiles.

Bernardine en avait rajouté dans la polychromie. Le bois des murs et du plafond peint de couleurs vives, le parquet naturel, décapé, recouvert de tapis orientaux, les rideaux à fleurs, une multitude de lanternes, suspensions, photophores créaient une ambiance gitane. Loup, bouche bée, ne pipait mot. Il craignait que ses hôtes ne le trouvent ingrat, aurait voulu remercier, ne savait pas quoi dire. Kim n'avait évidemment pas ce genre de réserve. Il sautait partout, bousculait ses parentes, sortit, sauta les marches, les regrimpa d'un bond, et tenta d'entraîner Loup dans une polka approximative qui fit tanguer le carrosse. Le sourire béat de Gil et de Bernardine vira au rire. Loup céda à la joie ambiante et s'esclaffa. Leurs hilarités conjuguées imprimèrent de telles vibrations à la roulotte que celle-ci, les entrailles secouées en cadence, sembla participer à la jubilation générale. C'est donc à cinq et en se gondolant que fut célébrée l'inauguration de cette nef en partance pour l'âge adulte.

Puis Bernardine annonça qu'elle les attendait pour dîner. Gil se leva. Il ne put s'empêcher de jeter un coup d'œil circulaire, alla jusqu'à la salle de bains pour vérifier une fois encore que tout était en place. Il s'attarda, n'avait pas envie de partir. Bernardine non plus. Mais il fallait les laisser s'organiser. Loup et Kim se retrouvèrent seuls. Seuls ! Le matin encore ils étaient des pensionnaires aussi studieux que faire se peut et voilà qu'ils étaient des hommes libres ! Un homme libre ne commence pas par défaire son sac. Un homme libre fait ce qu'il veut.

— Viens, on va voir les grands vrères !

Grand vrère, contraction de grand vert et de grand frère, résumait le sentiment que les deux garçons, comme tous les autres, éprouvaient pour leurs compagnons feuillus. Un respect qui confinait à la vénération, une attention qui virait à la manie. Question d'éducation. Pour eux les arbres étaient vivants, et, comme confidents, ils valaient tous les copains du monde. Un arbre, ça vit longtemps et ça ne trahit jamais.

Le jardin, qu'à partir de ce jour ils partageraient avec Gil, comptait du menu fretin, peupliers d'Italie, noisetiers, pommiers, quelques belles pièces, érables aux feuilles permanentes, frênes paresseux et saules pleureurs, mais aussi un joyau, qui les mit en liesse : un superbe ginkgo biloba, la star de la confrérie arbrière, le chouchou de tout jardinier digne de ce nom. Ils lui prirent chacun une feuille, un joli petit éventail qu'ils portèrent à leurs lèvres en gage d'amitié et se fixèrent derrière l'oreille en signe de chance. Ils poussèrent leur exploration un peu plus loin. Kim guidait Loup, lui racontait les prouesses de son père, comment il avait sauvé un arbre, comment il avait dû en supprimer un autre, et aussi ses secrets, comment il persuadait les fleurs de lui donner des couleurs insensées, comment il greffait ensemble des plantes qui ne se connaissaient pas.

Non loin de la rigole, à l'abri d'un chêne champion à qui Gil le mécréant vouait un culte personnel et païen, toute de bois exotique que des années d'intempéries avaient lustré d'une patine vieil argent, la roulotte de Gil campait sa silhouette trapue avec un mimétisme d'insecte menacé. Plus vaste et beaucoup plus sobre que celle des garçons, elle faisait office de cabane à outils plus que de résidence de père au jardin. Gil, que sa marie voulait à la maison, n'usait que fort peu de sa couchette. Il s'était aménagé une petite serre à l'entrée, que Bernardine appelait le dispensaire parce qu'il y gardait les plantes malades en attente de transplantation, les arbustes en cours de greffe, y surveillait ses expériences. Le nez contre la vitre, les mains en cadre autour des yeux pour voir à l'intérieur, Kim montra l'établi impeccablement rangé, la silhouette de chaque instrument dessinée sur le mur, et les pots alignés comme des oignons. Ils s'éloignèrent, déambulèrent, écoutèrent, firent ami-ami avec tout ce qui vivait, et finalement revinrent vers le ginkgo. Ils s'assirent au pied de leur nouveau pote, considérèrent que ce siège de mousse valait tous les fauteuils du monde. Le jour le plus long de l'année étirait sa fin d'après-midi, les rayons du soleil obliquaient, la lumière se la coulait douce, dorée comme du miel.

Ils s'arrachèrent à leur méditation, posèrent sur l'écorce de leur copain un baiser d'amitié pure, et le quittèrent.

— Viens, on se magne de ranger nos affaires, avant d'aller bouffer ! annonça Kim en détalant.

Ils firent la course jusqu'à leurs nouvelles pénates. Loup toucha la roulotte en premier, exprima son triomphe en toute modestie :

— Et voilà ! C'est ça le style !

— T'es de la campagne, ça aide ! Les pecnos ça court vite, pour se faire croire qu'il se passe quelque chose…

— Pauvre limace…

Bernardine avait fait déposer leurs sacs. Ils en fourrèrent le contenu dans les placards, vidèrent leurs trousses de toilette. Kim posa son ordinateur sur son bureau, Loup décora le sien d'une photo encadrée de sa famille au grand complet. L'opération n'avait pas duré dix minutes.

Le dîner fut chaleureux, malgré l'insistance un brin fastidieuse que mit Bernardine à répéter aux garçons ce qu'ils savaient déjà. Officiellement, on comptait sur le stage de fin d'études pour mettre, à l'aube de leur carrière, les deux sexes à égalité. Dotées par naissance du privilège exorbitant de fabriquer la vie, les filles restaient les enfants chéries du système. Les avantages liés à l'accouchement créaient une distorsion qui s'accentuait au gré des maternités, et les carrières masculines, à de rares exceptions, stagnaient à de médiocres niveaux. Néanmoins, on insistait sur l'importance capitale de cette formation, dont tout le monde convenait qu'il fallait à tout prix la réussir même si elle ne servait à rien. Bernardine avait tout organisé. Elle confiait son fils à son amie Rigoberte Cargis, à qui la liaient d'antiques liens remontant au Service National.

À dix-huit ans, ou à la fin de ses études, chaque citoyenne était appelée sous les berceaux. Dans les maternеries, sous la devise DONNER SON SANG, DONNER SON LAIT, SERVIR ET PROTÉGER, la Nourrice Nationale inculquait aux jeunes appelées le respect de la vie comme valeur suprême de la matrie et de l'enfant comme richesse première de la nation. Cette noble institution, qu'on appelait aussi la Petite Muette parce qu'elle se consacrait à celles qui ne savaient pas encore parler, avait pour mission d'assurer à la bébée venant au monde l'égalité des chances par le confort psychologique et l'équilibre affectif. La petite enfance était une ressource dont il convenait de maximiser toutes les potentialités, et naître donnait des droits.

Pendant douze mois, vêtues de l'uniforme blanc des Forces Natales, les recrues s'entraînaient aux lourdes responsabilités maternelles, dans des conditions réelles de contact avec les nouvelles-nées, et suivaient des cours de psychologie, puériculture, anatomie, hygiène, culture générale sanctionnés par un examen que toute femme se devait de réussir avant d'être autorisée à procréer. Libérée des Obligations Maternelles, munie de son Certificat d'Aptitude à l'exercice de la Maternité, elle pouvait faire des enfants librement si tel était son désir, mais aussi postuler à divers postes auxquels les hommes n'avaient pas accès.

La liberté de procréer était un droit de la Femme garanti récemment par la Constitution, après bien des débats menés par les objectrices de conscience qui refusaient de donner la vie, cadeau empoisonné qui, selon elles, n'offrait que la mort comme certitude. Leur cause était soutenue par les lesbiennes, qui affirmaient qu'on peut être utile à la société même quand on n'est jamais enceinte, et par la plupart des organisations masculines.

Le culte des enfants était constant, omniprésent. Tout ce qui pouvait améliorer les conditions de leur venue au monde était considéré comme une priorité absolue. L'élevage de la progéniture concentrait toutes les énergies. Le ministère de l'Éducation, sur qui reposaient le financement et l'organisation de cette tâche première, phagocytait le plus important budget de l'État, au point qu'on l'appelait le ministère de la Dépense Nationale. Pour la femme de la rue, les bébées étaient simplement l'objet d'un amour passionné, exclusif, parfois excessif.

Rigoberte et Bernardine étaient de la même classe, avaient fait partie de la même brigade, et leur amitié s'était consolidée avec les années. Cela faisait quinze ans que Rigoberte cumulait les mandats de députée et de mère d'un des plus importants faubourgs de la capitale. Elle saurait mettre Kim en situation de rencontrer des gens intéressants. En ce qui concernait Loup, dont le diplôme avait moins de valeur, Bernardine allait lui faire faire un stage de chauffeur-livreur, à la fois amusant et instructif, dans sa propre entreprise, la Foon & Co. Sa première intention avait été de le prendre en charge à distance, de lui offrir le gîte et le couvert sans s'impliquer le moins du monde. Maintenant qu'elle l'avait vu, un autre projet autrement réjouissant lui germait dans l'arrière-bulbe, mais elle jugea qu'il était trop tôt pour en parler. Elle confirma donc à Loup son rendez-vous du lendemain avec son service des relations humaines. Gil le déposerait sur place pour ce premier contact. Après, il se débrouillerait seul.

— Dans quelques jours tu rouleras sans carte et sans boussole aux quatre coins de la ville, tu verras… Et maintenant, tout le monde au lit !

Elle avait, comme ça, des manières expéditives. Mais Kim ne l'entendait pas de cette oreille. Ce soir, c'était la fête ! Il y aurait des feux d'artifice ! On y va ? Dis oui, maman ! C'est pas tous les jours la Sainte-Jeanne ! Il faisait l'enfant, y prenait plaisir. C'était bon d'être de retour à la maison.

— Non, les garçons. Demain, c'est une journée exceptionnelle, il faut être au mieux de sa forme. Alors que des feux d'artifice, il y en aura d'autres. En plus, on en voit une partie depuis le jardin.

Kim n'insista pas. Loup fut soulagé. Il n'avait aucune envie d'aller traîner. Préférait se familiariser d'abord avec toutes ces nouveautés.

Dehors, la température était délicieuse. Des lambeaux du jour le plus long traînaient dans le ciel. La nuit de solstice, pas pressée de tomber, les chassait doucement. Les ombres se rejoignaient, rassurées de dormir ensemble. Kim et Loup marchaient comme des chats, soucieux de ne pas troubler le repos de leurs voisines, grenouilles, coccinelles, mésanges. La roulotte réapparut dans leur champ visuel. Et leur coupa le souffle. Une féerie ! Quelque main magique avait allumé les lanternes. Sur chaque marche, un photophore. À chaque fenêtre, une chandelle. Au-dessus de la porte, une guirlande de minuscules ampoules. La roulotte luisait dans la nuit comme un refuge enchanté.

Soit des lutins habitaient dans le coin, soit les parentes avaient encore frappé. Les portes ouvragées de deux alvéoles logées dans les coins des alcôves, et qui pouvaient passer pour de simples décorations, avaient été ouvertes et laissaient voir d'un côté une télé, de l'autre une hi-fi apte à sonoriser la moitié du quartier. Sur la table, une pile de magazines masculins, des boissons fraîches, un bouquet de fleurs et un message : « Bienvenue dans votre nouvelle vie. Bonne nuit… » Signé Maman-Papa. Gil et Bernardine avaient pensé à tout.

Kim et Loup oublièrent instantanément le sérieux de leurs obligations du lendemain. Ils se jetèrent sur les magazines, se mirent à feuilleter avidement une presse qui n'avait pas droit de cité dans les écoles. Trop futile. Mode, conseils de séduction et reportages sportifs se partageaient le papier glacé saturé de publicité.

— Tiens, tu vois, l'épilation cœur ça se fait plus trop, c'est plutôt chaussette, maintenant…

— Quoi, chaussette ?

— Regarde !

Loup agita sous les yeux de Kim le reportage de *Lui* sur les dernières tendances de l'été. Juste avant la plage, chacun se devait d'exhiber une pilosité aménagée pour l'« Effet visuel maxim'homme ! », comme le promettait le titre de l'article. Poitrine, visage et jambes pouvaient être sculptés, mis en valeur pour faire de chaque lecteur un tombeur de plage, un parangon de perfection estivale.

La nouveauté de l'été s'appelait effet chaussette, ou jarretelle. Épilée intégral de l'aine au-dessus du genou, la jambe semblait vêtue d'un bas. En agrémentant la limite de l'épilation d'une jarretelle de Lycra, on arrivait à un effet visuel dévastateur pour la libido féminine de base, toujours prompte à s'émouvoir du galbe d'un jarret masculin. Assorti à une épilation de la poitrine en bandes horizontales, on parvenait à un aspect de tranche napolitaine qui mettrait en appétit la plus frugale des baigneuses. Plus audacieuse, la spirale. Un ruban glabre de cinq centimètres courait en colimaçon autour de chaque jambe, et les deux lanières se rejoignaient au point névralgique, à hauteur de sexe. Sur le torse, une sorte de point d'interrogation prenant naissance à chaque téton pointait vers le nombril. Le corps ainsi débarrassé d'une partie de son patrimoine pileux semblait paradoxalement moins nu.

On proposait aux plus habiles, ou aux plus velus, des effets de pois, de rayures obliques, de vagues et de volutes qu'on pouvait assortir à sa barbe et à ses cheveux, dans une gamme de couleurs qui semblait infinie depuis que les progrès de la cosmétique rendaient la teinture simple à utiliser et dénuée de tout effet agressif sur la peau, comme disait la pub. Kim se pencha sur l'épaule de Loup, regarda la photo.

— La bite en rose ? Je le crois pas !

— Fais pas ton rabat-joie, c'est joli !

— Non, c'est débile. Moi faudra me prendre nature, faut pas charrier.

Certains hominises refusaient de jouer le jeu de la séduction, ne se rasaient ni ne se maquillaient. Ce n'était pas le cas de Kim. Il aimait se trouver sexy, et ne voyait pas en quoi cela pouvait atténuer la portée de ses convictions. Mais sexy ne voulait pas dire ridicule, et s'il aimait être bien net et raser joliment ses joues, ses jambes, sa poitrine et ses bras, il refusait les excès qui frisaient encore plus le ridicule que le système pileux.

Loup prit la télécommande, et, sans lâcher son magazine, se mit à surfer à travers chaînes.

Kim lui balança une canette de soda avec un élan de basketteur.

— Top réflexe !

Loup la chopa au vol. Il feuilletait, zappait et buvait tout en même temps, absorbait de la futilité par tous les sens, ça le changeait de l'austérité du dortoir. Kif intégral qui laissait peu de place à la conversation. Kim laissa Loup à ses plaisirs compensatoires, et entreprit d'apprivoiser son nouvel antre.

Il commença par la salle de bains, décida d'essayer la baignoire. L'eau coulait dru. Il se déshabilla, se jeta machinalement un regard dans le miroir, et sourit. Il allait être difficile de se raser. Gil ne le voyait décidément pas grandir. Le miroir avait été simplement posé sur le lavabo, et Kim n'y apercevait, des cuisses aux épaules, que son sexe en évidence. Il fit la moue. Il avait du mal à regarder, et encore plus à aimer ces organes extérieurs comme vomis par le corps, exclus de son harmonie, ballottants, obscènes, ternes et fragiles. Comment pouvait-on assumer, blottie sous sa frange moussante, la disgrâce objective de cet étrange pistil à géométrie variable, de ces oves rosâtres à la peau ridée dès la naissance, aux poils rares et saugrenus, impuissants à en dissimuler la laideur ? Il se regarda dans les œufs et, comme souvent, se demanda ce qui attirait les femmes dans une aussi absurde décoration. Fallait-il qu'elles fussent obsédées, tout de même… Aucune objectivité. En un sens, cela valait mieux, sinon l'amour serait impossible.

Songeur, il se glissa dans l'eau, s'assit en tailleuse. Les femmes avaient décidément toutes les chances. Leur sexe puissant, discret, protégé, échappait au regard, et donc au jugement. Les pendentifs virils mettaient leur porteur en danger permanent. Une femme ne saurait jamais la honte des pollutions nocturnes qui tachaient les draps, la peur permanente d'être surpris en érection flagrante, dans la rue, à l'école ou en famille. L'embarras et la réprobation qui s'ensuivaient quand ça arrivait, quand on reprochait aux hommes dans la vie ce qu'on leur réclamait au lit. La malédiction naissait du fait qu'on pouvait lire en eux comme dans un livre ouvert, comme si la Nature elle-même, femelle première, avait voulu humilier le mâle en l'obligeant à exhiber à la vue de toutes une sexualité impure et pécheresse. Kim se secoua. Ce n'était pas le moment de se laisser aller. L'eau refroidissait. Il bondit, éclaboussa, s'ébroua, et enfila son peignoir.

Il testa l'élasticité de son lit. Très moyenne. Même carrément nulle. Tant mieux. Il était entendu qu'une literie trop souple ramollissait le caractère. Kim aimait travailler son endurance, dormir sur le dur, fenêtre ouverte par tous les temps. Il sauta au bas de la couchette, sous laquelle, prêts à l'emploi, ses livres avaient été rangés et son ordinateur déballé. Bonjour l'allusion… On tenait apparemment à le faire bosser…

Il repassa dans le salon, ébouriffa au passage le crâne de son compagnon saturé de frivolités, décréta qu'il était temps d'aller se coucher et entreprit d'éteindre bougies et lanternes. Loup s'étira, bâilla et lâcha télé et revues. Quelques instants plus tard, couchés dans l'obscurité, toutes fenêtres ouvertes, ils cherchaient le sommeil et ne le trouvaient pas. Kim rompit le silence.

— Comment tu t'habilles demain ?

— Je mets mon habit de lumière…

— Une tenue spéciale ? Sexy ?

— Je suis sexy de toute façon, tu le sais bien… Avec un sac à patates sur le cul, je les affole, les gonzesses…

— T'as qu'à y aller à poil, tu seras sûr de plaire…

— C'est ta mère qui serait contente ! J'ai le temps d'y réfléchir, je n'y vais qu'à six heures du soir. Alors que toi tu ferais bien d'y penser dès maintenant.

— N'exagère pas. Midi, ça me laisse la matinée pour me décider…

— Elles sont sympas, chez ta mère ?

— T'en fais pas, ça va aller.

— C'est un drôle de métier, non, lingerie masculine ? Marchande de slips, comme qui dirait emballeuse de bites…

— Tu faisais moins ton malin tout à l'heure, quand elle était là.

— Ça fait longtemps que je l'avais pas vue. Elle me fout un peu la trouille. Tu crois qu'elle m'aime bien ?

— Elle t'adore, tu devrais faire gaffe, elle a l'air cool, comme ça, mais méfie-toi. Elle va vouloir te faire essayer des amplicouilles gonflables, te faire pigeonner du calfouète…

— Et toi, Rigoberte Machin va te sauter sur le poil, t'auras pas le temps de dire ouf…

— Ça risque rien, je plais pas aux femmes.

— Pauvre chéri !

Ils finirent par s'endormir. La roulotte s'ébranla vers le pays des rêves, sans que les éclairs fracassants des feux d'artifice troublent le sommeil de ses passagers.

5.

Kim se mit au volant, baissa la vitre pour pouvoir, chiquissime et mine de rien, sortir négligemment son coude par la portière. Il attarda son regard sur la musculature nerveuse de son avant-bras, et démarra en trombe. C'était trop bon de retrouver sa BBboxer. Il éprouvait une joie enfantine à accélérer et à conduire aux limites de rupture du moteur. Un bijou dont il avait lui-même érodé les culbuteurs pour en améliorer la nervosité. L'engin se cabra et fit gicler le gravier de l'allée jusqu'au seuil même de la maison. Les jeunes mâles étaient réputés pour la spectacularité des accidents qu'ils provoquaient. La plupart sans gravité : les moteurs étaient bridés, les vitesses limitées. Sans quoi il y aurait eu du sang sur les carrosseries qu'ils froissaient à longueur d'année. Ça coûtait cher en garagistes et en assurances, mais les fils à maman savaient se faire gâter.

Après un gymkhana inoffensif sur les boulevards principaux, Kim atteignit le quartier des ministères et passa devant l'Assemblée Nationale. Sur le fronton de pierre de l'illustre édifice, des lettres gravées affirmaient la triple ambition de l'institution : LIBERTÉ, ÉGALITÉ, SORORITÉ. Sororité ! Même la devise de la République excluait les hommes…

Que n'avait-on pas entendu, vingt ans plus tôt, quand les premiers hominristes étaient descendus dans la rue brûler leur étui pénien et réclamer pour les hommes un statut égalitaire dans la société ! La presse s'était déchaînée contre ceux, une poignée à l'époque, qui étaient allés déposer une gerbe de fleurs en hommage au Père Inconnu, sous l'Arche de Triomphe, où coulait cinq jours par mois une fontaine d'eau rougie symbolisant la grande harmonie entre la Femme et l'Univers. « Pour faire un enfant il faut aussi un homme ! » et « Tout enfant a un père ! » hurlaient les lettres rouges des pancartes qu'ils brandissaient au nez des forces de l'ordre dépassées par les événements. Les bataillons de gros costauds étaient restés sourds aux appels des manifestants qui les exhortaient à sortir du rang et à rejoindre leurs frères de lutte. Leur soumission à une hiérarchie entièrement féminine avait été la plus forte.

Avec la distance du temps, on se demandait comment des phrases aussi banalement anodines avaient pu provoquer de telles tempêtes éditoriales et des prises de position aussi extrêmes dans les médias. Pour le comprendre, il fallait garder présent à l'esprit que, comme tout le reste, la presse était contrôlée par des femmes dont la caractéristique première n'était pas la capacité à se poser ce genre de questions. Mais le mouvement hoministe avait fait tache d'huile. Les hommes, jeunes et issus des milieux favorisés, étaient descendus dans la rue pour crier leur révolte. Ils en avaient marre d'être infantilisés, perpétuels citoyens de seconde zone d'une société si traditionnellement matriarcale que les préjugés misandres passaient inaperçus, comme s'ils avaient fait part d'un ordre immuable inscrit dans la nature elle-même. Dia la Mère, Créatrice de toute Vie et Conceptrice suprême, n'avait-elle pas fait des hommes des créatures joueuses et immédiates, et des femmes des êtres responsables et réfléchis, incluses par la structure même de leurs corps dans l'ordre suprême du Monde ?

Autant d'évidences que ces mâles excités remettaient en cause par des slogans et des mots d'ordre qui plongeaient la femme de la rue dans la perplexité : « Notre sperme nous appartient ! » « Un homme sans femme est comme un poisson sans bicyclette ! » « Une femme sur deux est un homme ! » Le tintamarre avait été tel que le pouvoir avait cédé sur quelques points : les hommes pouvaient désormais être représentés dans les principales fêtes de l'année, des sections leur avaient été ouvertes dans les grandes écoles, et il n'était plus besoin du certificat de menstruation pour entrer à la Bourse des valeurs ou pratiquer la plongée sous-marine. Les hommes avaient également obtenu le droit de garder leur nom de jeune homme accolé à celui de leur épouse, seigneure et maîtresse.

Ces détails paraissaient de bien piètres victoires si l'on considérait la longueur du chemin qui restait à parcourir. Tous les pouvoirs réels restaient entre les mains des femmes, et elles semblaient peu décidées à en lâcher ne serait-ce qu'une miette. Certes, les hommes avaient obtenu, non sans mal, un demi-siècle auparavant, le droit de vote. Mais il n'étaient que dix pour cent au Parlement. Et quels hommes ! Féminisés, soumis à l'ordre établi, ils semblaient faire assaut de conformisme pour montrer à quel point ils étaient capables d'être aussi féminins que n'importe qui ! C'était à se taper la tête contre les murs. La tâche était colossale.

Depuis vingt ans, des campagnes de presse si concomitantes qu'elles paraissaient orchestrées avaient réussi à donner du mouvement des hommes une image tellement dévalorisée qu'aucun citoyen ayant un brin de jugeote n'osait se revendiquer hoministe de peur de se déconsidérer aux yeux de toutes et même de tous. Le mouvement s'était essoufflé. L'ordre femelle régnait de nouveau dans les consciences et dans les têtes. Mais Kim était bien décidé à reprendre le flambeau. Il était content de faire partie de la génération qui recueillait les premiers fruits des luttes de ses aînés. Un jour, lui, Kim, ferait ajouter le mot « fraternité » à la devise de son pays ! Mais ce n'était pas pour demain.

Il ralentit à peine pour faire le tour du vénérable bâtiment et atteindre l'entrée usuelle, au dos de l'édifice. Il crissa devant les huissières qui lui firent signe d'aller se garer plus loin. Rigoberte Cargis lui avait donné rendez-vous au restaurant des parlementaires. Kim n'avait pas vu la copine de sa mère depuis longtemps, mais savait que celle-ci s'était déclarée ravie d'accueillir celui qu'elle considérait comme son filleul. Elle l'attendait dans le hall et l'entraîna vers une table où deux de ses collègues étaient déjà installées.

Elle fit les présentations. Kim reconnut les deux députées pour les avoir souvent vues à la télé. Il fut surpris de constater qu'appartenir à des partis opposés qui s'entre-déchiraient dans les médias à longueur d'année ne les empêchait pas d'être apparemment en très bons termes. La plus âgée, Marthe-Adèle Chiquerat, vieille briscarde de la politique, célèbre pour ses reparties et son franc-parler, était un pilier du parti conservateur. L'autre, Philomène Pinjoski, vedette du parti progressiste auquel appartenait aussi Rigoberte, faisait partie des quadras, cette relève qui serait au pouvoir dans quelques années et dont les dents rayaient le parquet des antichambres ministérielles. À l'écran elle n'était pas mal, dans le genre femme femme. En vrai, elle irradiait de cette lumière particulière que donne la quarantaine aux femmes qui réussissent, fraîches encore et enrichies de la sérénité qu'apportent des années de batailles quand elles sont gagnées.

Kim la regarda et son cœur s'emballa. Le souffle coupé, les jambes en coton, extérieur à lui-même, il salua et s'assit. Il ne voyait plus qu'elle. Elle posa sur lui des yeux aimables, indifférents, habitués à plaire et exercés à séduire systématiquement. Elle lui sourit. Déformation professionnelle. Il se sentit traversé comme par un laser, anéanti, insignifiant. Que des yeux pussent être aussi bleus dépassait le concevable. Bleus. Turquoise. Lagon. Plongeon. Immersion. Fraîcheur. Chaleur…

Kim eut du mal à reprendre ses esprits. Il demeura interdit, stupide. Furieux contre lui-même, sûr d'avoir l'air idiot, il tenta de détacher son regard de la belle députée, exemple type de ce qu'il est convenu d'appeler une séductrice aux tempes grises. La plus belle qu'il lui eût été donné de rencontrer. Tempes grises, fallait pas exagérer. Quelques fils d'argent striaient le noir de ses cheveux, coupés tout court comme il seyait à une femme politique soucieuse de son image. Kim se contraignit à ne pas la dévisager, fit mine de fixer une attention de spécialiste sur la savante composition florale qui ornait le centre de la table. Mais nul besoin de regarder cette femme. Philomène rayonnait. Il sentait sa chaleur. Il pria pour que nulle ne vît son trouble.

Heureusement, un sujet polémique et croustillant accaparait ces dames. Sous l'influence des hoministes, l'aile gauche du parti progressiste tentait une fois de plus de faire passer une modification de la Constitution visant à empêcher un seul sexe d'occuper plus de soixante-dix pour cent des sièges. Le premier, et unique pour l'instant, effet de ce projet était de plonger la plupart des députées, en privé, dans une franche hilarité. D'aucunes étaient cependant agacées qu'on leur fît perdre leur temps sur de telles questions alors que tant de problèmes importants attendaient d'être résolus. À défaut de provoquer un débat national qui eût ravi les hoministes, la parité nourrissait les conversations de la supercantine de l'Assemblée. Kim en fut soulagé. Les plaisanteries qui fusaient d'une table à l'autre feraient diversion. La rougeur qu'il sentait envahir son visage pourrait être interprétée autrement que pour son vrai motif.

— Voilà que ça les reprend. C'est la saison.

— Ça doit être le temps, ou le désœuvrement, ou un dérèglement testiculaire. Faut qu'ils viennent nous agiter leurs obsessions sous le nez.

— Alors qu'on se contenterait qu'ils nous agitent autre chose !

— Marthe-Adèle, nous ne sommes pas seules.

— Pardonnez-moi, mondamoiseau, je ne voulais pas vous choquer.

— Appelle-le Kim, je t'en prie, coupa Rigoberte.

Philomène intervint :

— Et que nous vaut le plaisir de votre présence, Kim ?

Elle avait dit Kim dans un souffle, d'une voix un peu voilée dont manifestement elle connaissait le charme. Rigoberte répondit pour lui :

— Kim va faire son stage de fin d'études chez nous. On va le faire travailler ! Mais je tiens à ce qu'il fasse quelque chose d'utile, nous n'allons pas l'amuser pendant des mois pour rien. Tâchons de ne pas gaspiller l'argent des contribuables.

— Parce qu'ils sont payés, maintenant, les stagiaires ? On n'arrête pas le progrès. – Marthe-Adèle la trouvait bien bonne. – Et que pense notre jeune ami de la… parité ?

Kim aurait préféré qu'on ne lui pose pas de questions, mais il n'allait quand même pas se dégonfler. D'autant qu'il sentait le regard de Philomène posé sur lui.

— Je trouve que c'est une excellente idée !

Marthe-Adèle jubila.

— Oh ! c'est beau, la jeunesse, une leçon d'enthousiasme pour nous toutes. Mais rassurez-moi, vous n'êtes pas hoministe, au moins ? Vous aimez les femmes ?

— Ça n'a rien à voir !

— Oh si, ça a à voir ! J'ai connu les hoministes de la grande époque, ils n'étaient pas très attirants, les malheureux. Une bande de frustrés, une bande de, passez-moi l'expression, mal baisés, tous moches. Je sais de quoi je parle. Et quand je dis bande, c'est pas le mot le plus approprié, si vous voyez ce que je veux dire.

Elle rit à sa propre astuce.

Rigoberte réagit :

— Ils n'avaient pas tort sur tout, ils ont fait des choses formidables !

— Admettons, mais maintenant on peut passer à autre chose. Cette histoire de parité, c'est n'importe quoi. Aujourd'hui, rien n'empêche les hommes d'accéder au pouvoir, aucune loi, aucune entrave, rien. S'ils ne le font pas, ce n'est pas qu'ils ne peuvent pas, c'est tout simplement qu'ils ne veulent pas. Ce n'est pas leur centre d'intérêt, voilà tout…

Marthe-Adèle détachait chaque syllabe, comme si elle s'adressait à un auditoire dont les déficiences mentales eussent été démontrées.

— Qu'est-ce qui les intéresse, alors ?

Kim sentit que sa voix partait dans les aigus, signe d'une nervosité qu'il aurait aimé contrôler.

Marthe-Adèle sourit :

— Vous le savez bien, les arbres, les fleurs, les voitures, les ballons…

— C'est un peu vieux jeu, non, comme vision ?

— Dis-moi, Rigoberte, il en veut le jeune homme ! C'est bien, mon petit. J'aimerais que vous ayez raison, mais pour l'instant on en est là. Prenez un groupe de ces hommes qui veulent l'émancipation et la réclament à grands cris. Lâchez un ballon au milieu de la bande : ils se jetteront dessus, se mettront à galoper, à dribbler, à feinter, et finie la discussion ! Je ne vois pas ce que vos amis les hominstes pourront changer à ça.

Rigoberte haussa les épaules.

— Kim, si tu n'avais jamais vu une vieille réaque de près, c'est le moment ou jamais !

Il en aurait fallu plus pour démonter Marthe-Adèle.

— Une vieille hypocrite de gauche, ça décore aussi ! Tu penses comme moi, avoue-le. D'ailleurs ce n'est pas ce qu'on pense, c'est ce qu'on constate ! Si gouverner c'est prévoir, alors je ne vois pas comment des hommes peuvent prétendre gouverner. S'ils étaient biologiquement capables de prévoir, ça se serait déjà manifesté ! Pour eux, la vie, c'est l'instant, le jeu, le défi, l'agressivité, l'éternel masculin, quoi. Que j'adore, soit dit en passant, personne ne pourrait s'en priver, les hommes sont le sucre de la vie !

Kim ne savait pas, de l'imbécillité des propos tenus ou de sa propre incapacité à y répondre, ce qui l'énervait le plus. En présence de Philomène, il aurait aimé clouer le bec à son interlocutrice en usant d'arguments affûtés. Il fut soulagé de voir que Rigoberte s'apprêtait à reprendre la parole. Elle venait à son secours.

— Ça n'empêche pas qu'ils ont des droits. Évidemment, si on s'en tient au rôle de l'homme dans la procréation, on ne peut que constater qu'il n'agit que dans l'immédiat : un spasme, quelques secondes, et le voilà père. Nous, une bébée, ça nous prend neuf mois pour la fabriquer, douze heures pour la mettre au monde et vingt ans pour en faire quelqu'une, alors prévoir, ça nous vient tout seul. C'est ce qui nous rend spontanément aptes au pouvoir, aux responsabilités. C'est incontestable, c'est biologique. Mais tu ne peux pas te cantonner à ça. Il y a des hommes de grande valeur, et de plus en plus, qui sont tout à fait les égaux des femmes…

Avec une défenseure comme Rigoberte, la cause des hommes ne risquait pas d'avancer bien vite. Marthe-Adèle renchérit :

— Ceux-là, d'accord, et ils réussissent très bien… Mais avoue que la plupart des hommes restent des enfants toute leur vie, de grands et d'adorables enfants. Pourquoi contrarier la nature ?

Kim grillait de rage.

— C'est pas la nature ! C'est la société !

— Ouh, mais c'est qu'il mordrait ! Écoutez-moi, mon petit : l'homme n'est pas un être de réflexion, mais d'instinct. Un homme, vous le mettez face à une montagne, il grimpe ! Devant un gouffre, il fouille ! Vous lui donnez un moteur, il fonce ! Dans le tas, sans réfléchir ! Et s'ils sont plusieurs, en plus, ils font la course ! Non seulement c'est comme ça, mais ça a toujours été comme ça. Un homme est davantage à sa place sur un terrain de jeu que dans un Parlement.

Rigoberte calma le jeu :

— Il faut toujours que tu en rajoutes…

Elles sourirent, contentes d'elles. Kim resta muet. Comment répondre ? Elles avaient tort, il en était sûr. Mais trouver l'argument qui fait mouche, il s'en sentait incapable. Désarmé, il ne pouvait que se taire. Ce faisant, il les confirmait dans leur opinion. Il enrageait. Elles continueraient à penser qu'elles avaient raison, campées sur leurs certitudes, confites d'autosatisfaction.

Philomène n'avait pas dit un mot. Elle observait Kim avec un demi-sourire qui acheva de le mettre au supplice. Il regarda autour de lui pour se donner une contenance. Aux autres tables, on avait probablement tenu des propos similaires, pétris de cette gauloiserie que ces gaillardes périmées prenaient pour un art de vivre. Dans la salle, l'atmosphère commençait à se charger de volutes de havanes. L'air était déjà lourd des haleines empesées par la tortore haut de gamme et vins assortis que la République mettait obligeamment à la disposition de ses élites élues. C'était drôle de voir l'envers du décor, quand le poids de la nourriture dans les estomacs relâchait la tenue des corps et celle des esprits. Ces vieilles peaux concentraient l'essentiel du pouvoir politique du pays. Elles allaient probablement en passer à quelques plaisanteries égrillardes typiques des femmes entre elles. Le sujet de conversation favori, une fois absorbées quelques calories et quelques degrés de vin, restait les hommes, les hommes, les hommes. Comme si leur absence physique était compensée par l'obsession dont ils étaient l'objet.

Kim se sentait aux premières loges, dans le ventre de la bête. Il avait besoin de respirer. Il se leva pour aller aux toilettes. Les regards pesant sur ses cuisses et ses épaules à mesure qu'il traversait la salle lui confirmaient qu'il n'était lui-même qu'un homme, sujet de leur humour aussi lourd que leur digestion, cible de leur désir maniaque. Encore heureux s'il ne se prenait pas la main baladeuse d'une parlementaire hors d'âge persuadée qu'elle restait sexy malgré les années.

Il se rafraîchit le visage, se regarda dans la glace. Il se sentait en cet endroit aussi incongru qu'un poulpe dans un garage. Une seule idée lui réchauffait le cœur : pendant tout cet échange, Philomène était restée muette. Kim pouvait espérer qu'elle désapprouvait les préjugés lourdingues de ses collègues, et ça le soulageait. Il aurait détesté avoir à lui tenir tête. Il revint à table, calmé.

Marthe-Adèle prit congé. Rigoberte et Philomène se dirigèrent vers leur bureau, Kim leur emboîta le pas, resta en retrait pour pouvoir observer Philomène à loisir. Elle portait avec allure une toge sombre qui ne révélait pas grand-chose de son corps, mais dont l'étoffe souple et fluide soulignait l'élégance des mouvements. Toge, soutane ou kimono, le costume féminin manquait de fantaisie. Commun aux femmes d'affaires et aux politiques, parfois agrémenté d'un col blanc ou d'un revers de couleur, ou retenu par une ceinture aux hanches, c'était le vêtement de la gent sérieuse, symbole de compétence et de prestige. Couleurs vives, bijoux, chaussures hautes et frivolités en tout genre étaient réservées aux hommes. Comme dans la nature. Aux mâles les crêtes, crinières, jabots, cornes tarabiscotées et plumes multicolores. À eux les parades hautaines, les danses nuptiales, les gonflements de joues, les brames assourdissants et les barrissements avantageux. Les femelles, sobres, simples et fonctionnelles, occupées à la survie de l'espèce, étaient peu enclines à ces coquetteries. Que les mâles se missent en vitrine pour attirer l'attention femelle faisait partie de l'ordre immuable des choses. Les humains n'échappaient pas à la règle.

Philomène, à la fois altière et détendue, avait dans la

démarche quelque chose de noble qui la rendait intimidante même de dos. Rigoberte se retourna vers Kim. Sur elle, la toge ne faisait pas le même effet. Elle lui passa le bras autour de la taille.

— Bien, mon petit Kim, nous allons passer aux choses sérieuses… Viens dans mon bureau…

Elle lui désigna une porte sur la droite. À son grand désespoir, Kim comprit que Philomène ne les suivrait pas. Il la vit s'éloigner et ce fut comme si le soleil s'éteignait. Rigoberte le fit entrer et referma la porte. Elle s'assit, Kim lui fit face.

— Kim, tu tombes très bien, et Philomène me le faisait remarquer il y a un instant. Ça fait un certain temps que notre parti se pose le problème de la question masculine. Que les hommes ne fassent pas plus de politique est pour nous un sujet de préoccupation.

Rigoberte s'interrompit.

— Oh, zut ! Tu es mon filleul, je vire la Cellophane ! Que les hommes fassent de la politique ou pas, on s'en tape, comprends-le bien. Et même en ce qui me concerne, moins ils en font et mieux je me porte. Ce qu'on veut, c'est améliorer nos scores électoraux, et pour ça on a besoin du vote masculin. Alors on est en train de pondre un rapport, pour faire monter la mayonnaise… Un truc qui excite la presse masculine, un document sur la situation des hommes, leurs attentes, etc. Quelque chose de populaire, de simple, qui mette le sujet à la mode. Ça s'appellera « Observatoire de la misandrie », « Urgence de la parité » ou « Égalité des chances », tu vois le genre. Tu vas nous aider. Quelque chose me dit que tu aimerais travailler sur le sujet. Je me trompe ?

Il fit non de la tête. Elle poursuivit :

— Tous les matins, tu vas éplucher la presse, découper tout ce qui présente un intérêt. Même chose pour la radio, la télé. Bref, tu fais la chasse à toutes les expressions et manifestations du sexisme ambiant, et tu nous les classes par genre.

— Et je suis seul pour faire ça ?

— Tu n'imagines pas qu'on a un régiment à mobiliser sur cette question ! Nous sommes le seul parti qui se pose ce type de problème, quant aux moyens, tu comprendras aisément qu'il y a des sujets plus urgents. Mais en cas de besoin, tu pourras venir me demander conseil. À moi ou à Philomène…

Elle sourit en prononçant ces mots et son regard se fixa sur lui. Kim prit l'air le plus neutre possible, mais son esprit se mit aussitôt à échafauder des plans pour ne demander conseil qu'à Philomène. Uniquement Philomène. Philomène…

— Tu te mets au travail demain matin.

L'entretien était fini. Kim salua, sortit, eut envie d'embrasser l'huissière. On allait le payer pour faire ce qui l'intéressait le plus au monde, et sous la direction de la plus belle des chèfes ! Il reprit sa voiture, s'intégra à la circulation tranquille du milieu de journée avec la sensation enivrante de lancer un char invincible à la conquête d'une citadelle réputée inexpugnable. Laquelle citadelle s'ouvrirait d'elle-même pour lui signifier la reddition du matriarcat et l'approbation de sa plus belle représentante, dame Philomène. L'érection qui s'ensuivit fut à la mesure des rêves qui l'avaient provoquée.

Kim se faufilait entre les voitures alors que dans son caleçon s'allumait un irrésistible zénith de prouesses hoministes et de performances viriles. Il avala le trajet de retour en un temps propre à lui valoir une médaille d'or dans le cas où le parcours eût fait partie d'une épreuve sportive. Il voulait parler à Loup. Raconter son après-midi, c'était comme le vivre à nouveau, et il voulait reconstituer chaque seconde de sa rencontre avec l'amour. Hélas, quand il fit irruption dans leur repaire, Loup s'était déjà envolé. Kim descendit vers les arbres. Le beau ginkgo allait entendre parler de Philomène.

6.

Loup entra dans l'immeuble de la Foon et se fit annoncer comme s'il avait fait ça toute sa vie. Pénétrer dans une cathédrale ne l'aurait pas impressionné davantage. La prospérité de la firme s'affirmait dès l'immense volume du hall, par un sol de marbre blanc poli comme un miroir, des fauteuils profonds et boursouflés, et, sur les murs, une rétrospective de la très célèbre campagne publicitaire qui avait popularisé la ligne la plus connue de la marque, et aussi la plus coquine, « Oh!Bad! ». Les photos, de magnifiques clichés en noir et blanc, s'affichaient depuis plusieurs années, dans la rue, les bus et les magazines. Elles faisaient les délices des collectionneuses, agaçaient les hoministes et avaient assuré le leadership de la Foon sur le marché extrêmement concurrentiel de la lingerie masculine. « Oh!Bad! » et ses recettes friponnes, numérotées au fil des collections, avaient boosté les autres gammes de la marque. De la ligne classique bon chic bon genre « Chantîle », à la junior « Prince TomTom », en passant par la sportive « Banane-à-Foon », il y en avait pour tous les goûts.

L'hôte d'accueil, que Loup rangea immédiatement dans la variété pouf blondasse, ne lui accorda pas un regard, susurra quelques mots au téléphone, et lui indiqua son chemin. Le pauvre type s'appropriait le prestige de la boîte qui le gratifiait du salaire minimum pour tortiller des épaules en présence des visiteuses et leur servir de poteau indicateur. Destination quatrième niveau. Loup se sentait nerveux. L'air affairé et indifférent des gens qui passaient devant lui le mettait mal à l'aise. Il aurait voulu être ailleurs, se sentait gauche, tentait de prendre une pose détendue. On le fit attendre, puis on lui remit un dossier. Des formulaires lui demandaient de préciser son passé médical et la profession de sa mère. Il s'exécuta docilement, tout en se demandant quel pouvait bien être le rapport entre le métier de sa mère et ce qu'il aurait à faire pour son stage. Plus le job était insignifiant, plus l'impétrant devait montrer patte blanche. On lui laissa largement le temps de feuilleter la totalité de la pile de magazines qui, sur la table, rivalisaient de frivolité. Il eut le sentiment qu'on le traitait comme la dernière roue du carrosse, bien qu'il fût le filleul de la patronne, ou peut être à cause de ça. Finalement, on lui dit que la directrice des ressources humaines ne le recevrait pas, et qu'on l'attendait directement au sixième niveau.

Dans le descenseur, le sixième sous-sol correspondait à la direction. La direction ? Voilà qui n'était pas prévu. Ça voulait dire Bernardine ? Loup ne savait que penser, et c'est en s'interrogeant qu'il attendit que s'allume le chiffre du saint des saints, l'étage auquel la majorité des salariées n'avait jamais eu accès. Certaines firmes enterraient leurs locaux beaucoup plus profondément. Leur puissance réelle échappait ainsi à la curiosité de la concurrence, à l'espionnage industriel. On parlait de vingt, trente niveaux sous la surface. Parfois plus. Les délires troglodytes des architectes les plus audacieuses enfouissaient leurs clientes à des centaines de mètres, là où les frais de chauffage devenaient inexistants et la soif de discrétion pathologique. La Foon restait une entreprise à visage humain, et ses six niveaux, étendus autour d'un puits central pourvoyeur de lumière même au plus profond, suffisaient à assurer production, gestion et promotion.

Bernardine Carpette avait beaucoup pensé à Loup. Beaucoup trop. Elle avait envie de le voir, de savoir ce qu'il avait dans le ventre. Sans attendre. Elle avait donc décidé de le faire descendre. Ça allait jaser. Elle se trouvait des excuses, des prétextes. La vérité, c'est que le petit lui avait tout simplement tapé dans l'œil. Elle le savait. On ne se refait pas. Elle se sourit intérieurement et reprit conscience de son environnement.

Le conseil d'administration venait de se terminer, et la plupart des administratrices, ravies une fois de plus de constater que malgré la crise la Foon maintenait ses dividendes, avaient pris congé. Seules s'attardaient les compagnes de la première heure, celles qui avaient assisté, et collaboré, à la naissance de l'empire Foon. Elles étaient restées fidèles à Bernardine pendant toutes ces années, avaient mérité sa confiance, et partageaient désormais une amitié d'autant plus indéfectible qu'elle tenait compte d'une multitude de services rendus, de descenseurs renvoyés et de débauches discrètes.

Loup s'immobilisa devant le bureau du secrétaire, un homme entre deux âges, élégant et encore assez séduisant pour assurer le prestige de sa patronne. Loup se sentit toisé, de ce regard sans aménité que quelques années de plus donnent aux hommes pour en juger d'autres, pour mesurer le danger de concurrence, peser d'un seul coup d'œil l'irrémédiable capacité des générations montantes à prendre la relève, à supplanter leurs aînés, à les dépasser en séduction. L'examen fut probant. Le secrétaire se leva sans enthousiasme, fit signe à Loup de le suivre.

— Entre, Loup !

La voix, d'une autorité manifestement peu habituée à la contestation, parvenait de l'autre extrémité d'une salle qui parut à Loup assez vaste pour abriter la prochaine finale de la coupe des clubs champions de coupe. Il rassembla tout son courage, inspira à fond et se lança dans la traversée en solitaire de la moquette, épaisse à étouffer tout bruit, tout éclat de voix, et probablement toute velléité de résistance à l'imposante matrone qu'était devenue Bernardine au fil des années et de ses succès de femme d'affaires. Évidemment, il avait chaussé des socques plus susceptibles de souligner le galbe de ses mollets que d'affronter un défi à l'élégance de la démarche. Il commença à se dandiner sous le regard aigu d'une demi-douzaine de quinqua, voire sexagénaires, pas mécontentes de se détendre. Une Bernardine différente de la veille, à la fois plus dure et plus enjouée, le regarda avancer.

— Chères amies, permettez-moi de vous présenter Loup, mon filleul, qui vient de terminer ses études et qui va faire son stage chez nous.

— Mais il est charmant, vous nous l'aviez caché !

— Évidemment, je connais vos penchants pour la jeunesse !

— Charmant est au-dessous de la vérité…

— Alors, Loup, es-tu content de travailler avec ta marraine ?

La perspective d'encaisser des dividendes combinée à la contemplation d'un jeune homme dans la fleur de l'âge eût ragaillardi la plus morose des porteuses de parts. Loup sourit, c'est tout ce qu'il trouva à faire. Surtout, ne pas déplaire. Mais leur regard avait quelque chose de collant qui le mettait mal à l'aise. Elles le détaillaient sans vergogne, attardant leur presbytie sur la courbe de ses épaules et le renflement du bas de son ventre. Il se sentit déshabillé, englué par leur sourire, consommé en imagination.

— Je sors tout le monde, tu seras des nôtres, mon petit Loup, tu me raconteras comment tu vois les choses…

Zut zut zut et rezut. La dernière chose qu'il avait envie de faire était de suivre cette bande de vioques au restaurant. Mais comment refuser ? Impossible. Bernardine n'était pas le genre tantine Confitures. Si elle disait suis-moi, on suivait. Il suivit. Et ne fut pas déçu. En fait de restaurant, elles allèrent au Crazy Bull Saloon, un cabaret qui avait, paraît-il, révolutionné le strip-tease, et où l'on pouvait dîner pour peu qu'on s'intéressât davantage aux charmes masculins qu'aux délices de la gastronomie. Elles étaient six, les heureuses actionnaires de la Foon. On les installa au premier rang, dans une sorte de loge en arc de cercle, qui leur permettrait de suivre le spectacle tout en continuant la conversation. Bernardine se plaça au milieu avec Loup à sa droite, les autres se répartirent de part et d'autre.

— Demain, tu seras à la tâche, mais ce soir tu bois du champagne !

Bernardine, malgré le début d'embonpoint dont les années avaient enrobé la silhouette, restait une belle femme, énergique et chaleureuse. L'hilarité qui lui allumait la face en quasi-permanence avait creusé des ailes du nez aux commissures des lèvres deux parenthèses qui, quand elle cessait de sourire, accentuaient la dureté d'un regard que peu de personnes osaient soutenir. La calculatrice froide et ambitieuse perçait alors sous la bonne vivante aux rires tonitruants et au goût marqué pour les jeunes gens. Elle portait une sobre soutane de marque et à sa taille pendait une aumônière, dont plus tard dans la soirée elle extrairait un havane. Une fois de plus elle enfumerait sans vergogne les poumons de son entourage qui ferait semblant de ne pas s'en apercevoir.

Ce soir, manifestement, elle avait décidé de se détendre. Loup, garçon des bois et des jardins, se sentait parfaitement incongru en ce lieu. Comment avouer qu'à vingt ans passés il n'aimait pas le champagne, n'y avait goûté qu'une fois, et qu'il préférait un bon soda ? Il se laissa servir, se dit qu'il allait boire lentement, afin que personne ne perçoive sa totale inexpérience en matière d'alcool. La salle se remplissait. Bernardine lui passa le bras autour de l'épaule.

— Alors, est-ce que tu aimes la lingerie ? Sais-tu que la lingerie masculine représente soixante-dix pour cent de notre chiffre d'affaires ?

Loup ne le savait pas. Mais oui, il aimait la lingerie. À son âge il ne portait que des choses simples, mais ce qu'il voyait dans les magazines masculins lui semblait parfaitement fascinant.

— J'adore !

— À la bonne heure ! Figure-toi que c'est nous qui avons dessiné les costumes du spectacle.

Le show allait commencer. Le programme promettait les performances de Buffalo Boules, Ruby Gnaul, Tarzanou, Zizi Pampano, Pop Oll, Caramel Kiki, Bomb O'choco et autre Boo Rico. Loup avait toujours entendu parler du Crazy Bull, mais c'était le genre d'endroit où il n'avait jamais imaginé mettre les pieds. Sa mère ne mangeait pas de ce pain-là, elle avait toujours été choquée par l'exhibition systématique de l'anatomie masculine. Manifestement, Bernardine pensait tout autrement.

Le rideau se leva. Une brochette de garçons sculpturaux, tous de la même taille et arborant la même perruque, martelait la scène d'un pas martial. Leur corps, ceint par des liens de cuir, portait pour tout vêtement des coques testiculaires noires et un étui pénien clouté d'argent. Si c'est ça que Bernardine appelait costume, Loup avait encore beaucoup à apprendre. La chorégraphie du numéro des créatures était extrêmement rudimentaire et parfaitement efficace : les compagnes de Bernardine atteignirent en quelques instants un remarquable degré de concentration.

Le numéro s'acheva dans l'excitation générale sans que Loup ait entamé sa coupe. Bernardine, à qui le manque d'entrain de son filleul pour l'absorption de boissons alcoolisées n'avait pas échappé pour la bonne raison qu'elle n'arrêtait pas de le mater discrètement, proposa un toast. Il fallait que ce petit se lâche un peu. Au même âge, sa mère avait déjà un enfant, elle connaissait la vie. Bernardine n'allait pas laisser son nouveau stagiaire se confire dans la tempérance, l'abstinence, la sobriété et autres conspirations contre la joie de vivre.

— Et maintenant buvons à la jeunesse en général et à Loup en particulier !

Loup se résigna, et avala une gorgée du breuvage mousseux. C'était bien ce qu'il pensait. Joli à regarder mais pas bon à boire. Un bon cola, voilà de la bulle qui désaltérait sans arracher le gosier. Bernardine eut pitié du rictus qui avait déformé le visage du jeune homme ingurgitant du Dame Pérignone comme si c'était de la pisse d'ânesse. Elle décida d'atténuer les souffrances du débutant.

— On va te faire un mimosa, une boisson de godelureau !

Elle prit la coupe de Loup, en but une partie pour faire de la place, et combla l'espace ainsi dégagé par du jus d'orange.

— Goûte-moi ça !

Loup s'exécuta. Ah ! C'était beaucoup mieux ! c'était presque bon ! Il sourit, et Bernardine se félicita de son savoir-faire avec les jeunes. Le deuxième numéro commençait. Davi Coquette et son lasso câlin. Un immense gaillard, chapeau de cow-boy et bottes à mi-mollets, cherchait, par divers mouvements aussi suggestifs qu'inefficaces, à se débarrasser d'un lasso à franges enchevêtré de savante manière sur son anatomie de colosse. Le cuir tournicotait autour de ses cuisses, s'immisçait dans son entrejambe et ne parvenait qu'avec difficulté à cacher ce qui devait l'être. L'éclairage, syncopé au rythme d'une musique évocatrice de troupeaux de bovins lâchés au grand galop dans les espaces illimités de prairies du Nouveau Monde, zébrait de coups de fouet incandescents le corps du géant des plaines. Pour finir, d'un coup de reins particulièrement rageur, il parvint à libérer son bas-ventre de l'étreinte du serpent de cuir, au moment précis où la lumière s'éteignait. Les ennuis de ce pauvre Davi avaient manifestement ému l'auditoire, qui ne manqua pas de le faire savoir par moult applaudissements, sifflets et bravos. Loup, impressionné par toute cette agitation de viande, en avait fini son mimosa. Aussi sec, son verre fut remplacé. Et déjà un troisième numéro commençait.

Les garçons du Crazy Bull avaient subi une sélection physique impitoyable. Ils menaient une vie de séminariste, plaçaient sur un plan d'épargne leurs énormes cachets et respectaient un régime draconien. Telle était du moins la légende forgée et entretenue par Calamity Mool, la créatrice-tenancière de l'établissement et théoricienne péremptoire de la beauté masculine. Tous ses danseurs présentaient des caractéristiques similaires, hanches étroites, épaules larges et rondes, fesses parfaitement sphériques et haut perchées, testicules ramassés, verge rectiligne, et gland à découvert. Le credo maison permettait de se démarquer des autres cabarets en impliquant que seul le sens de l'esthétique rinçait l'œil des spectatrices, et non un voyeurisme un rien cochon. Cette présentation arrangeait tout le monde. Loup regarda autour de lui. Toutes ces femmes d'affaires, qui amenaient dîner quelque cliente provinciale, ces brochettes de touristes exotiques, ces simples curieuses n'étaient mues que par leurs exigences artistiques. Elles seraient aussi bien allées au Louvre si l'on avait pu y dîner à cette heure.

Loup ne mangeait rien. Il regardait, et il buvait. Après quelques scènes, le principe de base du spectacle qui tant plaisait à ces dames apparaissait dans sa simplicité bouchère : les fins morceaux restaient cachés malgré la conspiration conjointe de vêtements instables et mal agrafés et d'une chorégraphie houleuse. Le reste du corps s'exhibait pleine peau, avec pour tout costume les dessins de lumière que les projecteurs traçaient sur les épidermes poncés, satinés, hâlés juste comme il faut. Le côté répétitif de l'exercice ne lassait pas le public qui en réclamait encore et encore. Oui ! le maçon et sa truelle capricieuse ! Aah ! le pompiste et sa combinaison récalcitrante ! Encore ! le menuisier et sa scie sauteuse ! Loup se demandait à quoi pouvaient bien penser les danseurs. Il scrutait leur regard. Mais leurs yeux chargés de khôl et protégés par un rideau de faux cils n'exprimaient absolument rien. Ils faisaient leur numéro, exhibaient leurs derrières, rampaient, se cambraient, laissant entrevoir leurs frivolités suspendues, sans cesser de sourire et sans que leur visage exprimât l'ombre d'une émotion. Vidaient-ils leur regard exprès pour s'isoler ? Étaient-ils vraiment stupides, comme ils en avaient la réputation ? Ou bien pensait-on qu'ils étaient bêtes juste parce qu'ils étaient jolis ? Loup se trouvait aussi beau qu'eux. D'où venait le sentiment de gêne qu'il éprouvait devant ces corps offerts à la convoitise de la publique ? Leur ressemblait-il, ou était-il différent ? Aurait-il pu gagner sa vie en s'exhibant ainsi ? Aurait-il ressenti de la fierté à plaire, ou de la honte à être regardé comme un jouet ?

Il fut tiré de ses pensées par un roulement de tambour annonçant le clou du spectacle : vedette incontestée du show, Boo Rico et son hélice magique ! Celui-ci se matérialisa sur scène, déjà presque nu, l'entrejambe étonnamment proéminent, le corps habillé d'étoiles de lumière disséminées sur sa peau et animées d'un mouvement circulaire propre à donner le tournis à une pilote de chasse. Les étoiles s'agrandirent, s'affadirent puis disparurent à mesure que la musique s'énervait. Boo se nimbait désormais d'un nuage bleuté, et l'on distinguait mieux son accoutrement, qui composait un festival de passementerie. Biceps, deltoïdes, poignets, chevilles et cet étranglement sous le genou qui fait le mollet galbé s'entrelaçaient de galons qui n'auraient pas déparé sur une bergère Louise XVI, et faisaient de la musculature parfaite de Boo une sorte de rosbif géant, en beaucoup plus sexy. Même le rythme sur lequel il dansait se dénudait peu à peu jusqu'à se réduire à un tam-tam unique, de plus en plus rapide. Boo se trémoussait tant et plus, des perles de sueur apparurent sur son ventre. D'un seul coup, il arracha et jeta au sol le tanga de rubans satinés qui cachait encore le paquet surdimensionné de son intimité. Les joyeuses emprisonnées dans un filet rouge tenant en place comme par miracle, son sexe apparut, et avec lui la raison de ce volume surprenant : la verge était prolongée par un gland de soie dont les franges mesuraient bien quinze centimètres. Ainsi harnaché, l'engin du danseur lui arrivait presque aux genoux.

Booboo se mit à onduler des hanches, accentua le mouvement qui se répercuta en cercles de plus en plus rapides. L'effet visuel d'hélice était spectaculaire. Les spectatrices, hypnotisées, avaient fait silence. Loup, bien calé sur son siège, les coudes sur la table et le menton posé sur ses mains, concentrait son attention sur le sexe endiablé du garçon. Le tam-tam devenait lancinant, faisait mal à la tête. Le type allait finir par s'envoler, couilles par-dessus tête, entraîné par l'énergie hallucinante de son appendice en folie. Ridicule. Ridicule.

Loup cessa de regarder la sarabande pubienne, tenta de croiser le regard du danseur. En vain. Il se sentait vaguement humilié, comme si c'était lui qui jonglait sous les projecteurs. Gêné, nauséeux, saturé. La fumée lui piquait la gorge et les yeux. Il se mit à hurler de toutes ses forces.

— Arrêtez ça ! Mais arrêtez ! C'est nul ! Nul à chier !

Sa voix furibarde et pâteuse couvrait la musique. D'aucunes en étaient encore à se demander si la perturbation faisait partie du numéro, quand il bondit de son siège, enjamba la table, sauta sur scène et saisit aux épaules le malheureux Boo. Il continua à l'invectiver avec une rage qui se figeait comme une lave, le secouait de toutes ses forces, des forces un peu trop trempées dans les mimosas à répétition. Dans un premier temps, l'agité du croupion, son hélice d'amour soudain calmée, sembla décontenancé. Et puis l'idée qu'il frisait les deux mètres et qu'il était bâti comme un déménageur lui revint à l'esprit. Il se dégagea de la poigne de Loup, lui posa les mains sur les épaules et le repoussa avec une telle force que Loup, qui ne devait son équilibre qu'au fait d'être agrippé aux galons de l'artiste, fit une sorte de vol plané arrière et alla s'écraser sur la table des actionnaires de la Foon & Co, dans un fracas de vaisselle bousculée et de sifflements réprobateurs. La musique doubla de volume pour couvrir les huées. Tranquillement, lentement, Boo entreprit de mener à terme son numéro. Indifférent et professionnel, il relança son hélice, révolutionna l'air saturé et l'audience congestionnée, et s'immobilisa brusquement. Figé, hautain, insondable, il salua une publique à l'enthousiasme décuplé par le scandale, et disparut derrière le rideau.

La scène avait été si rapide que Bernardine n'avait pas réagi. Loup gisait, ivre mort sur la table, crucifié sur la nappe ruinée, parmi les tessons de coupes, les éclats d'assiettes, les glaçons du seau à champagne et les reliefs des victuailles du Crazy. Stupéfaite, la patronne de la Foon regardait son filleul. Ses compagnes guettaient sa réaction, soucieuses de ne pas froisser la puissance invitante. Au soulagement général Bernardine partit d'un de ses célèbres fous rires. Son filleul était une nature ! Excellente nouvelle ! Elle s'en doutait depuis le début ! Un tel tempérament méritait mieux qu'une place de chauffeur ! Elle allait s'occuper personnellement de ce petit gland ! Lui apprendre à boire et à se tenir comme un damoiseau en toute circonstance. En attendant, il s'agissait de le rapatrier. Dodo jusqu'à demain.

7.

Le rayon de soleil qui lui incendia les paupières était le premier de ce matin de juin et tira Kim d'un sommeil animé par les facéties érotiques d'une Philomène autrement plus fantaisiste que la vraie. Un coup d'œil sur son réveil lui confirma qu'il n'était pas six heures. Il avait échoué à veiller jusqu'au retour de Loup, s'était endormi comme une masse. Il aurait bien prolongé son rêve, mais la curiosité, plus forte que la tentation de replonger dans ses songes délicieux, le poussa à se lever. La curiosité et une certaine inquiétude. L'entretien de stage de Loup avait duré bien trop longtemps. Quelque chose avait dû dégénérer. Lâché dans la grande ville comme un pull griffé le jour de l'ouverture des soldes, un pecno courait toujours des risques.

Kim descendit de sa couchette avec des manières de chat. Se haussa sur la pointe des pieds pour se pencher sur Loup, qu'on aurait dit jeté en vrac sur sa couette par quelque main géante. Il dormait tout habillé, la bouche ouverte comme chez la dentiste. Kim se pencha vers son visage pour vérifier la profondeur du sommeil. Abyssale. Il hésita un instant. Le laisser dormir ? Le réveiller pour le passer à la question ? Il opta pour la deuxième solution. Quand on a été tiré du sommeil par Phébus soi-même, on n'a pas de pitié pour les couche-tard. Morphée allait morfler. Kim commença en douceur, lui souffla sur les paupières.

Indifférence de l'intéressé. Il prit une fleur dans le vase et lui chatouilla les oreilles et les narines avec les pétales. Il y allait délicatement. Loup ne sentait rien. Il lui tapota les joues. Pas de réaction. Alors il tapa carrément, à la limite de la gifle. Cause toujours. Il lui secoua les épaules, d'abord doucement, puis de plus en plus fort, comme s'il s'était agi de lui décrocher les omoplates. Loup dormait niveau professionnel. Passant aux choses sérieuses, Kim le tira par les épaules, à moitié hors du lit. Loup se déplia, tête pendant dans le vide, pieds en l'air contre la paroi, et s'en trouva fort aise. Coriace, l'assoupi. Kim ne s'avoua pas vaincu. Il jeta son copain par terre, en paquet sur le parquet, puis alla chercher un verre d'eau et le lui lança à la figure. Un grognement sortit enfin du désordre de draps et de chair. Le dormeur émergeait, tout doucement.

— Alors, t'es rentré à quelle heure ? Qu'est-ce qui s'est passé ? Tu t'es perdu en route ? Tu veux un café ? Tu veux de l'eau ? Tu veux un chocolat ? Tu veux une baffe si tu te réveilles pas tout de suite ? Un coup de pied au cul ?

Loup ne voulait rien. Juste dormir. Et si on voulait bien se donner la peine de cesser de hurler, ça irait encore mieux. Mais Kim insistait :

— Raconte-moi ta soirée…

La voix qui sortit de Loup ressemblait à de la marmelade périmée.

— Ta gueule, fous-moi la paix… Je dors… Tu vois pas ?

— Parle, parle-moi, ou je te balance tout le vase !

Kim enlaça Loup sous les aisselles, le souleva et l'assit contre le bureau. Loup plia à angle droit, raide comme une poupée de loterie. Tout lui faisait mal. La lumière, le mouvement, la voix de Kim. Tout lui explosait dans la tête comme des bulles à la surface d'une marmite en ébullition. Bulles… Bulles… Tout avait commencé par une histoire de bulles. Mais quoi au juste ? En tout cas ce n'était pas fini. Loup se sentait éparpillé en dizaines de morceaux tout mélangés. Et l'autre qui s'agitait. Baisse le son, coco. Kim persistait.

— T'as pas pu rester à la Foon aussi longtemps… Alors t'as fait quoi ? Et avec qui ? Merde ! Je t'ai attendu, moi, et toi t'en as rien à foutre !

— Fais chier ! Lâche-moi…

Loup ramollissait à vue, ferma les yeux et sombra dans un sommeil épais comme une mélasse. Qu'avait-il fait pour être dans cet état ? Découragé, Kim vérifia l'heure. Bientôt sept heures. Il ne pouvait continuer à asticoter son pote. Il voulait arriver en avance au bureau. Au bureau ! Voilà qu'il avait un bureau ! Ces deux jours lui faisaient l'effet de plusieurs semaines, ou plusieurs années.

— Tu ne perds rien pour attendre, lança-t-il en quittant la roulotte.

8.

À la manière dont Bernardine s'était glissée sans bruit vers la salle de bains, Gil avait compris que sa marie n'avait pas envie de parler. Quand Bernardine se levait d'humeur bavarde, elle s'arrangeait pour le réveiller. Alors il s'était rendormi. Depuis longtemps elle sortait sans lui, et il s'y était habitué. Il préférait même ne plus être confronté aux anciennes conquêtes de son épouse, ne plus sourire à toutes celles et surtout à tous ceux qui, compatissantes, faussement gaffeuses ou donnant des conseils qu'il n'avait pas demandés, étaient au courant de ses multiples infortunes et s'arrangeaient pour le lui faire comprendre. Gil préférait rester au jardin, seul avec ses plantes, et attendre que Bernardine, lasse de ses rencontres, revienne vers lui. Elle revenait toujours, et pour Gil, après plus de vingt ans de mariage, c'était suffisant. Elle l'avait prévenu la veille qu'elle dînerait dehors. Était rentrée tard. Il avait éteint avant son retour, et dormait quand elle s'était glissée entre les draps.

Il descendit. Sur le bloc-notes magnétique en forme de radis fixé au frigo, il reconnut l'écriture de Bernardine. Pétronille faisait collection de ces gadgets aimantés, dont elle avait constellé tout ce que la cuisine offrait de parois métalliques. Bernardine avait l'écriture de qui se soucie peu d'être lisible. À la lectrice de se débrouiller. Au lecteur, en l'occurrence. Gil déchiffra les circonvolutions du serpentin d'encre bleue

« Gigi. L'ami Loup a pris sa première cuite hier soir. Ce matin gueule de bois majuscule plus que probable. Arrange-toi pour qu'il soit au bureau à neuf heures. Baisers choisis et à ce soir. B. » Bigre. Il était presque huit heures. Il avait un peu de temps.

Gil versa du café dans sa chope personnelle, cadeau de Kim pour une lointaine fête des Pères, et à laquelle il tenait comme à la prunelle de ses yeux. Écaillée par un usage intensif, mais peinte à la main par son fiston, six ans à l'époque, qui avait dessiné des feuilles de lierre dont les tiges disaient je t'aime papa. Le café bu dans cette tasse sentait l'amour. Et il était meilleur encore dégusté dehors, en solitaire, au fond du jardin, au cœur du royaume de Gil. Assis sur sa souche préférée, les doigts réchauffés par le café fumant dans la fraîcheur lumineuse du matin, Gil aimait réfléchir à ses coupes, ses greffes, ses idées de plates-bandes en sirotant doucement le breuvage très personnel, jus hyperfort, très peu de lait, pas de sucre, qui chaque matin le réconciliait avec la vie.

Tasse en main, il traversa le jardin et entra chez les garçons. Loup n'avait pas bougé depuis l'intrusion de Kim. Il dormait par terre comme un bienheureux. Gil ouvrit la porte en grand, un peu d'air ne ferait pas de mal.

— Hop ! Hop ! Debout là-dedans, c'est l'heure !

Loup ne bougea pas. Gil n'eut pas les délicatesses préliminaires de son fils. Il saisit Loup à l'épaule, le secoua et lui hurla dans les oreilles :

— Vite ! Tu es en retard !

Loup maugréa vaguement. Alors Gil posa son café, saisit Loup à bras le corps et l'entraîna sous la douche. Il le tassa dans le baquet, s'écarta, et fit jaillir l'eau froide. Loup demeura impavide, puis poussa un hurlement à glacer les sangs d'une grappe de vampires. Gil sourit, et reprit son café.

— Bonjour, Loup ! Bien dormi ?

Loup, tout habillé sous le déluge, essayait de respirer et cherchait le robinet. Il l'agrippa enfin et mit fin au déferlement.

— Tu dois être à la Foon dans trois quarts d'heure, alors rendez-vous à la cuisine dans dix minutes, je t'emmènerai.

Gil sortit, et Loup mit plus de temps à enlever ses vêtements mouillés qu'à reprendre une vraie douche et à sauter mollement dans une nouvelle tenue. Il essora la masse de ses cheveux et les noua sur le dessus de son crâne. Ça le grandirait suffisamment. Il valait mieux éviter des chaussures hautes qu'il se sentait incapable d'arborer avec grâce. Ses sandales plates à liens de cuir aux chevilles, look esclave, feraient l'affaire. Il se maquillerait en route.

L'air l'étourdit un peu. Il se sentait tout cotonneux. Il essaya de galoper jusqu'à la cuisine, y entra en trébuchant à moitié. Sa manche resta prise dans la poignée de la porte, et il faillit se casser la figure. Il avait intérêt à bouger doucement ce matin. L'idée de manger lui parut saugrenue, mais Gil insista. Il lui fit boire un verre de cola, une aspirine et un café très fort et très sucré avec deux tartines de pain complet bien massives et bien beurrées.

— Y a pas que les tartines qui sont beurrées, n'est-ce pas, mon garçon ? Qu'est ce que tu as bu ?

Loup se souvenait. Vaguement. Du champagne. Des hommes nus sur une estrade. Le Crazy Bull.

Ainsi Bernardine avait emmené le môme au strip-tease. Elle était intenable. Gil n'avait aucune sympathie pour ce genre d'endroit, mais avec un gamin, ça devenait malsain. Il n'allait pas se gêner pour le dire à Bernardine. Il comprenait maintenant pourquoi elle n'avait pas été pressée ce matin de lui raconter sa soirée. Il se mit au volant et posa Loup devant la Foon à neuf heures moins deux. Puis, mission accomplie, il rentra. Livrer de la viande fraîche à sa marie, il n'avait pas que ça à faire. Il mit très fort un disque de Julia Iglesios qu'il n'osait écouter que quand il était seul dans sa voiture, et rentra en chantant à tue-tête une chanson qui affirmait qu'elle non plus n'avait pas changé. Rien ne changeait. Plus on chante fort et moins on pense. Il remonta sa vitre quand il constata la stupéfaction que ses prouesses vocales imprimaient sur le visage de ses voisines de feu.

9.

Quand Kim arriva à l'Assemblée, les hommes de ménage n'étaient pas encore partis. Quatre jours de travail avec Rigoberte l'avaient familiarisé avec le décor, somptueux au rez-de-chaussée et modeste au cinquième étage, en un nuancier complet, de la splendeur à la simplicité, de ce que la République réservait à celles qui se consacraient au bon fonctionnement des institutions. On avait aménagé sous les combles des bureaux pour les attachées parlementaires et leurs collaboratrices. Kim avait la chance de ne partager son bureau avec personne. Et pour cause. Partager trois mètres carrés, sorte de placard amélioré où l'on avait réussi à loger face au mur une table surmontée d'étagères, eût relevé de la mission impossible. À lui seul, donc, d'entreposer la presse à éplucher, la documentation à classer dans les dossiers et les disquettes à ranger par thèmes. Un ordinateur complétait son arsenal de lutte tous azimuts contre le sexisme embusqué comme une murène au cœur de tout ce qui se disait, s'écrivait, s'imprimait, se chantait, se filmait. Rigoberte en voulait, Rigoberte en aurait. Le parti allait être noyé sous les preuves confondantes de l'injustice faite chaque jour, chaque heure, chaque seconde aux hommes de ce pays.

Pour le moment, Kim tirait des plans sur la comète. Il savait que Philomène, contrairement à Rigoberte, faisait partie des gens que se lever très tôt stimule. Elle aimait travailler ses dossiers dans le calme, à l'heure du téléphone muet, des couloirs déserts et du silence favorable à une bonne concentration. Kim arrivait donc systématiquement en avance, dans l'espoir de la croiser par hasard. C'était arrivé deux fois, et les deux fois il était resté stupide, les bras ballants, avait articulé un banal bonjour, cherchant vainement dans les replis soudain stériles de son cerveau de quoi entamer une conversation intéressante, et demeurant bredouille, bêtiot, furieux. Il avait maudit sa timidité, non sans remarquer que chaque fois Philomène l'avait regardé attentivement, comme si elle avait cherché à graver ses traits dans sa mémoire, ou comme si, au contraire, son visage lui avait rappelé quelqu'un d'oublié, puis elle avait passé son chemin en répondant à son salut par un mouvement de tête. La prochaine fois il trouverait quelque chose à dire, une remarque spirituelle, brillante, surprenante chez quelqu'un d'aussi jeune, n'est-ce pas, ma chère, et même peut-être oserait-il lui proposer de prendre un café, debout à côté de la photocopieuse, dans l'intimité de l'heure matinale.

Il s'installa à sa table, prit la pile de quotidiens posés dès l'aube par les huissières, présentes sur les lieux vingt-quatre heures sur vingt-quatre. Kim aimait lire le journal, et voilà que l'une de ses distractions favorites faisait partie de son travail. Il ouvrit *La Figue à ras*, publication conservatrice et bien-pensante au titre capillaire, exprimant chaque jour à peu près le contraire de ce qui faisait les convictions de Kim. Mais pas toujours. Il se surprenait parfois à être d'accord, à son grand étonnement, avec certains articles réactionnaires des journalistes maison.

Ce ne fut pas le cas ce matin-là. La pêche allait être bonne. Un article de Mauricette Druonne, en première page, tentait de régler son compte à la masculinisation des noms de fonction. Kim n'avait pas lu trois lignes que ses mains se tendirent vers les ciseaux. À découper ! Le dernier gouvernement comptait, grande première, cinq hommes ministres. On stagnait encore très loin du partage du pouvoir, mais c'était un progrès. Or ces hommes désiraient être appelés Monsieur LE Ministre et non plus Monsieur LA Ministre, comme le voulait l'usage. Mauricette l'académicienne s'enflammait sur trois colonnes contre ce qu'elle considérait comme un barbarisme. Dans un style méprisant et ampoulé elle y allait de bon cœur : « … Comme ces messieurs sont étranges ! Voilà qu'après avoir glapi, gémi, réclamé haut et fort qu'on les traite comme les égaux des femmes, après avoir dénoncé les discriminations dont ils seraient l'objet, voilà qu'ils exigent un traitement spécifique ! Logique masculine, sans doute… Rappelons ce qu'ils semblent ignorer : dans notre langue, qui ignore le neutre, le féminin est le genre non marqué, c'est-à-dire qu'il englobe la totalité de ce qui relève de l'un ou l'autre genre. Le masculin, genre marqué, ne représente qu'une catégorie à l'intérieur de l'ensemble. Il est de fait inclus dans le féminin, comme le fœtus, mâle ou femelle, est inclus dans le corps de sa mère ! La preuve : la forme masculine est parfaitement lisible dans le féminin ! Ainsi, le mot députée renferme le mot député, le contient, lui donne un cadre et une existence ! A-t-on conscience de ce qu'un députée, si on appliquait la masculinisation, deviendrait… un député ? C'est-à-dire une fraction, une partie de députée ! Une députée avec quelque chose en moins, un sous-députée en quelque sorte, comme toute personne sachant lire peut le constater ! Est-ce là l'effet recherché ? Pourquoi ne pas admettre en toute simplicité que la forme première, fondamentale, est féminine, et que le masculin s'y inclut tout naturellement comme le veut une tradition incontestée et une simple observation de la réalité biologique ! Libre à Ben Wattgrew de vouloir ridiculiser son sexe ! Mais on ne voit pas que les Messieurs gratifiés d'un portefeuille le suivent dans ces errements ! Ne vous en déplaise, on continuera à dire Monsieur la Députée, Monsieur la Docteure, Monsieur la Présidente,

Monsieur la Directrice, Monsieur la Rectrice... À moins que d'aucuns ne choisissent de se faire appeler Monsieur le Rectum ? On se prend à sourire devant tant de fantaisie ! Dira-t-on assez la laideur de mots comme directeur, docteur, président ? Et le grotesque de pompier, écrivain, entraîneur ? On pardonne tout à un homme, sauf qu'il renonce au premier de ses charmes, la beauté. Ces mots sont laids, et notre langue refuse la laideur, surtout quand elle est masculine. Demeurez donc féminins dans vos fonctions et masculins dans nos cœurs. Vous aurez droit à notre respect en tant que ministres et à nos hommages en tant qu'hommes. »[1]

Sentinelle attardée d'usages dépassés par l'Histoire, veillant sur la langue comme on veille une morte, l'académicienne se lâchait. En plus, elle s'attaquait à Ben Wattgrew, écrivain hoministe vénéré par Kim ! Il s'en fallut de peu qu'il ne créât un dossier « Vieille glande sexiste » rien que pour Mauricette ! Il rangea finalement l'article dans le dossier prévu. C'était un simple travail de documentaliste, certes, mais il avait l'impression de défricher, de s'attaquer à un terrain abandonné qui avait grand besoin d'être tiré de sa désolation, exploré, retourné, ratissé pour que d'autres après lui puissent fertiliser, semer et que d'autres encore, un jour, récoltent les fruits de ce que Kim, patiemment, au fond de son placard et sous la houlette d'une députée qui s'en fichait comme de sa première élection, contribuait à mettre au jour.

---

1. Citation parodique de l'article de Maurice Druon paru dans le *Figaro* du 15 juillet 1997.

10.

Loup ne se faisait plus déposer par Gil devant la Foon. Il avait récupéré une vieille Vespa, et ça lui suffisait pour les aller et retour. Son poste de chauffeur-livreur-coursier n'était que temporaire, mais Loup ne le savait pas. Bernardine lui concoctait d'autres projets. Pour l'heure, chaque matin, Loup troquait son scooter contre une fourgonnette ou une limousine, en fonction de ses activités du jour. Un stage devant inclure un aspect pédagogique, on lui avait réservé une fonction supplémentaire : quand une cliente appelait pour savoir où en était sa commande, Loup se rendait aux niveaux fabrication, faisait le tour des services, vérifiait les dates, remplissait une fiche et la posait sur le bureau du secrétaire, qui rappelait la cliente.

Ses multiples allées et venues dans les ateliers l'avaient rendu plus que populaire auprès des ouvrières. Qualifiées à piloter les machines à coudre, elles se prétendaient plus qualifiées encore pour culbuter les jolis garçons, et proposaient à Loup de les mettre à l'épreuve en usant d'un langage polisson qu'il n'avait jamais entendu chez les frères jardiniers. Érotisée en permanence par la lingerie affriolante qui y voyait le jour, l'atmosphère des travées devenait électrique à chacune des apparitions du nouveau chouchou de ces dames. Loup, mine de rien, sourire aux lèvres et épaules ondulantes, était ravi de son petit effet. Il attendait avec impatience les appels des clientes pour aller faire un tour chez la joyeuse bande de mères de famille expertes en caleçons transparents, tangas froufroutants et liquettes coquines.

Pour le faire rire, elles n'hésitaient devant rien. Exhibaient sur leurs oreilles des étuis péniens à peine finis qui leur donnaient un genre Bugs Bunny, et lui demandaient s'il pouvait leur trouver une carotte. Lui chantaient des chansons luronnes où il était question d'un jeune poulet se faisant plumer par des poules en goguette. Se collaient des toques testiculaires sur les yeux et, constatant leur présence en cet endroit inadéquat, avançaient les mains vers la braguette de Loup en tâtonnant : où ai-je bien pu mettre mes lunettes ? Il riait, éprouvait à plaire une joie innocente. Le monde du travail lui apparaissait autrement plus rigolo que l'école.

Pourtant, il était toujours ravi quand on l'appelait pour une course à l'extérieur. Sortir, aller dehors, se mettre à l'air, enfin. Et conduire. Le terme coursier lui convenait parfaitement. Sous sa houlette, la poussive fourgonnette accomplissait des prouesses inattendues. Il en poussait les vitesses jusqu'au hurlement de la boîte, zigzaguait entre les voitures, pilait aux feux et démarrait en laissant la moitié de la gomme sur le macadam.

Loup s'amusait, Loup était heureux. Bernardine ne lui avait pas fait de remarques sur sa prestation au Crazy Bull, et il n'était pas pressé qu'elle en fît. D'ailleurs il ne l'avait revue qu'une fois. On lui avait demandé de la conduire en limousine et elle n'était pas seule. Il avait donc tenu le volant très raisonnablement. Même conduite à basse vitesse, une limo était un plaisir d'un autre monde, qu'il savourait comme un sorbet, avec concentration et délicatesse. Pendant tout le parcours, il s'était fort professionnellement abstenu de regarder ses passagères. Mais nul besoin d'user du rétroviseur. Il sentait sur sa nuque le regard de Bernardine. Elle faisait attention à lui. Toutes les femmes faisaient attention à lui. Et ça durait depuis déjà plusieurs années. Il adorait ça, et avait l'intention d'en profiter encore et longtemps. Il y aurait toujours sur le chemin d'un joli homme comme lui une femme pleine de bonne volonté à son égard.

11.

Kim se planta devant le bureau de Philomène, lui tendit le premier rapport qu'il avait rédigé à partir des fiches accumulées en une semaine. Petite synthèse de deux pages. C'était à Rigoberte de suivre le travail de Kim, mais il avait pris ses précautions, et faisait mine d'obéir à la consigne : « Si je ne suis pas là, demande à Philomène. » Reçu cinq sur cinq. Il lui avait suffi d'attendre tranquillement une des multiples absences de sa chèfe.

Il profita du fait que Philomène se concentrait sur sa lecture pour la dévorer des yeux. Elle en prit conscience et le dévisagea par-dessus ses demi-lunes qui la rendaient irrésistible. Encore plus irrésistible. Le regard de Philomène l'enveloppa des pieds à la tête, s'arrêta au niveau de son sexe et remonta vers son visage. Kim s'immergea dans le bleu. Il pria pour que nulle émotion ne rendît son trouble visible et maudit une fois de plus cette physionomie pelvienne qui interdisait la dissimulation des états d'âme les plus intimes. Elle avait beau jeu. Elle était belle, impressionnante, et ironique.

— Assieds-toi, Kim, je t'en prie. Je finis de lire.

Il s'exécuta, s'abîma dans l'immensité du fauteuil en cuir, moelleux comme une pâtisserie, y étala sa carcasse de presque un mètre quatre-vingt-dix. Il attendit, en scrutant sur le visage de cette femme qui était toutes les femmes une réaction indiquant satisfaction ou réprobation. Elle restait magnifiquement impassible. Au bout d'un moment dont il n'aurait su dire s'il avait été long, qu'en pense-t-elle, ou court, je ne me lasse pas de la regarder, elle ferma le rapport et posa ses lunettes.

— Excellent travail. Continue comme ça, et nous aurons un dossier substantiel. Nous allons faire bouger les choses.

Elle se leva, fit le tour du bureau, et lentement s'approcha. Se planta devant lui, le regarda de haut et lui emprisonna les genoux entre ses jambes écartées. Elle se pencha, s'appuya des mains sur le dossier, et, sans autre manière, lui dévora la bouche. Il resta saisi, pétrifié. Une érection immédiate, presque douloureuse, mit à mal les capacités de son caleçon à remplir sa mission dissimulatrice et contentive. Et cela n'avait pas échappé au regard turquoise.

Elle posa une main sur la braguette, la saisit à pleine paume, la pressa avec assurance. Kim crut s'évanouir. Elle n'allait quand même pas ? Si ? Comment lui dire qu'à vingt ans il était vierge ? Quelques filles l'avaient caressé de leurs paumes fureteuses, et même parfois de leurs bouches affolantes, mais il ne s'était jamais laissé prendre, jamais encore on ne l'avait eu. Il avait toujours voulu que la première fois, avec la femme de sa vie, fût une sorte de cérémonie, un don de lui tout entier et pas seulement de ces quelques centimètres de chair auxquels certaines réduisaient l'amour.

Elle s'assit, à califourchon sur lui, il adora sentir son poids sur ses cuisses. Elle s'attaqua à son caleçon, experte et calme, et en dégagea l'érection timide et impérieuse que Kim lui offrait. Il sentit la caresse de l'air sur sa peau et ça le rendit fou. Il était nu. Sans défense. Devant elle. Sous ses yeux. Il se sentit devenir énorme, comme si tout son être se transvasait dans ce volume précis que Philomène venait d'exposer. Il la regarda, il avait vaguement honte de l'évidence de son désir. Elle le fixait. Elle souleva sa toge, prit appui sur ses bras, avança ses genoux de chaque côté de Kim et se pencha vers lui. Puis, doucement, tout doucement, comme si elle comprenait, elle le prit en elle. Elle l'immergea.

Il n'avait jamais imaginé une pression aussi chaude, aussi douce, aussi savante, aussi puissante, aussi exacte, aussi divine. Il gémit, ferma les yeux. Elle continua sa progression. Il se sentit comme aspiré tout entier. Absorbé. Dégusté. Consommé. Il se retenait aux accoudoirs, n'osait pas la toucher. Propulsé vers un territoire inconcevable de pure sensation, il tentait de retenir sa seule certitude : en aucun cas il ne devait se laisser venir tout de suite, surtout pas... Et puis il fut en elle complètement... Il s'envola. Il perdit toute notion d'espace et de temps et se sentit jouir comme on explose, comme on meurt, comme on tombe, et pendant qu'il jouissait, elle allait et venait, le prenait et le reprenait. Elle se laissa finalement emporter par une dernière vague de plaisir, violente et libératrice.

Puis, alors que les yeux fermés, immobile, il semblait suspendu dans son rêve, elle se laissa peser sur lui, de tout son poids. Son poids plume. Elle le garda en elle. Du fond de son extase, il osa enfin la serrer dans ses bras et se mit à répéter, à l'infini : « Je t'aime, je t'aime, je t'aime, je t'aime, je t'aime... » Il la berçait, la réchauffait, la remerciait, il était un enfant, une petite bête, un grand fauve, une chaumière, un palais, il lui donnait tout. Elle se sentit bien, très très bien... « Chhh ! Ne dis rien... Mon chaton... Mon petit chat... Tu es merveilleux... »

Oui, il était une merveille de naïveté et de fraîcheur. Détendue, émue par la grâce de ce jeune homme intact, Philomène se dit qu'il allait en baver. Et qu'y pouvait-elle s'ils sont si sentimentaux à cet âge ? Elle lui posa un baiser sur le front et, d'un léger mouvement du bassin, le libéra. Puis elle se releva avec un élan qu'il trouva un peu brusque. Quand sa peau retrouva le contact de l'air, une obscure sensation refroidit Kim et lui fit ouvrir les yeux. Elle avait laissé retomber sa toge et refaisait le tour de son bureau pour aller se rasseoir, comme si de rien n'était. Il fut saisi d'un intolérable sentiment d'abandon. Et prit conscience d'être vaguement ridicule ainsi décaleçonné sur le fauteuil, poisseux, piteux, pillé. Seul. Une détresse le submergea, de cette détresse particulière qui tenait à la malédiction qui pesait entre ses jambes et dont il avait toujours pressenti qu'elle lui apporterait plus d'angoisse que de plaisir. Pendants et dépendants, disait des hommes un de ces détestables proverbes qui fournissaient inextinguiblement de quoi proférer des cruautés sans nombre sur les hommes et leur anatomie.

Même sensation de désarroi que quand Émilienne, une grande de quatorze ans, à l'école, alors que lui n'en avait que dix, lui avait baissé son caleçon devant les autres filles. Elle avait soupesé son sexe, avait accentué sa moue moqueuse. Et puis de son index elle avait fait mine de batailler sa toute petite queue, la gigotant dans tous les sens, « asticot ramollo, asticot ramollo ! », chantait-elle. Les autres fripouilles se gondolaient, et lui cherchait à leur échapper pendant que de leurs éclats de rire elles cisaillaient sa fierté de petit homme. Quand elles en avaient eu assez et qu'enfin il avait pu s'enfuir, il avait couru au fond du jardin, dans l'arbre creux, avec au cœur un grand trou. Le même que maintenant. Il était resté, recroquevillé dans les écorces blessées de son ami, jusqu'à ce que des racines mortes monte une vibration profonde, première, et qui le consola.

Kim se redressa, fit un geste pour cacher sa nudité. Philomène était de nouveau absorbée dans la lecture de ses dossiers. Elle leva les yeux.

— Allons, tu ne peux pas rester dans cette tenue.

Ton ferme, sans réplique. Il se sentit aussi à l'aise que pendant une visite médicale. Il commença à se rajuster. Il s'entendit lui demander :

— Embrasse-moi…

Son intonation avait dérapé vers l'implorant. Il s'en voulut.

— Ne fais pas l'enfant…

Mais la voix avait changé, pris une intonation presque tendre. Elle lui sourit. L'angoisse disparut.

— Viens là.

Il s'exécuta et s'agaça d'avoir obéi aussi vite. Il pencha son visage vers elle. Elle l'embrassa, doucement, un délice. Puis replongea dans ses documents, alors qu'en lui il se faisait tout un tumulte… Rien ne sera plus comme avant, je l'aime, je ne suis plus un jeune homme, je veux qu'elle me regarde, comment pourrait-elle m'aimer, je suis insignifiant, elle va me jeter, non, elle ne ferait pas ça, je suis un homme maintenant, je l'aime, c'est elle, c'est elle…

Kim quitta les bureaux de l'Assemblée Nationale en état de lévitation. Au fur et à mesure qu'il descendait les étages à pied, il oubliait ses états d'âme. Philomène lui manquait déjà. Il saurait l'aimer. Il sortit dans la rue en fredonnant. Il avait le cœur dans les nuages, ses pieds ne touchaient pas terre. Accroche-toi aux branches, mon vieux… Comblé. Quelques jours plus tôt il pensait à son stage comme à un pensum. Terne. Chiant comme la pluie. Obligatoire. Inévitable. Et voilà que stage rimait avec dépucelage, obligation avec passion, corvée avec aimée. La vraie vie !

12.

Loup gara la fourgonnette. Il venait de livrer à l'autre bout de la ville et s'en était donné à cœur joie. Le paisible véhicule utilitaire avait rué comme un bolide de formule un. L'hôte d'accueil lui fit signe : un message l'attendait. Bernardine le demandait dans son bureau.

Loup se dirigea vers le descenseur, suivi par le regard peu amène de l'hôte. Il se demanda ce que Bernardine lui voulait, tout en s'inspectant avec minutie dans la glace de la cabine qui filait vers les profondeurs de la Foon. Il se passa les doigts sur les sourcils, se mordit les lèvres, ébouriffa ses cheveux, se fit un clin d'œil et s'envoya un baiser. Puis il pensa qu'il y avait peut-être une caméra discrète quelque part et cessa instantanément ses simagrées. Reste cool, coco, ça peut pas être grave. Effectivement, ça n'était pas grave. C'était même génial. Bernardine l'emmenait au restaurant. Kim et Rigoberte seraient de la fête, histoire de faire le point au terme de la première semaine. Après le repas, il y aurait une surprise, lui annonça-t-elle.

Elles ne prirent pas la voiture habituelle de Bernardine, au grand dam de Loup qui se serait bien vu la piloter, mais un taxi. Beau taxi, quand même, une sorte de limousine pour clientes indifférentes au prix de la course. Elles passèrent prendre Kim et Rigoberte à l'Assemblée, et se firent déposer devant un palace où la jet-set avait ses habitudes. Elles dînèrent. Loup multiplia les facéties, les marraines de stage s'amusaient ferme, et tout le monde remarqua que Kim était dans un état rêveur avancé. Il semblait avoir oublié qu'il adorait sortir avec sa mère. Rigoberte prit un air entendu. Elle était rentrée au bureau en fin d'après-midi, observait Kim sans faire de commentaires. Loup assurait l'animation. Le regard de Bernardine avaient eu raison de sa timidité. Il se sentait des ailes. Tout l'étonnait, tout l'enchantait. Les prix annoncés sur la carte le plongèrent dans l'hilarité la plus communicative. La terminologie culinaire de haut vol voulant que quelques tranches de tomate avec du fromage figurent au menu sous le nom de « Carpaccio de mozzarelle au feuilleté de cœur-de-bœuf » lui firent réclamer un dictionnaire à une maîtresse d'hôtel impassible qui en avait vu d'autres. Après le dessert, Bernardine prit un air réjoui de conspiratrice de pacotille et dit à mi-voix :

— Je vous paye un verre au bar, on sera plus tranquilles.

Elles se déplacèrent vers le salon, boiseries sombres et cuir patiné, ambiance british pour s'alcooliser distingué. Au piano, un jeune chanteur, qui avait abusé du Rimmel au point que ses yeux avaient l'air de deux araignées, susurrait suavement des chagrins d'amour aseptisés. Elles s'installèrent dans des fauteuils propices aux chuchotements. Bernardine se pencha vers Loup.

— Qu'est ce que tu bois, un mimosa, ou alors quelque chose de doux ?

Loup en fut mortifié, le souvenir de ses exploits était encore très frais. Rigoberte et Bernardine optèrent pour une vieille armagnaque. Loup commanda un cocktail compliqué riche en ingrédients et pauvre en alcool, et Kim demanda une paille.

— Tu ne bois rien avec ?

Kim était manifestement ailleurs, aussi absent que souriant. Béat. Bêtiot. Bernardine, intriguée, chercha à se renseigner.

— Qu'est ce qui t'arrive, je ne t'ai jamais vu comme ça !

— Lui non plus ne s'est jamais vu comme ça, intervint Rigo avec un air entre deux airs.

Kim ne tenait pas à ce que la conversation devienne personnelle. Il fit mine de se concentrer sur les savantes gesticulations de la barmaid occupée à strier d'un arc-en-ciel de sirops le contenu d'une série de coupes posées devant elle. La jeune femme connaissait son affaire.

— J'en veux une comme ça.

— Une quoi ? Une coupe ou une serveuse ?

— Tu serais pas un peu lourde, Rigoberte !

— Tu peux acheter mon silence, ça te coûtera une bise. Viens m'embrasser !

— Et puis quoi encore ? J'ai plus huit ans, et en plus t'es ma patronne.

— À moins que tu n'aies déjà beaucoup donné aujourd'hui…

Kim se jeta sur elle et lui bisa la joue. Rigoberte apprécia.

— Du calme, jeune homme, aurais-je abordé un sujet délicat ?

Bernardine leva un sourcil… Kim sentit le sang lui affluer à la figure. Distraire l'attention, à tout prix…

— Rigoberte, comment peux-tu être aussi subtile sur certains sujets et aussi pesante sur d'autres ?

— C'est comme ça, je suis variée. Les hommes adorent le type varié. Ils s'ennuient jamais avec moi.

Bernardine, narines bloquées sur les émanations de son verre, dit d'un air rêveur :

— Avec moi non plus, ils s'ennuient jamais.

— Avec toi, c'est par manque de temps, rétorqua Rigoberte en la fixant à travers l'ambre de son alcool hors d'âge et hors de prix.

Même Kim éclata de rire, y alla franchement. Les incartades de sa mère n'étaient un secret pour personne. Mais Bernardine ne tenait pas trop à ce genre de conversation devant Loup. Elle se lança :

— Bien, puisque tout le monde a l'air de bonne humeur, c'est le moment de vous annoncer la grande nouvelle. Je mets fin au suspense…

Elle ménageait son effet…

— Nous avons un nouveau mannequin vedette pour le prochain Folies de Foon.

Folies de Foon était un défilé de prestige sur lequel reposait toute l'image innovante de la marque. On y exposait des prototypes qu'on ne commercialiserait pas forcément, mais qui faisaient du bruit dans le Landernau de la dentelle. Désigneuses branchées, matières raffinées, show sophistiqué, on employait les grands moyens. A priori, seuls les top confirmés défilaient. Sauf décision contraire de la manitou en personne.

— Et alors ?

— Alors, j'ai décidé que notre prochain mannequin vedette, c'est… toi, Loup ! TU vas défiler… Tu seras le roi du podium, la star de la Foon !

Loup en resta bouche bée. Évidemment, il avait compris que Bernardine lui préparait un stage aux petits oignons, mais cette nouvelle le dépassait sur sa gauche ! Lui sur un podium, c'était déjà inouï. Mais propulsé directement au sommet ! Par le simple effet qu'il avait produit sur la big bosse ! Il pensa que c'est à ce genre de moment que les personnages de roman se pincent. Mais nul besoin de se pincer. L'air entendu de Rigoberte et le sourire de Kim lui confirmaient l'incroyable. Il allait s'habiller, en l'occurrence se déshabiller, se laisser décorer de quelques centimètres de soie hors de prix, puis onduler des épaules et du reste sous les regards les plus snobs de la ville ! Et c'est lui qui les toiserait de son œil le plus bêcheur, faciès glacial et moue altière… Il s'y voyait déjà !

Il se leva avec des grâces félines, et se lança dans une imitation de la démarche particulière des fleurs de podium, main sur la hanche, narines méprisantes, offrant aux regards de la tablée des morceaux choisis de son anatomie :

— T'as vu l'arrondi, ici ? Et la cambrure, là ? Et le petit creux juste là, quelle trouvaille, non ? Attendez, je tourne ! Qu'est-ce que vous me dites de…

Il pivota, cambra ses reins.

— Ça !… « Oh!Bad! »… Très, très very bad !…

Une pirouette le remit de face.

— Trop bien, non ?… Eh bien, c'est pas pour vous, non, non, non, vous m'aurez pas !… Na !

Et il s'éloigna, sublime de sinuosité… Rigoberte s'amusa du soin que mettait Bernardine à cacher son trouble. Kim, parfaitement inconscient de ce qui occupait l'esprit des deux femmes, se gondolait, aussi heureux pour son pote que réjoui de n'être plus le centre de l'attention.

13.

Commença pour Kim une période de folie. Exaltation amoureuse, exaltation dans le travail. Il allait sauver les hommes. Il aimait cette femme. La vie était merveilleuse, intense. Il avait envie de hurler sa joie quand il marchait dans la rue, de saisir les passantes par la taille, de danser, de soulever les enfants en pirouettes. Il se sentait inoxydable, invincible, heureux. Ça serait un été explosif et joyeux. Un été sans vacances, un été à mille soleils, mille diamants, mille plaisirs.

Il travaillait soigneusement, chapitre après chapitre, son rapport, qui commençait à prendre forme. Il rassemblait des articles épars parus dans la presse, enregistrait des interviews, extrayait des passages de livres, glanait des citations dans des programmes de radio et de télé. Un travail de fourmi, qu'il accomplissait avec un entêtement guilleret, persuadé de l'utilité de ses recherches. Le tout commençait à constituer une photographie encore floue de la condition masculine dans ses aspects les plus familiers. Il n'avait pas ménagé sa peine, commençait très tôt et ne s'arrêtait que quand Philomène passait le prendre. Presque tous les jours, en fin d'après-midi, elle, attendue, espérée heure par heure, apparaissait enfin. Finie la timidité de leur première étreinte. Il apprenait vite et voulait en savoir plus.

Elle arriva enfin. Entra sans frapper. Verrouilla la porte. Se pencha vers lui. Il est des scénarios dont on ne se lasse pas.

Bouche, caresse, peau dénudée, fièvre, euphorie. Elle l'aimait. Pour de vrai. Elle ne le disait pas, par pudeur sans doute, mais il en était sûr. Il y a des détails qui ne trompent pas. Elle n'avait jamais utilisé de préservatif, pas même le premier jour. Or il savait à quel point les femmes avaient grand soin de ne pas se polluer. Elle lui faisait donc confiance. Elle voulait une vraie relation, rien qu'avec lui. Il aurait adoré qu'elle le lui avoue avec des mots... Mais il saurait se contenter des serments qu'elle lui faisait avec son corps. Elle était là, et c'était tout ce qui comptait. Elle était là, et le monde disparaissait. Elle était là, et il était à elle.

Après, elle le sortait, dans des bars d'hôtel, des guinguettes, des restaurants coûteux. Et s'amusait de sa fougue. Il mangeait comme quatre. Engloutissait à vitesse supersonique des quantités de nourritures délicates et élaborées. À peine un dessert était-il posé devant lui qu'il se volatilisait.

— Savoure un peu ce que tu manges !

— Je peux pas ! C'est trop bon !

Elle riait.

— La nourriture, c'est comme l'amour, il faut savoir prendre son temps !

— Je te dis que je ne peux pas ! Le dessert, c'est ce que je préfère...

— Ah ?

— Oui ! Enfin, à part toi... Tu es mon dessert favori ! Et mon entrée ! Et mon plat de résistance !

— Mmm ! J'en ai de la chance ! Gastronome *et* poète !

Elle l'aimait. Ça se voyait. Comment pouvait-il en être autrement ?

— Ni l'un ni l'autre ! Je suis Philophile ! Le plus grand Philophile du monde ! Philophile et Philophage !

— D'accord, ça m'arrange !

— Tu sais ce que j'ai fait aujourd'hui ?

— Je sens que tu ne vas pas tarder à me le dire.

— J'ai lu, et archivé aussi sec un article inouï !

— Non ! C'est tous les jours, alors…

— Ne te moque pas de moi… Figure-toi qu'il y a eu une enquête, faite par des sociologues, pas ici évidemment, ici on n'en est pas là, y a même pas de chaire d'études hominismes dans les universités, c'est pas pour faire des enquêtes de ce genre… Pour ça, il faut traverser l'Océan…

— Ah, d'accord, je vois…

— Non, tu vois pas…

— Mais si, je vois… Je vois que là-bas, les hominismes ont réussi à empoisonner les relations entre sexes… Ils vont trop loin…

— Comment ça, trop loin ?

— Tu sais, là-bas, on ne peut même pas prendre le descenseur seule avec un homme sans risquer un procès pour harcèlement sexuel, il faut faire attention à tout, ce n'est plus une vie…

— N'importe quoi… Tout ça c'est des balivernes, et des énormes… Tu demanderas à Adélaïde, elle te confirmera que c'est complètement faux…

— Je lui demanderai volontiers… Qui est cette Adélaïde ?

— C'est ma sœur… Elle fait ses études là-bas, elle y vit depuis deux ans, elle est au courant. Des descenseurs, elle en prend tous les jours… et sur des dizaines de niveaux…

— Bon, bon, bon, je retire ce que j'ai dit, ne t'énerve pas, moi, tu sais, ça m'est égal, du moment que tu me fais un bisou.

Il se pencha vers elle, l'embrassa avec ferveur. Elle adorait ça…

— Alors, cette enquête ?

— Voilà : ils ont observé, à des conférences, dans toutes sortes de prises de parole publique, les attitudes et les comportements de l'auditoire en fonction de la personne qui parle… Eh bien, figure-toi que quand c'est une femme, on l'écoute avec attention, on se concentre. Alors que quand c'est un homme, on en profite pour faire autre chose, chercher dans ses notes, observer les autres, boire une gorgée, comme si on attendait que les choses sérieuses reprennent. C'est fou, non ?

— Tu es sûr de ça ?

— Tu vois, même toi… Si c'était une femme qui le disait, tu le croirais, j'en suis sûr…

— Ah, si tu sais ce que je pense mieux que moi, tu es très fort, même pour un pauvre garçon que personne ne croit…

— Ouais, ouais, n'empêche… En plus, ce n'est pas tout. Tu sais la meilleure ? Ça se vérifie que ce soit un homme ou une femme qui écoute. Comme si la parole des hommes n'était pas légitime, même à leurs propres yeux… C'est dingue, non ?

— Ça serait dingue si c'était vrai, mais est-ce que c'est vrai ?

— Tu vois, tu doutes de tout ce que je te raconte… Mais figure-toi que l'article est signé par une femme, ça te paraît plus sérieux ?

— Mais pas du tout ! Tu sais bien que je suis prête à tout croire, pourvu que ça vienne de toi…

— Je ne sais jamais si tu es sérieuse ou si tu te payes ma tête… !

— Quelle horreur ! Jamais une idée pareille ne me viendrait à l'esprit ! Si tu te détendais un peu ? Il ne faudrait pas que tout ça devienne une obsession… Dis-moi, as-tu repris le sport ?

Depuis quelque temps, elle avait dépassé le stade de l'allusion.

— C'est important, le physique, pour un homme, n'oublie jamais ça. Il faut le cultiver. Les hommes s'abîment vite quand ils ne s'entretiennent pas.

Il adorait l'entendre parler comme ça. Ça prouvait qu'elle avait avec lui des projets à long terme. Mais le sport, il n'avait plus le temps d'en faire. Comblé physiquement par cette femme qui lui faisait découvrir à quoi sert un corps en bon état de marche, il ne se voyait pas pousser de la fonte ou accumuler les tours de stade alors que la moitié de l'humanité, niée, bâillonnée, se mourait d'injustice. Il se sentait investi d'une mission, et il irait jusqu'au bout. Sa génération verrait la fin de l'asservissement séculaire des hommes. Sa génération marquerait le début d'une nouvelle ère. Alors le sport, ça le motivait moyen. Surtout comparé à l'amour.

14.

La Foon était en ébullition. Les défilés avaient beau se succéder avec la régularité d'un métronome, et ne rien présenter d'inattendu, la surexcitation faisait partie du folklore. La futilité suraiguë dont moussait cet univers dissimulait d'un rideau de froufrous une organisation au millimètre, un business froid, lucratif et sans concessions. Les dessous des dessous ne font pas dans la dentelle, assenait Bernardine à ses collaboratrices au bord de la syncope. Elle prenait plaisir à maîtriser le chaos, et avait une fois de plus traumatisé les petites mains en changeant au dernier moment de mannequin vedette. Elle n'en faisait jamais d'autre, se lamentaient-elles.

Il s'agissait de feindre l'accablement alors qu'on crevait d'orgueil. Faire partie de la sainte des saintes du raffinement, de la délicatesse et de l'érotisme haut de gamme se méritait. Après des années d'abnégation et de renoncement au paiement des heures supplémentaires, on pouvait lever les yeux au ciel en s'écriant que cette fois on n'y arriverait pas ! Il fallait retoucher les modèles qu'exhiberait Loup, et il restait en tout et pour tout quatre jours avant le défilé ! Si on ajoutait le week-end, ça en faisait six. Option que Bernardine retint sans hésiter.

Alors les bien nommées petites mains s'emparèrent du corps de Loup. Sans ménagement. Il fut lié, piqué, épinglé, surfilé, corseté, étouffé. On l'emballa de soies, de satins, de rubans, de broderies, de guipures. Il fallait rester immobile, bien droit, se laisser saucissonner, retenir sa respiration. Déambuler sur les estrades se méritait. Endurer en silence faisait partie de ce que l'on attendait de lui. À la première plainte, on l'aurait traité de poltron minet, de poulet mouillé et autres délicatesses qu'il aurait fallu, en plus, prendre avec le sourire. On lui rasa la barbe, on lui mécha les cheveux, on l'épila savamment. Le nouveau Loup semblait n'avoir jamais mis les pieds à la campagne. Il était fin prêt pour défiler.

Les mannequins de lingerie étaient les plus admirés, les plus beaux. Les garçons qui présentaient les vêtements des collections, même si ceux-ci s'échancraient davantage de saison en saison, se devaient d'afficher une maigreur extrême, trahissant une éventuelle anorexie, étrange extinction de l'appétit qui faisait des ravages chez les adolescents. En revanche, ceux qui défilaient pour la lingerie dévoilaient des formes pulpeuses propres à mettre en valeur les savantes transparences et constructions arachnéennes des créations lingères. Épaules larges et rondes, fesses charnues et haut perchées, cuisses fermes et fuselées, taille et hanches fines, ils animaient leur démarche d'un balancement évocateur, provocateur, affolant. Même leur bas-ventre, habileté de présentation ou manipulation hormonale, protubérait singulièrement. Plus leur âge était tendre, plus leur frimousse révélait encore de naïveté enfantine, plus ils exhibaient ces frivolités excessivement généreuses dont raffolaient les femmes.

Une mode venue du Nouveau Monde nourrissait les commentaires et les interrogations. Les femmes aimaient les gros sexes, certes. Mais celles d'outre-Océan avaient toujours exprimé un goût particulier, et immodéré, pour les débordements testiculaires. Une publication semi-pornographique portait même là-bas le titre sans équivoque de *Big Balls*. Des gros plans d'énormes couilles pendant à mi-cuisses et parfois jusqu'aux genoux, des jouvenceaux tenant à pleines mains leurs énormes breloques et les offrant à l'objectif avec un sourire vide, des scènes de gougnotage entre porteurs d'entrejambes dilatés comme les pis d'une vache réjouissaient l'amatrice. Et laissaient dubitative quant à l'origine de telles physionomies. Étaient-ce des phénomènes naturels recrutés dans des foires pour les besoins de la cause ? Ou tous ces gars avaient-ils confié leurs bijoux de famille à des chirurgiennes sans scrupules ? Et comment faisaient-ils pour marcher avec cette lourdeur entre les cuisses ? Et pour trouver à s'habiller en insérant de tels œufs d'autruche dans leur caleçon ?

Les lectrices n'en avaient cure, évidemment. Ça leur excitait la rétine, voilà tout. On imaginait mal sur le Vieux Continent un magazine appelé *Grosses Boules* et comme d'habitude on suivait de loin, mais on suivait quand même, fascinée et grégaire, les tendances importées. Avant même d'avoir signé leur premier contrat, des apprentis mannequins se faisaient injecter ou même opérer. Testicules siliconés, pénis bistourisé, ils tentaient de s'adapter aux nouveaux diktats de la séduction. Peu à peu les braguettes pigeonnantes avaient envahi la rue. Sur les pantalons des passants mais aussi dans la publicité. Les affiches utilisaient l'anatomie masculine comme premier support de vente, quel que fût le produit. Croupes tendues laissant entrevoir la pesanteur offerte de valseuses alanguies, ventres tendrement velus barrés de la poutre d'une érection quémandeuse, caleçon bâillant subtilement sur la douceur d'un gland blotti comme un oisillon dans les frisettes de son nid, tout était bon pour promouvoir un téléviseur, un chocolat ou des vacances exotiques. Les hoministes enrageaient, les publicitaires ricanaient, les annonceuses empochaient les bénéfices. L'inflation boursière anatomique se sublimait dans l'économique. La lingerie s'adaptait. Toutes les marques offraient des slips ampliformes, des mousses discrètes et avantageuses qui optimisaient le paquet. Rien de tout ça pour Loup. Pas de wonder-boules, pas de paire-bag, pas d'aumônière rembourrée. Nature. Un délice pour les habilleuses.

15.

Rigoberte Cargis était aux premières loges et se faisait du souci. Si Kim n'avait pas été son filleul, elle aurait souri des amours de Philomène. Ce n'était pas la première fois que celle-ci craquait pour la peau douce d'un stagiaire, et Rigoberte s'en était toujours amusée. Philomène avait bien raison de profiter de son physique de séductrice. Si Rigoberte n'avait pas, depuis des années, laissé son goût pour le scotch et les bons petits plats agrémenter sa silhouette de pesantes rotondités, elle aurait volontiers tenté elle aussi la pêche aux jouvenceaux. Au point où elle en était, elle préférait la simplicité. Un putin de temps en temps, de moins en moins souvent, qu'elle faisait venir au bureau, jamais chez elle, comblait les besoins d'un sexe que les plis de son ventre avaient fait disparaître de sa vue depuis longtemps. « Loin des yeux, loin du nœud », expliquait-elle à Philomène qui déplorait la rusticité de sa vie érotique. Les amours tarifées avaient l'avantage de ne pas lui compliquer la vie. Le pute venait, encaissait, la faisait jouir, et repartait. Vite fait, mal fait, mais pas compliqué. Alors que Philomène passait finalement autant de temps à se débarrasser des garçons qu'à les attraper.

— Mais non, Rigoberte, ça, c'était avant… Maintenant, ma technique est au point… Je n'ai aucun problème…

— Toi, sûrement, je n'en doute pas, mais eux ?

— Rigoberte, tu ne vas pas me faire la morale ! Pas toi !

— Vas-y doucement avec Kim, je suis censée le protéger, j'ai pris des engagements avec sa mère… Alors le déniaiser, d'accord, mais attention aux suites…

Rigoberte avait dans la voix une gravité inhabituelle. Elle qui tournait tout en dérision semblait prendre l'affaire très au sérieux. Philomène leva un sourcil plein d'interrogations et tenta de la rassurer :

— Ne t'inquiète pas, il est costaud le petit, il tient bien debout, je ne risque pas de lui faire de mal. Et puis, à son âge, on cicatrise vite…

— Détrompe-toi, il est mordu, tu nous l'as ensorcelé…

— Mais non, il s'amuse… Quand le moment sera venu, ne t'en fais pas, je procéderai en douceur, il ne sentira rien.

— Je ne crois pas, Philomène. Il est amoureux, et gravement.

— Toi en mère poule, on aura tout vu ! Je m'en souviendrai ! La prochaine fois qu'on te traite de politicienne vérolée, je servirai ton portrait en marraine gâteau.

Rigoberte souffla sa fumée par les narines. Ses yeux se perdirent dans les moulures du plafond.

— On ne sait jamais ce qui passe par la tête d'un homme amoureux. Surtout à cet âge. On croit tout contrôler. Mais plus ils sont jeunes, plus ils sont fous. Imprévisibles. L'amour les rend dangereux. Il faut faire attention. Très attention. Et plus ils sont amoureux, plus il faut faire attention. Tu sais, pour eux, l'amour, c'est différent. Ça leur ronge les sangs. Ils en font toute une histoire. L'affaire de leur vie. Et ça peut les mener très loin. Parfois beaucoup trop loin. Tu sais très bien à quel point ils n'ont aucun sens des responsabilités. C'est regrettable, mais c'est comme ça…

— Ouh la ! Qu'est-ce que tu nous fais, Rigoberte ? Tu es bien sérieuse, limite chiante… Où est ton humour ?

Rigoberte ne répondit pas. Elle observait la fumée de sa cigarette, l'esprit ailleurs, le regard plein de fantômes. Le silence devint opaque. Rigoberte se souvenait. Revoyait le temps où elle-même se comportait de la sorte. Il y avait longtemps. Elle en avait brisé des cœurs, sans arrière-pensée. Puis on avait brisé le sien. Et pas à moitié. On avait saccagé le restant de sa vie. Dommage collatéral, pouvait-on dire. Catastrophe intégrale dont elle ne se remettrait pas. Et dont elle ne parlait jamais.

Des années auparavant, son Kim à elle s'était appelé Cyd. Il avait vingt ans. Des yeux d'enfant, un corps de bûcheron, souple, puissant et doux. Une force de la nature et un esprit d'agneau. Tout entier dans l'instant, il lui avait donné un amour sans calcul, sans recul, sans projet. Elle l'avait levé, un jour de visite de chantier forestier. Elle lui avait planté dans les yeux un regard de rapace. Lui, pétrifié par la belle dame, n'avait pas résisté. Elle l'avait ramené chez elle. Il était le jouet idéal. Elle le laissait au jardin, il s'en occupait à merveille, grimpait aux arbres et savait les soigner, jardinait divinement. Son potager et ses plates-bandes étaient toujours impeccables. Il batifolait toute la journée. Le soir, il lui offrait des bouquets sublimes et se laissait baiser dans tous les sens en poussant des gémissements de louveteau heureux. Elle en avait été folle pendant plusieurs mois.

Puis, un jour, l'imprévu. Elle qui se croyait stérile comme un pavé et avait depuis belle lurette renoncé à toute planification constata la disparition de ses lunes et dut se rendre à l'évidence : elle était enceinte de Cyd. L'agneau avait donné. À trente-cinq ans, elle qui avait cru maîtriser parfaitement sa vie se retrouvait par surprise face au choix le plus fondamental, le plus réjouissant, le plus solitaire. Maman ou pas ? Elle n'hésita pas longtemps. Cette surprise que la vie lui présentait de si jolie façon, elle décida de la prendre comme elle venait. Elle en parla à Cyd. Il fut comme un fou, explosa de joie. Pendant toute la grossesse, il tira des plans sur la comète. Il la couvait de soins, la couvrait de fleurs, la gâtait par tous les moyens dont il disposait. Elle se laissait dorloter, trouvait bien du plaisir à son état. Elle mit au monde Arsinoë. Et son univers bascula.

La petite devint sa priorité absolue. Même sa passion pour la politique, dans laquelle elle envisageait de se lancer après dix ans de syndicalisme patronal, perdait de sa force. Cyd commença à devenir encombrant, avec sa fougue omniprésente. Si elle avait eu un garçon, les choses auraient peut-être été différentes. Mais elle ne pouvait envisager qu'un être aussi simple pût apporter assez de richesse éducative à la descendante de la lignée Cargis de Tingstène. Cyd avait fait un parfait géniteur. Son rôle devait s'arrêter là. Quand on en venait aux choses sérieuses, il valait mieux avoir affaire à des éducatrices compétentes.

Comme beaucoup de femmes de sa génération, Rigoberte avait une piètre opinion des capacités masculines. Cyd n'échappait pas à la règle. Il fallait qu'un homme sache rester à sa place. Elle n'hésita pas à lui signifier que l'heure de la rupture avait sonné. Elle se sentait lasse de lui, et avait désormais beaucoup mieux à faire que de jouer au garçon. Il suffoqua, supplia, implora. Il voulait élever l'enfant avec elle, il voulait rentrer dans la maison. Elle le congédia. Le renvoya à sa scierie. Et n'entendit plus parler de lui.

Après l'irrémédiable, elle repassa des milliers de fois dans sa tête le film des événements. Elle avait été bien rigide. Il aurait suffi d'un rien pour éviter la catastrophe. Mais il était trop tard. Un jour, des mois plus tard, Cyd était revenu. Par le jardin de derrière. Il avait observé la petite qui jouait. Sa fille. La source de tous ses tourments. Sa fille. La fille d'une femme importante. Mais sa fille à lui aussi. Un moment d'inattention de la nourrice, il s'était saisi d'Arsinoë et s'était enfui.

Les policières le retrouvèrent quelques heures plus tard, chez lui, au fond de son jardin d'homme seul, dans une dépendance de la scierie. Il avait grimpé en haut d'un arbre, s'était installé avec la bébée dans une sorte de nacelle suspendue dans le feuillage. Il exigeait des garanties pour redescendre. Il voulait que

Rigoberte le reprenne chez elle, il voulait que sa fille le connaisse, il voulait… il voulait qu'on tienne compte de lui. Qu'on l'écoute. Qu'on le respecte. Il voulait retourner chez Rigoberte. Chez lui.

La consigne de la police était de ne jamais négocier avec quiconque volait une enfant. Les journaux racontèrent l'intervention des forces spéciales après des injonctions infructueuses, l'entêtement désespéré de Cyd, jusqu'au moment où, comprenant qu'il était encerclé et que les policières allaient donner l'assaut, il prit la petite, la plaqua contre son cœur et de son seul bras droit tenta de monter plus haut, là où les branches devenaient fragiles. Les minuscules hélicos antiémeute, équipés pour ce genre de capture, menaçants comme des insectes, s'élevèrent, prêts à projeter sur le fugitif le nouveau gadget des forces répressives : des filets tendus par des têtes chercheuses qui avaient la capacité de suivre la proie, de s'écarter pour déployer les mailles et de se refermer en se ventousant à n'importe quel support. On vit Cyd jeter un regard affolé derrière lui. Il sembla mesurer ses chances de redescendre et finalement reprit sa progression inutile vers le haut.

Puis l'image insupportable du bois qui cède, des corps qui tombent, de la bébée transpercée dans sa chute par une branche saillante et mourant suspendue entre ciel et terre, et de Cyd, survivant à une chute de trente mètres, vertèbres fracassées. Procès, condamnation à perpétuité de celui que la presse appelait le forcené, ridiculement menotté à la chaise roulante qu'il ne pouvait quitter et sur laquelle il finirait sa vie au fond d'un camp d'isolement. Effroyable gâchis.

Rigoberte éperdue de douleur, croyant mourir et n'y parvenant pas, apprit à consacrer toute son énergie à la politique et tenta d'ensevelir au fond de sa mémoire la toute petite fille qui n'avait pas vécu. Les hommes étaient décidément comme des cartouches de dynamite, des charges de TNT. Des alliages instables, cocktails Molotov qui pouvaient vous exploser à la face à tout instant et vous défigurer l'existence. Source d'amour, source de néant. Indispensables et mortifères. À manipuler avec d'infinies précautions. Ne pas oublier, ne jamais oublier.

Elle changea de ville, changea de vie. De survie. De cette survie qui n'a pas de nom, et qui tue à petit feu quiconque a perdu une enfant. Rigoberte était ainsi devenue celle que toutes croyaient connaître, cœur de pierre et cynisme en bandoulière. Peu à peu ce qui avait tenu le public en haleine pendant quelques semaines tomba dans les oubliettes médiatiques. Nulle ne faisait aujourd'hui le rapprochement entre le pénible fait divers et celle qui amusait les gazettes de ses saillies dévastatrices. Ainsi Philomène savait que Rigoberte avait autrefois perdu une enfant mais ignorait les détails. Seules Gil et Bernardine connaissaient toute l'affaire, et, en vraies amies, s'abstenaient d'en parler.

Rigoberte expira un filet de fumée.

— Promets-moi seulement de ne pas lui faire de coup fourré…

— Dans quel genre ?

— Est-ce que je sais… En épouser un autre, lui faire un enfant dans le dos, le bercer d'illusions, il y a tellement de façons de trahir…

Philomène ne répondit pas. À elle de sembler perdue dans ses pensées. Puis elle assura :

— Je te promets de ne pas le mener en bateau. Je ne lui ai jamais fait de promesses, de toute façon. Quand la question se posera, je te promets de disparaître, sans atermoiements. Un truc net. J'arracherai le sparadrap d'un coup sec, ça fait moins mal.

— Je compte sur toi.

Philomène demeura pensive. Heureusement, Rigoberte avait changé d'humeur et recommençait à vilipender l'opposition. Ouf. Elle aimait mieux ça…

16.

Pour son premier défilé, Loup avait fait un triomphe. Il était devenu en une soirée la coqueluche des rédacteurs de mode aussi prompts à s'enflammer qu'à rejeter l'objet de leur adoration. Un body entièrement incrusté de fleurs savamment parsemées sur son anatomie de rêve avait causé une véritable commotion dans la publique. Les applaudissements avaient explosé, et signé son entrée dans le tout petit paradis des top en vogue.

Depuis plus de deux mois, on le photographiait, on l'invitait, il sortait, il dansait, il plaisait. Il trouvait les gens sympathiques, les femmes le trouvaient charmant. Toutes le convoitaient. Il adorait séduire, allumer, flirter sans s'engager. Il papillonnait, léger, virevoltant, primesautier. Un délice pour ses moult soupirantes, et une torture pour celles qui auraient la mauvaise idée de s'amouracher de lui. Il aimait sans rien donner, jouait ce qu'on appelle les types faciles.

Pendant que Kim jouait les rats de bibliothèque, Loup s'en donnait à cœur joie. La liste de ses conquêtes s'allongeait, commençait à constituer un sérieux carnet d'adresses. Il s'attardait souvent entre des bras accueillants, mais s'échappait toujours pour rejoindre la roulotte. Aux propositions qui pleuvaient, il préférait ses fins de soirée tranquilles, avec Kim, à lui raconter ses aventures et à écouter la chronique du grand amour que lui tenait son copain soir après soir. Un jour, ça serait son tour, à lui. Mais rien ne pressait.

Loup avait l'impression de rattraper en quelques semaines les heures et les heures d'ennui accumulées au pensionnat. Ça le rendait euphorique. Il ne voyait pas Bernardine tous les jours mais sentait autour de lui sa présence. L'attitude des employés de la Foon, l'attention dont il était l'objet et le soin qu'on mettait à aller au-devant de ses désirs provenaient évidemment du sixième niveau. Il s'en rendait compte et n'abusait pas de la situation. Il appréciait que Bernardine le traitât comme un fils. Un fils à maman ! Son rêve ! C'était délicieux.

Des photos de lui commençaient à circuler dans les pages mode des magazines masculins, mais personne ne le reconnaissait encore quand il se promenait dans la rue. Tant mieux. Il adorait flâner, sans but, sur les avenues et les boulevards de la métropole. Il ne s'en lassait pas. Ça lui rappelait les jardins de sa campagne natale. Pourtant les arbres de la ville, si domestiqués, si prévisibles, si bien rangés, lui faisaient de la peine. On ne pouvait dire si la rouille qui commençait à leur incendier la coiffe était due à une déprime ou aux prémices de l'automne. Il les frôlait en passant, pour les réconforter et leur transmettre un peu de chaleur. Les arbres, même prisonniers de leur enclave en plein macadam, savaient reconnaître leurs vrais amis.

17.

Kim mesurait avec euphorie le chemin parcouru depuis juin. Survolté, conquérant, prêt à tout, il se sentait à des années-lumière du godelureau qui avait débarqué dans le bureau de Rigoberte. Trois mois déjà. Il se mit à courir pour se calmer. Il était devenu quelqu'un d'autre, avait grandi. Depuis le matin, il n'arrivait pas à se sortir de la tête une vieille rengaine de circonstance, un tube du temps de ses parentes… « Le plus beau pour aller défiler ééé, tali tali lalala, tali tali lalala, le plus beau pour aller défiler ééé… » Demain, c'était le Jour Jaune, la Fête des Amours, autant dire sa fête à lui ! À lui qui du haut de ses vingt ans avait réussi à séduire la plus sublime des femmes. Et la plus sublime des femmes avait finalement accepté, après bien des supplications, de défiler avec lui ! Trois mois plus tôt, il marchait avec les élèves de Polybotanique. Et voilà qu'il participerait demain à sa première Fête d'Or !

D'Or, Vermeille, ou Jaune, quelles que fussent les couleurs dont on l'affublât, la Fête des Amours marquait l'équinoxe d'automne. Elle égayait la fin des vacances, fardait de couleurs joyeuses la rentrée des classes, atténuait, après la gaieté estivale, la mélancolie inévitable du retour à la routine. C'était le temps des semailles et des vendanges. Le temps des amours dont on récolterait les fruits au printemps. Les jeunes ventres des fiancées de l'été s'alourdiraient bientôt du plus précieux des secrets, que l'hiver garderait au chaud, jusqu'au renouveau.

Traditionnellement, le défilé mettait en scène les amoureuses assez sûres de leurs intentions pour afficher l'élu de leur cœur devant la ville entière. Elles les feraient danser tout l'après-midi sur des airs tropicaux, des rythmes qui sentaient encore le soleil et la fiesta. Un carnaval aux couleurs de l'automne, jaune d'or et roux flamboyant, ondulerait de la porte du Soleil à la Grande Arche, comme une coulée de forêt embrasée par l'été indien.

On tendait le long de l'avenue monumentale, de réverbère en réverbère, des guirlandes de feuilles suspendues de grappes blondes qui transformaient le parcours du cortège en vigne géante tortillant ses pampres au-dessus de la frénésie, maracas et percussions, des adieux aux beaux jours. La fantaisie la plus débridée était de mise à l'heure de concevoir les costumes des favoris de ces dames. Le défilé serait transmis à la télévision et un jury choisirait, comme chaque année, le plus beau couple, celui qui se verrait remettre, jusqu'à l'année suivante, la grappe d'or de la Fête Vermeille, la fête des gens qui s'aiment, la fête des gens qui sèment.

Kim courait toujours, voulait rentrer vite pour se faire beau. Poncer sa peau, s'épiler joliment, se faire un brushing et un masque hydratant, polir ses ongles. Ainsi il n'aurait plus, le lendemain, qu'à se doucher, brosser ses dents et se maquiller. Il lui avait fallu insister pour que Philomène accepte non seulement de l'accompagner mais aussi, sinon de se déguiser, au moins de s'habiller aux couleurs de la fête.

Philomène ne lui avait pas donné les raisons de sa réticence, mais il ne fallait pas être grande clerque pour les deviner. Kim comprenait sans qu'on ait besoin de le lui dire que Philomène n'avait pas l'ombre d'une intention de lui faire un enfant, et ne se voyait donc pas participer à la célébration d'un projet qui n'était pas sien. Kim avait fait un caprice. Donner une bébée à son amour, il avait le temps, verrait plus tard. Mais il voulait se montrer avec la femme de sa vie. Il voulait qu'elle soit fière de l'exhiber. Il voulait être irrésistible. Son costume était prêt depuis plusieurs jours. Gil, complice, l'avait aidé à sélectionner les branches, les feuilles et les grappes qui composaient l'invraisemblable édifice végétal que Kim allait revêtir le lendemain. Des talons de douze centimètres, une coiffure de trente, il serait le plus beau du défilé, la vedette du jour, le géant mordoré de sa dulcinée. Elle allait être éblouie. Elle n'allait pas regretter de s'être laissé convaincre.

À l'idée d'avoir à attendre jusqu'au lendemain pour voir les yeux de Philomène irradier de fierté et de bonheur, Kim grillait d'impatience. Heureusement, il ne verrait pas le temps passer. Il allait se coucher tôt et se taper sa spécialité : une longue nuit suivie d'une vraie bonne grasse matinée. Le comble du bonheur, juste avant l'extase. Une apothéose. Il était l'homme le plus chanceux du monde.

18.

Comme il en avait pris l'habitude chaque fois qu'il faisait ce genre de température, Loup décida de rentrer à pied. En ce dernier jour de l'été, l'air frôlait la peau comme une caresse, mettait le cœur en apesanteur. La belle saison jetait ses derniers feux sur les bronzages et les tenues affriolantes qu'on sortait pour la dernière fois et qui auraient fait mouiller une carmélite. Les garçons rivalisaient d'imagination pour mettre en valeur les charmes que l'hiver recouvrirait bientôt de laine.

Ce n'étaient que toisons pectorales offertes, fesses moulées dans des caleçons si étroits qu'on devinait les muscles à travers le tissu, épaules savamment dénudées, étuis péniens aux couleurs de fleurs et cocons testiculaires d'une telle finesse qu'on croyait voir à travers. On se retenait de tendre la main pour en soupeser la fermeté. On se croyait encore sur la plage en pleine ville. C'était la fête des pupilles.

Loup se sentait beau, frais, disponible, prêt à toutes les aventures. La démarche entravée par la semelle compensée des cothurnes que la dernière mode rendait indispensables, il flânait, tant la douceur de l'air lui euphorisait l'humeur, et tant il lui plaisait de sentir son corps se déplacer comme on danse. Sa joie était refroidie par ce qu'il lisait d'immédiat et de brusque dans le regard des femmes. Elles semblaient évaluer des yeux le coup de reins, la chaleur des baisers, la force de l'érection.

Il se sentait comme un bibelot sur pattes, sans existence ni importance. Du moins sans autre importance que celle que les femmes voulaient bien donner à la promesse de bon moment qu'elles lisaient dans la protubérance des ventres masculins. Il se promit de mettre une tenue moins sexy le lendemain pour la parade, puis s'irrita de cette pensée. Après tout, il les emmerdait bien, toutes ces obsédées ! Pas une ne lui poserait jamais la main dessus. Il s'habillait comme il voulait, merde, zut, et c'est tout.

L'obscurité gagnait du terrain quand il aborda la fraction de son parcours que la plupart du temps il préférait effectuer en tram. Le parc, à cette heure, n'était pas encore fermé, mais il était désert. Il hâta le pas, autant que le lui permettait l'absurdité de ses chaussures. Elles lui donnaient une allure de rêve, à condition de marcher lentement, en balançant légèrement les épaules. Mais, dès qu'on tentait une accélération, on pliait les genoux et l'effet visuel était catastrophique. Il se sentait aussi viril que ridicule.

Perdu dans ses pensées et sa recherche d'équilibre, il n'avait pas fait attention à la joyeuse équipe de luronnes qui avançait vers lui. Quand il les remarqua, elles étaient assez près pour qu'il distinguât leurs yeux brillants et la pesanteur de leur regard. Elles portaient d'amples toges courtes, retenues aux hanches par ces larges ceintures à alvéoles qui pouvaient contenir, outre les affaires personnelles, toutes sortes d'objets dangereux. Le gravier crissait sous leurs lourds brodequins. Il se sentit inquiet, immédiatement. Oublia toute notion d'élégance. Les femmes en groupe pouvaient être méchantes, dangereuses, incontrôlables.

Elles se mirent à émettre des onomatopées, claquements de langue, sifflements. Il se remémora les consignes de son père. Toujours avoir l'air occupé, pressé. Un homme qui se promène est un homme qui cherche des ennuis. Garder la tête haute, faire face. Les femmes sentent l'homme qui a peur, et ça les excite.

Il tenta de prendre l'air dégagé. Après tout, elles étaient plus petites que lui et, comme disait son grand-père, une grosse bête n'a pas peur d'une petite. On se rassure comme on peut. Il fixa un point imaginaire, droit devant lui. Elles ne lui jetèrent pas un regard, continuaient à rigoler entre elles.

Il les croisa et en était à se reprocher de s'être affolé pour rien quand un coup sec frappa l'extérieur de sa cheville. Son pied, alourdi par la sandale à plate-forme, accrocha son autre pied et il s'étala de tout son long dans le gravier. Il entendit les hurlements de rire dans son dos. Les loubardes étaient pliées.

Loup s'était fait mal. Au moment où il bondissait sur ses pieds pour s'enfuir, son genou explosa, déchiqueté par un choc fulgurant qui le cueillit en plein élan. Celle qui le lui avait décoché portait à coup sûr du métal au bout des semelles. Il s'écroula. Il tenta de se mettre à quatre pattes, fut propulsé en avant par un coup de botte qui lui fit mordre la poussière et ajouta l'humiliation à la douleur.

Elles ricanaient, virevoltaient autour de lui, sautaient d'un pied sur l'autre, ne le quittaient pas des yeux. Loup eut peur. Elles échangeaient des invectives, proféraient des menaces, s'encourageaient mutuellement sans lui adresser un mot. Il tenta de riposter, ce qui eut pour effet de décupler leur violence. Il reçut une pluie de coups dans les côtes, dans les jambes et sur le visage. Elles le retournèrent et trois d'entre elles se laissèrent tomber sur lui. Il en avait une sur chaque jambe et une autre, la plus corpulente, à califourchon sur sa poitrine.

Il essaya de se dégager. Elles lui immobilisèrent les bras. Il hurla, dans l'espoir d'attirer l'attention de quelque passante courageuse. Mais celle qui avait l'air d'être la chèfe, grande et sèche, une canne à la main, le latta d'un coup de pied au visage. Sa bouche se remplit de sang, des morceaux de dent crissèrent sous sa langue.

— Ta gueule !

Dans sa tête, il passait un film au ralenti. Voilà, c'est ton tour. Tu vas mourir. Tu croyais que ça ne pouvait pas t'arriver. Tiens le choc, résiste, forcément quelqu'un va venir, quelqu'un…

On lui arracha son caleçon. Les agrafes le griffèrent au passage, ou alors c'étaient les ongles effilés de la fille. Son sexe était à leur merci, fragile, offert. Une main experte et brutale l'empoigna, se mit à aller et venir. Le cercle s'était resserré. Elles observaient en silence.

Désespéré, il prit conscience qu'elle parvenait à ses fins. Quand il fut en érection, elles se congratulèrent bruyamment. Il aurait voulu qu'elles n'y parviennent pas. Il aurait voulu que son corps lui obéisse. Qu'elles perdent la partie. Mais elles avaient gagné. Maintenant il voulait mourir.

Celle qui était sur lui et dont il ne voyait que le dos s'avança et l'engloutit en elle d'un coup de reins furieux. Il crut qu'elle lui déracinait le bas-ventre. Au même moment, une autre s'assit, lui plaqua son sexe humide sur le visage. Il ferma la bouche.

— Tu te fous de ma gueule ? Tu veux que je te crève ?

Elle lui brandit une lame sous les yeux, lui en passa le tranchant au coin de la paupière. Il ouvrit les lèvres. Elle le couvrit à l'étouffer.

On lui prenait les mains, on lui glissait les doigts dans des intimités invisibles. Il lui semblait avoir affaire à une hydre monstrueuse qui allait l'absorber, le dévorer, le détruire. Ces folles étaient capables de le châtrer. La terreur le figea.

Celle qui lui couvrait la face se frotta de plus en plus fort. Il sentit le spasme qui la libéra. Elle se releva. Il aspira une grande goulée d'air, mais déjà une autre fente venait frotter sa toison contre sa bouche. Puis une autre, et encore une autre. Elles se laissaient aller de tout leur poids sur sa tête. Leurs sécrétions, sa propre salive et son propre sang lui rentraient dans la gorge. Les graviers lui écrasaient la nuque.

— Tu aimes ça, hein, vociféra celle qui lui chevauchait le sexe.

Elle venait de jouir. Une autre la remplaça... Elle lui faisait mal. Il ne débandait pas. Cela valait sûrement mieux.

— Et maintenant, je me l'incule !

Des rires nerveux fusèrent. Elle l'enfourna, l'agita en elle et l'expulsa comme on chie.

— Les glands comme toi, tu vois où on se les met !

Les rires redoublèrent, grinçants et exaspérés. Il avait envie de vomir, suffoquait. Terrifié, il voyait le couteau s'agiter, eut peur qu'elles n'en contrôlent plus le mouvement.

— Salaud ! Inculé de sa race !

Il venait de débander. Frustrée, la fille se pencha sur lui et lui agita furieusement le sexe. Tirant dessus et le serrant comme une forcenée, elle tenta de ranimer l'érection défaillante. En pure perte. Puis elle se rendit compte que sa main était barbouillée par ce dont sa comparse avait souillé Loup.

— Et dégueulasse, en plus !

Au comble de la rage, elle lui décocha un coup de pied furibard dans les couilles. Il s'évanouit.

Quelques gifles le ramenèrent à lui. Elles allaient le tuer. La chèfe calma ses troupes d'un geste. Cracha sur le sexe ratatiné de Loup. Elles en firent toutes autant. Puis elle lui encadra le visage de ses jambes ouvertes et pissa long et dru. Le flot chaud et acide lui inonda la bouche et la poitrine.

— Voilà, t'es tout propre, maintenant. Allez, on se casse.

Elles partirent enfin. Sans se presser. En ricanant. Loup se recroquevilla, tâchant de se protéger, terrorisé à l'idée qu'elles reviennent. Il ne tenta pas immédiatement de se relever. Il voulait juste se traîner loin du halo du réverbère, sous l'obscurité de l'arbre le plus proche, échapper aux regards si jamais quelqu'un passait. L'arbre. S'appuyer contre le tronc protecteur. Arbre. Ami. Protège-moi. J'ai mal. Il écouta. Il n'y avait plus que le vent dans la fraîcheur des feuilles, et au loin le bruit assourdi de la circulation. Son corps était loin de lui. Son corps n'était plus lui. Il se regardait d'en haut et ne se reconnaissait pas. Tu es Loup. Tu es Loup. Tu existes. Rentre, maintenant. À la maison. Tu seras au chaud. Maintenant. Tout de suite. Rentre.

Il se releva doucement, enleva ses chaussures, rassembla ses affaires, commença à marcher. Avec difficulté. Le contact du sol sous ses pieds nus lui fit du bien. Marche. Avance. Tu es Loup. Tu rentres chez toi. Personne n'a rien vu. Personne ne sait. Elles sont parties. Tu es vivant.

Il passa par le fond du jardin, en effleurant les branches. En veillant à ce que rien ne bouge. Il entra dans la roulotte comme un voleur, sans allumer. Contrairement à son habitude de ne jamais fermer, il verrouilla à double tour. Et seulement à ce moment-là il alluma la petite veilleuse. Ne pas faire de bruit. Ne pas réveiller Kim.

Il prit une douche, sans regarder son corps. Il laissa l'eau lui couler dessus pendant très longtemps. Puis il se sécha. Il faudrait jeter ses vêtements, les brûler peut-être. Il se sentit encore sale et fit couler un bain. Il y trempa si longtemps que sa peau se fripa sur tout son corps. Il s'endormit, à mesure que l'eau refroidissait, d'un sommeil blanc, figé, terrifiant.

19.

Kim n'avait rien entendu. La profondeur de son sommeil était légendaire. La sonnerie du téléphone ou celle du réveil atomique que lui avait offert sa mère ne l'aurait pas troublé, pas plus qu'une cathédrale s'écroulant sur sa descente de lit. Il aimait le sommeil, l'appréciait en connaisseur, s'y vautrait avec la persévérance d'un ours en hiver. Mais, une fois réveillé, il ne traînait pas. Il sautait sur ses pieds, content d'aborder une nouvelle journée.

Ce matin-là plus que jamais, c'est en coup de vent qu'il entra dans la salle de bains, balançant son trop-plein d'énergie dans la porte ouverte à toute volée. Il s'arrêta en plein élan, glacé par la vision de Loup, les cheveux sur la figure, le corps enfoncé dans l'eau refroidie. Loup avait l'air mort. Vraiment mort. Pas comme au cinéma. On aurait dit qu'il n'avait jamais été vivant. Tel une de ces figures de cire qui avaient fait la gloire de Mme Tussaud, il trempait avec la pâleur d'un noyé. Kim faillit crier, se retint, marcha sur la pointe des pieds jusqu'à l'eau immobile sans même penser à l'absurdité de ces précautions s'il avait réellement eu affaire à un macchabée. Il approcha son visage de celui de Loup, tentant de discerner sa respiration.

Loup, soudain conscient d'une présence, se réveilla en sursaut, poussa un hurlement. Kim, surpris, fit un bond en arrière et resta coi. Tous deux se regardèrent comme s'ils se voyaient pour la première fois. Kim, prenant conscience du ridicule achevé de la posture d'as des arts martiaux qu'il avait adoptée pour se défendre contre ce cadavre qui était manifestement loin de son dernier soupir, fut saisi par ce fou rire qui suit les grosses frayeurs injustifiées. Loup, soulagé d'identifier un visage ami, céda à la contagion, et ils se gondolèrent. Loup avec une espèce de nervosité un peu démente, Kim avec soulagement. Riant encore, il le prit par les épaules. L'eau était complètement froide.

— Qu'est-ce que tu as ? Qu'est-ce que tu fous dans cette baignoire, ça fait combien de temps que tu te gèles là-dedans ?

Loup hoqueta et, brusquement, enfouit son visage dans ses mains. Les spasmes qui lui agitaient violemment l'échine n'avaient plus rien à voir avec le rire. Kim, ébahi, n'en croyait pas ses yeux. Loup sanglotait sans se retenir. Ses larmes finiraient par faire déborder la baignoire. Loup en pleurs ! Impossible ! Un homme, ça ne pleurait pas. Jamais. Ça ne savait pas pleurer. Même aux enterrements, jamais.

Les femmes, oui, les femmes pleuraient. Les larmes, spécificité humaine dont elles gardaient le monopole, convenaient à toute cette subtilité, cette finesse, cette sensibilité particulière dont elles se gargarisaient constamment. Les mots ne leur manquaient pas pour qualifier ce qu'elles tenaient pour la manifestation évidente de leur raffinement et de leur force morale. Les hommes se devaient de donner dans la sobriété. Un conditionnement implacable les dissuadait de se laisser aller.

— Ne pleure pas ! Tu sais bien que ça rend vilain !

Un homme en pleurs perdait son charme et sa virilité. Les larmes se voient bien après avoir séché, gâtent le teint, gonflent les paupières, rougissent les yeux, éteignent le regard. Un homme ne pouvait pas se permettre ce genre d'abandon.

— Loup ! Arrête !

La détresse de Loup semblait sans fond. Des pensées

désordonnées se bousculaient dans la tête de Kim. Il cherchait un sens à ce qu'il voyait : son alter ego, son frère, se livrait sans retenue à ce qui, chez un garçon, avait quelque chose de choquant, aussi hoministe que l'on fût. Pourtant, sa propre gorge se serra, des larmes lui montèrent aux yeux. Il les retint de toutes ses forces, réussit à les ravaler.

Pour se donner une contenance, il ouvrit la bonde. Le niveau de l'eau commença à baisser. Il passa son bras sous celui de son ami pour l'aider à extraire sa grande carcasse de sa trempette glacée. Loup fit un effort pour se lever, ne put retenir un gémissement. C'est seulement à ce moment-là que Kim remarqua les bleus, les lèvres tuméfiées, l'enflure des paupières. Pétrifié, il le lâcha.

— Tu as des bleus partout ! Qu'est-ce que tu t'es fait ? D'où tu sors ? T'es passé sous une bétonneuse ?

Loup ne répondit pas.

— Je vais chercher mon père !

— Non !

Loup avait hurlé. Kim, décontenancé à l'extrême, n'osait plus rien dire. Il enveloppa son ami dans son peignoir, à l'éponge douce et épaisse comme une fourrure. Loup s'y réfugia. Kim lui frotta doucement le dos, sans un mot. Loup poussa un soupir qui semblait venir du fond d'un gouffre. Kim eut une idée.

— Attends, je reviens !

Il courut à la cuisine, fit chauffer un chocolat, rapporta le pot bouillant et deux tasses jolies. Le soleil de midi entrait à flots dans la roulotte. Loup but une gorgée. Il faisait peine à voir. Kim attendait ses explications. Loup rassembla toute l'énergie qui lui restait, au prix d'un effort qui semblait l'écraser.

— J'ai été agressé hier soir… Toute une bande… Je ne savais même pas que ça pouvait exister… Elles m'ont cogné comme des malades… Elles voulaient me tuer, je te jure..

Elles avaient un couteau... Elles m'ont cassé une dent. Regarde.

Il découvrit sa gencive enflée, la prémolaire à laquelle le morceau manquant faisait une pointe en croc.

— Elles m'ont violé, Kim. Violé. Tu comprends ? Je sais pas si tu peux comprendre... J'ai les couilles bleues. Des bleus, j'en ai partout...

Il les montra. Ses flancs étaient constellés de contusions. Et aussi ses cuisses. Et ses bras. Même ses mains.

Kim se sentit mollir. Un vertige lui remonta le long des jambes.

— Mais le pire, c'est comment elles m'ont humilié, Kim... Elles m'ont traité comme de la merde... Comme si j'étais de la boue... Moi, je passais tranquillement, je demandais rien à personne... Elles ont fait ce qu'elles ont voulu, je n'ai pas pu me défendre... Je me suis laissé faire... C'est ça le pire... J'ai rien pu faire... Rien su faire... Rien... Même pas leur cracher dessus... Kim, c'est elles qui m'ont craché dessus... Et pire...

Pire ? Kim ne voyait pas, n'osait pas poser de questions. Loup lui fit promettre de ne rien répéter. À personne. Jamais. Kim essayait d'avoir l'air de savoir quoi faire.

— Je ne dirai rien, c'est à toi de dire...

— À qui ?

— À la police, évidemment, il faut faire arrêter ces ordures...

— Non, s'il te plaît, pas ça... J'aurais trop honte...

— C'est elles qui n'oseront plus regarder personne !

— Tu rigoles ? Elles s'en foutent ! Je suis sûr qu'elles font ça tout le temps... C'est ma parole contre la leur ! J'ai pas l'ombre d'une preuve !

— Mais tu viens de me montrer tes bleus !

— Ça prouve quoi, des bleus ? Rien du tout !

— Il faut au moins que tu ailles voir une docteure ! Qu'elle te fasse un certificat...

— Un certificat de quoi ? Un certificat d'inculé ?

— Arrête ! C'est elles les inculées !

— C'est moi qui ai mal à la bite !

— Justement, il faut toujours consulter dans ces cas-là. Si elles t'avaient filé une maladie ? On peut pas laisser faire un truc pareil !

— J'ai pas dit que j'allais pas me venger…

— Comment ça, te venger ?

— Je trouverai bien un moyen… Mais pour ça il faut que personne ne soit au courant… Si personne ne le sait, personne n'en parle. Et si personne n'en parle, c'est comme si ça n'était jamais arrivé. Et si ça n'est jamais arrivé, alors je suis intact. Je suis propre.

— Sauf que toi, tu le sais. Tu te rends compte que si tout le monde réagit comme toi, les choses ne changeront jamais !

— Je sais, je pensais comme toi avant. Maintenant je m'en fous. Ça regarde personne. Que moi. Pour les autres, c'est juste une histoire… une anecdote… un sujet de conversation bien croustillant. Moi, c'est ma vie. Et je n'en ai qu'une.

Les doigt croisés sur sa tasse, Loup, abîmé dans des projets de vengeance insensés, fixait les veines du parquet..

Kim n'insista pas. Il en parlerait à Bernardine, elle saurait quoi faire. Zut, il avait promis. Il en parlerait à Philomène. Elle, il pouvait tout lui dire. Pour la simple raison qu'elle et lui c'était pareil. Une seule et même personne. Deux moitiés de la même orange.

Philomène ! Il avait oublié son rendez-vous avec elle ! N'était pas prêt du tout ! Il lui restait juste le temps de sauter dans son costume ! Il se leva, et se rassit comme on tombe, frappé par l'évidence du malheur de Loup comparé à son bonheur à lui. Il eut honte de sa chance.

— Je vais appeler Philomène… Je vais annuler pour cet après-midi ! Je peux pas te laisser comme ça…

— Tu vas rien faire du tout. Ou plutôt si. Tu vas te préparer et tu vas y aller. Autrement tout le monde va vouloir savoir pourquoi. Et moi j'ai pas envie qu'elles sachent. J'ai juste envie qu'on me foute la paix.

— Je te laisse pas tomber. Je reste avec toi. Un ami ça sert à ça.

— Si t'es mon ami, tu y vas. S'il te plaît, Kim, fais pas chier. Je suis assez dans la merde comme ça. Je te jure.

— Mais ça me donne l'impression de te trahir…

— Tu me trahis si tu restes. Tu comprends ? Je te le demande comme un service… Sois mon ami, Kim. Tu es mon ami. Mon seul ami…

Kim lui tomba dans les bras. En larmes.

20.

Mon petit Kim

Je sais que tu vas être déçu. Je sais que tu vas avoir mal, au moins pendant un certain temps. Mais aie présent à l'esprit que c'est pour ton bien, dans le souci de ne pas te faire souffrir davantage à l'avenir, que j'ai pris ma décision. À l'heure où tu liras ces lignes, je serai loin. Ne cherche en aucune manière à me joindre, j'ai donné des consignes strictes pour que cela te soit impossible. Lis cette lettre, la première et la dernière que tu reçois de moi, et sache que c'est la mort dans l'âme que je me résous à te l'envoyer avant qu'il ne soit trop tard.

Je n'irai pas défiler avec toi. Je ne te verrai plus. Ni aujourd'hui, ni aucun autre jour. La seule manière dont je peux respecter mes engagements est de te quitter sans tergiverser. Il ne peut en être autrement, sous peine de te trahir, de me trahir et de trahir ma parole.

Tu es merveilleux. Tu vas trouver le bonheur auprès d'une femme qui te conviendra mieux que moi. Souviens-toi de moi comme je me souviendrai de toi, un cadeau de la vie, une aventure enchantée. Je t'enfouis aujourd'hui dans mon cœur avec mes souvenirs les plus doux.

Je te souhaite tous les bonheurs, tous les plaisirs et tous les succès. Tu les mérites.

Je t'embrasse, pardonne-moi,

Philomène

Kim lisait et relisait le message. Il ne voulait pas le croire, ne comprenait pas. À quelques instants du rendez-vous tant espéré, une coursière s'était présentée au domicile des Carpette et avait insisté pour lui remettre le pli en main propre. Pétronille l'avait escortée jusqu'à la roulotte.

Kim, un peu en retard et encore tout secoué par les confidences de Loup, avait juste fini d'enfiler son magnifique costume. Il avait ajusté sa guêpière cuivrée comme une carapace d'insecte, ses jarretelles de velours vert mousse et ses bas pourpres, après avoir confié à Gil, qui venait de partir, l'agencement de la spectaculaire et complexe architecture qui le coiffait d'un Niagara de boucles, de feuilles et de branchages agrémenté de champignons, de grappes, de noisettes et autres fruits d'automne.

Il relut une fois encore. Philomène n'était pas du genre à parler à la légère. Et encore moins à écrire pour rien. Il sentit qu'il n'y avait rien à faire. Se rua quand même sur le téléphone, et appuya sur le premier numéro en mémoire, celui de sa bien-aimée, de son seul amour, de son oxygène. Pas de réponse. Ça sonnait dans le vide. Évidemment. Que faire ? En reposant le combiné sur sa base, il vit son reflet dans la vitre de la porte ouverte sur le jardin silencieux. Il se figea. Son beau costume, qui devait fasciner Philomène, lui parut soudain grotesque. Le comble du ridicule, mon pauvre garçon. Quel nase ! S'être harnaché de la sorte pour lui plaire et se retrouver tout seul comme un gland… Pauvre crétin, te voilà fagoté comme un sous-bois, et jeté comme un détritus.

Il se mit à griffer son accoutrement, à le déchirer en lambeaux, à le réduire en pièces avec de grands gestes désordonnés. Il entreprit de se déraciner la coiffe, saisissant à pleines mains la savante construction de Gil, étudiée pour résister à un après-midi de danse endiablée. Il s'acharnait, mais la chose était solide et bien fixée. Il tirait dessus à s'en arracher le cuir chevelu. Il fit un tel raffut que Loup, ruisselant, sortit précipitamment de la salle d'eau qu'il squattait depuis un moment. Il venait de reprendre une douche, n'avait pas eu le temps de se sécher. Interdit, il constata les dégâts. Les contorsions de Kim n'avaient réussi qu'à faire tanguer l'édifice, qui pendait désormais de guingois, écroulé et piteux, mais toujours accroché.

Kim suspendit son geste, se planta devant son copain, présenta fièrement sa tenue. Les bas filés, la guêpière dégrafée, les jolies jarretelles pendouillantes et le couvre-chef naufragé, il avait l'air d'avoir heurté un tramway. De plein fouet. Il se pavana :

— Et voilà le travail ! L'est pas joli, le garçon ?

Loup, nu, sa serviette à la main, regardait sans comprendre. Kim se dandina :

— Produit frais ! Modèle jetable après usage ! Ne pas dépasser la date de péremption !

Kim essayait d'être drôle. Mais Loup ne vit que le contraste entre son sourire et ses yeux.

— Ton beau costume ! T'es fou, Et Philomène, qu'est-ce qu'elle va dire ?

— Ce qu'elle va dire, elle l'a déjà dit. Écrit, même. Tiens.

Kim brandit la lettre.

C'était un soir à aller se saouler la gueule et à faire un foot à la rigole. Loin des femmes. De toutes les femmes.

Équinoxe d'automne

21.

Dès qu'elle avait su les garçons présents, Bernardine avait compris que quelque chose ne tournait pas rond et avait envoyé Gil les chercher pour dîner. Elle improvisa ce qu'elle appelait une opération commando culinaire. Chèfe nourricière sans concessions, elle ne laissait à personne le droit d'introduire des substances dans le corps de sa famille. En moins de temps qu'il n'en faut pour le dire, une polenta aux truffes fumait sur la table. Manger ensemble est une thérapie familiale. Sinon infaillible, du moins réconfortante.

Ce soir-là, à la table des Carpette, malgré les effluves du plat et les somptueux arrangements floraux de Gil, l'heure n'était pas à la joie. Voilà que Kim avait le cœur brisé pour une bête histoire de fesses. Il était trop sentimental. Il lui faudrait apprendre à se méfier.

— Je m'en souviendrai, de ma première Fête des Amoureuses !

Kim crânait. Tentait pauvrement de donner le change. Dévasté à l'intérieur, il essayait de n'en pas trop laisser paraître tant son infortune lui paraissait anecdotique comparée à ce qui était arrivé à Loup. Ça lui faisait mal quand même.

Pour justifier les marques sur le visage de Loup, qui s'obstinait dans son refus de parler, Kim avait inventé une vague histoire de bagarre à la rigole le soir précédent. Gil et

Bernardine déploraient cette manifestation de laisser-aller, et ignoraient tout de son vrai malheur. Ils prenaient des airs de circonstance, mais se demandaient si les petits n'en faisaient pas un peu trop. Quelques bleus, une trahison amoureuse. La vie, quoi. Ils en verraient d'autres.

Gil était sincèrement consterné pour son fils. Il tenait Philomène en haute estime, la tournure des événements le surprenait, mais cela justifiait-il des figures aussi sinistres ? Bernardine gardait un silence prudent. Elle n'était pas le moins du monde surprise par les déboires de son rejeton. Elle savait, elle, l'entretien entre Rigoberte et Philomène. Elle devinait le pourquoi du comment et ne tenait pas à ce qu'ils s'en aperçoivent. Et même si Philomène avait un peu chargé la mule sur le plan symbolique en choisissant précisément ce jour-là, sa décision paraissait un moindre mal. La solidarité fondamentale de Bernardine avec ses collègues coureuses de caleçons s'arrêtait exactement à son fils. Elle veillait au grain.

Dommage que le petit Loup prît tellement à cœur la mésaventure de son ami. Bernardine fut émue de cette marque d'amitié vis-à-vis de Kim. Ce petit avait décidément de vraies qualités humaines. Tête baissée, les cheveux dans la figure, il n'avait pas dit un mot et pratiquement rien avalé. Mais même renfrogné, même boudeur, même cafardeux, il restait beau comme le diable. Irrésistible. Heureusement la nature est sage et ne permet pas qu'on lise dans les pensées. Bernardine fit mine de s'intéresser à la conversation, mais comme d'habitude son esprit se mit à baguenauder vers des salacités sans équivoque peuplées de Loup, ses mains, ses pecs, ses cuisses, sa croupe…

Le repas ne traîna guère. Gil tenta de meubler le silence en émettant diverses considérations sur la fragilité des choses de l'amour, sans réussir à animer le débat. En plus, personne ne voulait de dessert. Signe que ça allait vraiment mal. Il se résigna à débarrasser, pendant que sa marie emmenait les garçons au salon. Bernardine alluma la télé, demanda à Gil d'apporter du café et s'installa avec eux dans le canapé. Elle prit Kim à sa droite, qui se vautra sur elle comme quand il était petit, et Loup à sa gauche. Contre son cœur. Les deux se pelotonnèrent tels des enfants sur sa vaste poitrine, un sein chacun. Kim retrouva des sensations oubliées, du temps où il prenait sa mère pour un coussin géant et cherchait contre elle la position de confort la plus exacte.

Loup se laissa aller au plaisir d'avoir une maman de substitution. La sienne lui manquait tellement. Elle ne saurait jamais rien de son affaire. Réticente à le laisser partir, malade, elle ne l'aurait pas supporté. Bernardine était autrement solide. Il se sentit en sécurité pour la première fois depuis la veille. Il ferma les yeux malgré la télé. On y retransmettait un résumé du défilé raté par Kim.

— Zappe ! Je ne veux pas voir ça ! La Fête des Amoureuses quand la tienne s'est fait la malle, merci !

Bernardine sourit.

— Kim, c'est la première fois que tu te fais larguer mais ce n'est pas la dernière. La vie est comme ça, les femmes sont comme ça, il vaut mieux que tu t'y fasses.

— Que je m'habitue à me faire jeter ? C'est ma mère qui me dit ça ?

— C'est le seul moyen pour t'empêcher de souffrir. Ce ne sont pas les femmes qui changeront. T'es-tu jamais demandé pourquoi le mot amour est singulier au masculin et pluriel au féminin ?

— ... ?

— Parce que les femmes sont naturellement polygames, et les hommes spontanément monogames. Pour elles, les amours sont multiples. Il est unique pour l'homme.

— ...

— C'est physiologique, même sexuellement. Une femme peut sans problème avoir du plaisir avec plusieurs partenaires, alors qu'un homme a besoin de se reconstituer chaque fois. La femme prend, l'homme donne. On ne se lasse pas de prendre, mais on ne donne que ce qu'on peut.

— … ?

— C'est complètement logique. On dit souvent que la femme est chatte et que l'homme est chien. As-tu déjà pensé au sens profond de cette image très juste ?

— …

— C'est simple. La chatte est indépendante. Affectueuse, mais seulement si elle veut et quand elle veut. Libre. Le chien, lui, n'a pas d'autonomie. Il a besoin d'une maîtresse, il a besoin d'obéir, il est fidèle et joueur. Il a besoin de suivre.

— J'ai besoin de suivre rien du tout. J'ai besoin qu'on m'aime.

— Taratata. Pourquoi avais-tu choisi précisément cette Philomène ?

— Parce que je l'aimais ! Non ! Parce que je l'aime !

— Tu l'as choisie, elle, parce que tu as besoin d'admirer pour aimer…

— Aussi, évidemment…

— Rien d'évident. Nous, on n'est pas comme ça. La femme, elle, a besoin de dompter. Elle adore apprivoiser l'homme, plus grand, plus fort qu'elle, elle aime se mettre en danger pour le mettre en confiance, elle aime le défi. Et lui, qui pourrait écraser la femme s'il le voulait, la suit, heureux, frétillant, fier d'appartenir.

— Moi, je dis amoureux…

— Une fois qu'elle a obtenu ce qu'elle veut, elle passe à autre chose. C'est ça qui fait progresser l'humanité. La capacité à dominer la force, à repousser les limites. L'être humaine était faible et nue, elle a dû survivre par la seule force de son intelligence. Le muscle, voilà le piège, voilà la barbarie. Le salut est dans le neurone. S'il en était autrement, les orangs-outans mèneraient le monde…

— Maman ?

— Oui, mon chéri.

— Le rapport avec Philomène ?

— Le rapport, c'est qu'il est inutile de déplorer les phénomènes naturels. C'est une perte de temps. Philomène ne te convenait pas.

— Elle me convient parfaitement !

— Tu vas trouver une femme beaucoup mieux, tu verras.

— C'est elle que je veux !

— Demain tu n'y penseras plus !…

Bernardine adorait discuter. Elle avait beaucoup apprécié cet échange avec les jeunes gens. Elle avait fini son café et éclusé une double cognaque. À présent, il était temps d'aller dormir.

Gil, qui n'avait pas ouvert la bouche, annonça qu'il les raccompagnait. Il avait besoin de prendre l'air.

22.

Bien que la pelouse eût été soigneusement ratissée dans la journée, ils marchaient sur un épais molleton de feuilles. Voir les garçons avancer calmement sans shooter dedans confirma Gil dans ses soupçons. Ça n'allait pas fort. Ils arrivèrent devant la roulotte.

— Je peux entrer deux minutes ? demanda-t-il.

— Et si on restait dehors, suggéra Kim, on va à ta souche ?

La souche de Gil était propice aux confidences.

— Pourquoi pas ? T'as envie de te tremper le fond de culotte ?

— On va geler, non ?

Loup manquait d'enthousiasme.

Tant pis. Pas grave. On n'y voyait goutte, mais le père et le fils connaissaient chaque recoin du jardin sur le bout des pieds. Loup suivait de confiance.

Ils arrivèrent à la souche. S'installèrent en braille. Gil alluma une cigarette. La lueur du briquet révéla une seconde la gravité de son visage. Puis seul le point d'incandescence marqua la présence des trois hommes.

— Bon, je n'ai rien dit devant ta mère, mais maintenant je veux savoir. Qu'est-ce qui se passe ?

— Tu le sais, papa…

— Tu me prends pour un gland ? Pour Philomène, j'ai

compris. C'est pas joyeux, mais c'est clair. Mais ne va pas me dire que c'est une simple bagarre qui a mis Loup dans un état pareil... Des bleus, ça ne peut pas faire mal à ce point-là...

Loup rentra les mains dans ses manches.

— Loup, de toute la soirée je n'ai pas entendu le son de ta voix, c'est un bleu qui t'a sectionné les cordes vocales ? Ne te cache pas dans tes cheveux, je te vois quand même...

On ne vit pas Loup se renfrogner, fermer devant son visage le rideau de sa crinière. Gil ne se démonta pas. Sa voix, basse et rassurante, habillait l'obscurité d'un voile réconfortant.

— Loup, ce n'est pas la peine de faire semblant. Je t'ai observé toute la soirée. Ça saute aux yeux qu'il t'est arrivé quelque chose de grave. Je ne sais pas quoi exactement. Mais je m'en doute. Comme je me doute de la raison pour laquelle tu ne veux pas en parler. Tu n'as pas forcément tort. Mais moi, je ne suis pas une flique.

— Dis-lui, souffla Kim.

— Kim, ne le force pas. Il ne faut jamais forcer qui que ce soit à quoi que ce soit. Loup, tu fais comme tu sens. Sache seulement que ce que tu me dis à moi, je le garde pour moi. Je parle devant Kim uniquement parce que je suis sûr qu'il est au courant.

Loup avait fait des efforts toute la soirée. Il n'en pouvait plus. Une sensation de nausée lui nouait les tripes, des flashes lui revenaient sans arrêt, du rire des filles, de leur regard assassin. Il n'avait plus envie de se taire. Il se sentait incapable de parler. Il voulait qu'on lui foute la paix.

Après un silence d'une densité palpable, Gil reprit la parole :

— Loup, tu n'es pas tout seul. Je vais te raconter une histoire.

Surpris, Kim frissonna de plaisir. Cette phrase, il l'avait entendue mille fois, il y a longtemps. Gil reprenait des habitudes de berceur, quand sa voix servait de pansement aux bobos de la journée.

— C'est un très jeune étudiant qui rentre chez lui, un soir de meeting. Il est content. La vie universitaire l'enchante : sa liberté toute neuve, ses camarades d'amphi, les idées exaltantes qui agitent autour de lui des polémiques sans fin. Il apprend, absorbe comme une éponge. Ce soir-là, le sentiment de fraternité qu'il a ressenti, l'excitation à l'idée d'être précisément là où les choses se passent lui gonflent la poitrine. Il a le cœur qui déborde d'un trop-plein d'émotions.

« Après la réunion, il n'a pas pu partir tout de suite. Il est resté discuter avec quelques autres, ils ont ri, refait le monde une petite cinquantaine de fois. Jusqu'à bien plus tard que le dernier bus. Les copains ont proposé de le raccompagner mais il a décliné l'offre : il habite à deux pas, au bout du boulevard. Il les quitte et marche dans la nuit, satisfait, l'esprit rassasié. Soudain, un type surgit de derrière un marronnier, et le chope à la gorge en tenant des propos incohérents. L'étudiant ne comprend pas ce que son agresseur lui veut, il se débat, mais l'autre s'accroche, lui serre le cou d'une poigne de fer.

« À ce moment-là une voiture s'arrête, avec deux femmes à l'intérieur. La passagère baisse sa vitre, demande s'il y a un problème. L'étudiant, à moitié étranglé, ne peut émettre un son. Le fou se met à hurler plus fort. La femme sort, le type détale sans demander son reste. Qu'est-ce qu'il voulait ? demande la femme. Je ne sais pas, peut-être un drogué… L'étudiant reprend son souffle. Ça va aller ? s'inquiète-t-elle. Oui, je vous remercie, heureusement que vous vous êtes arrêtées…

« L'autre femme, celle qui était au volant, intervient : On vous raccompagne ? Non, merci, dit l'étudiant. Mais vous avez l'air tout secoué, reprend-elle. Allez, montez. Elle lui sourit. Il se dit que l'autre cinglé traîne peut-être encore. Il monte dans la voiture, soulagé. Les femmes lui demandent d'où il vient, ce qu'il fait. Il raconte sa nouvelle vie indépendante, les idées passionnantes qu'il découvre. Tout à la joie d'intéresser ses deux sauveuses, et rassuré par le son de sa propre voix, il parle, explique, accepte d'aller prendre un verre pour discuter encore. Tout est fermé. On va chez moi, et on vous ramène après, dit la conductrice. D'accord, O.K., quelle vie trépidante, pense l'étudiant. Une villa, un salon, des portes-fenêtres sans rideaux. Dehors on devine un jardin noir comme l'encre. Et sans doute comme la conscience de ses interlocutrices. Car après lui avoir fait boire quelques verres, elles changent de ton.

« L'étudiant naïf leur servira de jouet toute la nuit. Quand, fatiguées d'en avoir abusé pendant des heures, elles s'écrouleront en le laissant brisé, agenouillé, menotté à un radiateur, et qu'éperdu il cherchera des yeux une possibilité de fuite, il sera glacé par la vision spectrale, à une des vitres noires du jardin invisible, du visage d'un homme le fixant sans expression. L'homme qui l'avait agressé sur le boulevard.

Gil se tut. Le silence reprit ses droits, la cigarette était morte.

Loup avait rejeté ses cheveux en arrière. Le truc avait marché. La voix de Gil lui avait fait du bien.

— C'était un coup monté… ?

Kim remercia la nuit de cacher son trouble. Il était accablé par ce qu'il croyait comprendre. Il se passait trop de choses. La Fête des Amoureuses tournait à la Kermesse des Éclopés.

Loup insista :

— Alors, c'était un coup monté ?

— Ça a l'air évident, mais l'important n'est pas là. L'important, c'est la suite… C'est ce qui s'est passé après, quand l'étudiant est rentré, ramené au petit matin, dérision finale, par l'homme du jardin. Dans la même voiture, et en faisant tout un détour. Notre ami tente de se graver certains endroits dans la rétine, un carrefour, une station-service, un arbre particulier. Il veut se souvenir. Il veut se venger. Mais l'homme n'a pas l'air méfiant. Il n'a rien fait pour cacher le numéro d'immatriculation de la voiture. L'étudiant l'inscrit dans sa mémoire. Quand l'autre lui ouvre la portière, en plein centre ville, l'étudiant s'enfuit, éperdu, à toutes jambes. Il s'en est sorti. Elles vont payer.

Kim grelottait. Il n'aurait su dire si c'était l'humidité ou l'histoire qui lui glaçait les os. Il suggéra de faire une petite flambée, savait où Gil stockait du petit bois bien sec. Il se leva, et alla en chercher une poignée. Ses yeux s'étaient habitués à l'obscurité au point qu'il fut ébloui quand Gil usa de nouveau de son briquet. Les brindilles crépitèrent en flammes joyeuses. Les garçons eurent le même geste spontané pour tendre leurs mains vers la chaleur. Sombre et concentré, Gil ajouta machinalement quelques branches plus grosses, et reprit son récit, le visage animé par les gesticulations du feu.

— Il retrouve ses amis, leur raconte sa nuit épouvantable. L'histoire fait le tour des militants. Il faut porter plainte, c'est un cas exemplaire. Le voilà parti chez les fliques, confiant et déterminé. Il en sortira quelques heures plus tard, cassé. Elles lui ont fait répéter chaque détail, chaque parole, chaque geste, sans se départir d'un air dubitatif paralysant. À certains moments, elles sourient, imaginent sans doute les scènes et les trouvent émoustillantes. Puis elles lui demandent l'adresse de la villa. Il ne sait pas, peut essayer de retrouver. Il a le numéro de la voiture.

« Elles notent, annoncent qu'elles vont procéder à une vérification. Et ajoutent aussi qu'on n'a pas idée de se laisser emmener comme ça en pleine nuit, qu'on ne peut pas se plaindre quand on récolte ce qu'on sème et que si ces femmes ont gardé son sous-vêtement comme trophée, c'est peut-être qu'il en portait un trop sexy, peut-il le décrire, lui demandent-elles, hilares… Il n'en revient pas. Tout dans leur attitude lui assène qu'il n'est pas crédible, qu'il raconte des balivernes. Il se sent humilié. Il repart piteux, bafoué une deuxième fois. Honteux. L'ami qui l'a accompagné ne sait pas quoi lui dire.

— Ça se passait il y a longtemps, quand même. Maintenant c'est plus comme ça, tente Kim pour se rassurer…

— Il est possible que ça ne soit plus aussi grossier dans les commissariats, mais devant la justice, c'est-à-dire là où je ne suis jamais arrivé…

— Je ?… Tu as dit je ? L'étudiant, c'était toi, papa ? C'était toi ?

Gil se tut. Plus de vingt ans après, il avait encore du mal à en parler. D'ailleurs, il n'en avait jamais reparlé à quiconque. Oui, c'était lui l'étudiant. Il fallait bien que ça ressorte un jour.

Loup le fixait avec une intensité désolée, voulait tout savoir. Il réclama la suite.

— Après, justement, il ne s'est pas passé grand-chose. Ou plutôt si, mais pas dans le sens que j'aurais pu attendre. Je n'avais aucune preuve. Je n'avais aucune témouine. J'y étais allé de mon plein gré, dans cette maison dont j'étais incapable de retrouver l'adresse. Des affaires comme ça, non élucidées, dormaient par dizaines dans les tiroirs des fliques.

— Mais le numéro de la voiture ?

— Ç'a été le pompon. La propriétaire de la voiture a été convoquée. C'était, paraît-il, une femme honorablement connue et mère de famille. Elle a admis m'avoir rencontré et emmené chez elle. Sauf que sa version des faits était un tant soit peu différente de la mienne. D'après elle, je faisais du stop en tenue plus que légère, et je les avais alpaguées à un feu rouge. J'étais d'ailleurs, avait-elle souri, tellement peu attaché à mes vêtements que j'avais laissé chez elle un minuscule short en dentelle qu'elle voulait bien me rendre si je le désirais. Ses propos seraient confirmés sans problème par l'amie qui l'accompagnait ce soir-là et par le jardinier qui m'avait raccompagné, moi. Elle s'est payé le luxe d'en rajouter : elle a assuré qu'elle aurait passé une charmante soirée si je n'avait pas eu l'inélégance de réclamer de l'argent et qu'elle ne se laisserait plus prendre à un piège aussi grossier. Et elle est repartie avec les excuses du commissaire.

— Non !

— Si. En tout cas c'est ce qu'on m'a dit quand on m'a

reconvoqué, qu'on m'a demandé de raconter encore et encore les détails les plus pénibles, comme si les fliques étaient davantage à la recherche de mes éventuelles contradictions que des preuves de ma très réelle agression. Tout ça pour m'annoncer que ma plainte n'était pas recevable. J'ai fini par en vouloir à mes amis de m'avoir embarqué dans cette galère qui ajoutait la suspicion à l'humiliation. Je n'avais plus confiance en personne. L'idée que mes violeuses aient été secondées par un homme, puis épargnées par la police m'était insupportable. Le monde tel qu'il est me faisait horreur.

— Qu'est-ce que tu as fait ?

— Rien. Je me suis beaucoup agité. Mes amis pensaient que j'allais bien, parce que j'étais de toutes les manifs, de toutes les actions, de toutes les prises de position. Je militais comme un forcené pour faire taire la voix qui me taraudait en permanence : qui, parmi les gens qui m'entouraient, était capable de trahir ? Laquelle parmi ces femmes pourrait se révéler pleine de haine ? Lequel parmi ces hommes serait assez soumis et lâche pour laisser faire, encourager, aider ? La voix persistait au milieu de mes nuits, surgissait en plein cours. Ça me rongeait. Seul, j'étais seul dans un monde abject. Je ne croyais plus en rien ni en personne. J'étais mort à l'intérieur. Je m'enflammais publiquement en étant convaincu que ça ne servait à rien.

« C'est à ce moment-là que j'ai rencontré ta mère. Elle a changé ma vie. Elle m'a sauvé. Avec elle, je me suis enfin senti en sécurité.

— Qu'est-ce qu'elle a dit quand elle a su ?

— Elle n'a jamais su…

— Comment ça ? Tu ne lui as pas dit ?

— Évidemment non !

— Pourquoi ?

— C'est parce qu'elle ne savait rien qu'elle m'a sauvé. Il n'y avait pas de pitié dans ses yeux. Pas de compassion. Elle n'a pas perçu tout ce qui était éteint en moi. Sa totale incapacité à voir le côté sombre de la vie m'a ramené au jour. Sa joie de vivre, son rire m'ont isolé de la bassesse. Elle a mis un écran protecteur entre le monde et moi. Je me suis réfugié dans sa lumière comme dans un abri. Ta mère est devenue ma maison. Je n'ai jamais eu envie d'en sortir.

Kim était sous le choc. Son propre père ! Il n'avait trouvé de parade à l'agression de plusieurs femmes que par la protection d'une seule ! L'amour qui liait ses parents n'effaçait pas l'ironie du processus, le manque d'espoir.

— Ça veut dire que Loup ne doit pas porter plainte ?

— Il fait ce qu'il veut. L'important, c'est de se réparer soi-même comme on peut, et ne rien attendre de la justice des femmes. La société se fout des hommes. On peut crever la gueule ouverte. À condition que ce soit en silence. Le silence, c'est tout ce qu'on nous demande. La moindre de nos paroles leur est vacarme. Assourdissant, scabreux, insupportable. Quoi ? Encore en train de se plaindre ? Qu'est-ce qu'ils auraient dit au temps des laisses et des muselières ! Moi j'ai cessé de parler depuis longtemps. Je n'en pense pas moins, mais ce que je pense, je le garde pour moi.

— C'est pas comme ça qu'on va faire avancer les choses…

— C'est comme ça qu'on survit, et c'est déjà pas mal… Ce monde n'est pas pour nous. Elles se le sont fait pour elles, et elles tueraient père et mère pour que rien, jamais, ne change.

— Jamais, jamais je ne pourrai accepter ça, papa. Jamais.

Le feu se mourait. Loup écoutait le père et le fils. Gil lui mettait du baume au cœur. Kim lui donnait du courage. Mais c'est la nausée qui occupait le terrain. Il était minuit passé. La Fête des Amours était finie. Quelle arnaque.

23.

Les arbres flamboyaient sous la lumière dorée, sucrée comme le raisin qui alourdissait la vigne de Gil. Celui-ci s'apprêtait à vendanger ses quelques pieds, qu'il couvrait de soins maniaques et qui produiraient cette année encore plusieurs bouteilles de son cru personnel qui enflait sa fierté autant que son discours. Il levait son verre : « Magnifique ! La bonne Dia en jupon de velours qui vous dégouline dans le gosier ! », et il clapait du bec. Satisfait. À l'entendre, les plus grands vignobles n'assuraient qu'à peine la compétition avec son château perso, qu'il était pratiquement le seul à boire.

Octobre se prélassait dans ses dorures. Le strip-tease des branches semant leurs feuilles à l'agonie faisait à l'été des funérailles chatoyantes. Le jardin jetait ses derniers feux avant le grand sommeil, et le soleil, comme un invité qui s'incruste, amical et fatigué, semblait vouloir être de la fête jusqu'au bout. Ça foutait le cafard à Kim. Un bourdon écrasant, majuscule. Kim appelait de tous ses vœux la brume, la pluie et la grisaille qui se seraient assorties à ses états d'âme. Le moindre rayon le crucifiait. Quand il croisait un couple se tenant par la main il détournait le regard. Le bonheur des autres avait quelque chose de répugnant.

Il continuait avec désespoir, rage et obstination sa vendange de misandrie, en grappes serrées qui donneraient une piquette indigeste aux députées. Sans Philomène, l'Assemblée avait perdu ses enluminures de temple de l'amour. Il n'en restait qu'un terne bureau où Kim le fonctionnaire allait collecter patiemment les preuves de l'aliénation de son sexe. Au début, il avait traîné dans les couloirs, tôt le matin, comme avant, espérant une rencontre miraculeuse.

Philomène demeurait invisible, alors qu'elle devait être quelque part dans la grande maison. Kim avait vite compris que députées et stagiaires ne fréquentaient pas les mêmes endroits. Et par la même occasion que ses rencontres avec Philomène n'avaient rien eu de fortuit. Mi-vexé, mi-flatté par cette découverte, il avait arrêté ses pérégrinations. Elle l'avait eu. Il saurait se passer d'elle.

Il se concentra sur sa prospection. Loin de se tarir, la source de ses informations s'enrichissait. Il en apprenait tous les jours. Il avait l'impression de s'élever, de franchir des étapes. Plus il prenait de l'altitude, plus le paysage s'élargissait et offrait de nouvelles perspectives. Il avançait en territoire inexploré. À mesure que sa recherche s'affinait, il arrivait à un niveau de conscience où tout prenait un sens différent. Il devenait hypersensible à ce qui pour le sens commun relevait du détail ou de l'évidence.

N'eût été la vigilance de Gil, la préoccupation de Kim aurait pu virer à l'obsession. Grâce à la culture paternelle, elle devenait seulement désespérée. Chaque fois que Kim se scandalisait d'une de ses découvertes, Gil relativisait. Il lui racontait comment cet état de fait avait déjà été expliqué, analysé et dénoncé par les hominístes trente ans auparavant, voire plus. Il lui sélectionnait des livres inconnus. La culture hoministe était un immense mausolée plein de chefs-d'œuvre ignorés, que Kim découvrait avec stupéfaction. Ainsi il ne suffisait pas de dire les choses. Il fallait les combattre. Et même ça ne suffisait pas. Il fallait s'inscrire dans l'Histoire. La génération précédente avait fait des merveilles, et déjà on ne le savait pas.

Que savait-on des aïeuls qui s'étaient affranchis des marques les plus offensantes de l'oppression ? Des mariages forcés, de la laisse et des ceintures de chasteté, des privations d'héritage, de l'analphabétisme, des châtiments corporels ? Rien, comme si tout ça s'était fait toute seule. Que saurait-on un jour des efforts de Kim ? Fallait-il continuer ou se laisser aller, comme tant d'autres, au confort trompeur de la soumission ? Admettre qu'on ne pouvait rien contre la fatalité millénaire qui pesait sur le sexe que la nature avait voulu ludique et irresponsable ? Kim ne pouvait se résoudre à ça. Il éblouirait Rigoberte par la pertinence de son exposé, l'évidence de ses conclusions. Le parti puis l'Assemblée ne pourraient que s'incliner et prendre les mesures qui s'imposaient. Et tout ça grâce à qui ? Grâce à Kim !

Et voilà. Une fois de plus, il rêvassait à un destin exceptionnel de héros hoministe, sauveur de ses compagnons d'infortune, aussi fort que Simon de Belvue et Ben Wattgrew réunis ! Et forçant l'admiration de Philomène ! Zut. Encore Philomène. Des images insupportables de précision lui revenaient en tête, constamment. Ce creux juste sous l'oreille, à la courbe de son cou, quand penchée sur quelque dossier elle révélait la précieuse fragilité de sa nuque, ce tout petit coin d'elle où il adorait poser un baiser, fourrer son nez, farfouiller, chatouiller, mordiller jusqu'à ce que de guerre lasse elle cesse de lire et s'occupe de lui. Comme chaque fois que son esprit s'égarait en territoire philoménien, il se fit des mouvements de foule dans son caleçon. Allons, bon. Tu n'es pas sorti de l'auberge, Kim. Tu ferais mieux de te remettre au boulot.

24.

Les dernières photos de Loup étaient moins bonnes. La prochaine mouture de la campagne reposait entièrement sur lui. Bernardine avait sous les yeux toute la nouvelle série. Penchée sur la table lumineuse, la loupe à l'œil, elle la passait en revue encore une fois. Le petit n'allait pas bien. Il était toujours aussi magnifique, mais quelque chose dans son regard avait basculé. On n'y lisait plus la fougue, la naïveté, la fraîcheur qui le rendaient si exceptionnel.

Heureusement que les photos pour « Oh!Bad! » étaient toujours décapitées. Le fessier de Loup n'ayant rien perdu de son expression, ça permettait de voir venir. Bernardine se serait-elle trompée sur les qualités de ce garçon ? Impossible. Elle avait des antennes pour ce genre de chose. Elle était une reine du casting. Le problème de Loup ne pouvait être que temporaire. Il était devenu moins causant, moins spontané, moins drôle.

Les jeunes gens avaient parfois de ces sautes de forme, plus hormonales qu'autre chose. Peut-être avait-il tout simplement la nostalgie de sa campagne, de sa famille, de sa mère, de ses sœurs ? Le blues de la smala ? C'était fréquent chez le rural déraciné. Il faudrait voir ça de plus près. Elle pourrait l'envoyer chez lui le week-end de la Toute-Sainte… Et peut-être même.. On verrait.

Il fallait que ce petit sorte, qu'il s'amuse, qu'il se change les idées. Et Kim avec lui. Qu'ils arrêtent tous les deux de faire une tête de carême qui semblait affecter jusqu'à l'humeur si égale de Gil. Depuis la forfaiture de Philomène, rien n'allait plus comme avant. Il allait lui falloir reprendre les choses en main sérieusement. Les hommes étaient bien compliqués. Surtout les siens.

Si on lui avait dit seulement trois mois auparavant que l'argent ne fait pas le bonheur, Loup aurait ricané comme un pauvre. Maintenant il savait qu'on peut très bien gagner sa vie et ne lui trouver aucun goût. Il avait beau être entouré de l'affection de Gil et de Kim, de la sollicitude de Bernardine, c'était comme si le monde tournait en noir et blanc. Surtout en noir. Même le bleu de ses ecchymoses avait fini par disparaître. Sa dent avait été soignée. Son bas-ventre, totalement désenflé, avait repris figure humaine. Plus aucun signe extérieur de bassesse. C'était à l'intérieur que ça zonait. Il se reprochait sa passivité.

Il était finalement allé à la police. Avec Gil. Il avait été écouté avec commisération par un jeune inspecteur spécialement formé pour l'accueil des hommes violés, comme ça se faisait depuis quelque temps. Les choses évoluaient. Gil devait le reconnaître. Mais Loup n'avait que sa parole à offrir. Les fliques leur avaient feuilleté le trombinoscope des agresseures répertoriées qui circulaient librement en ville. Il y en avait des albums entiers. Mais il ne reconnut pas les siennes. Et pour cause. Il les avait à peine vues. Il ne pouvait pas se souvenir de leur face. De leur gueule. Leur sale gueule. Il se rappelait juste leur cul. Leur sale cul. Leur sale chatte. Ça oui, ça lui était resté. Mais il n'y avait pas d'albums pour ça. Pas d'album pour les sensations, les odeurs, la honte et le dégoût.

Le jeune flic, désolé, avait recueilli sa plainte en admettant qu'elle n'aurait aucune suite. Plainte ! Rien que le mot avait quelque chose de dérisoire ! Il s'agissait bien de se plaindre !

Ce qu'il voulait c'était se venger. Se venger vraiment, pour de bon. Leur exploser la tronche à toutes. Que cette bande d'ordures ne s'en remette jamais. Il aurait voulu du direct, de l'expéditif. Sa visite au commissariat avait décuplé son intolérable sentiment d'impuissance.

Qu'à lui tout seul il n'ait pas la capacité d'organiser des représailles dignes de ce nom était logique. Que la justice ne puisse pas faire mieux était inacceptable et donnait l'impression d'avoir été profané deux fois. Une fois par des délinquantes méprisables et une fois par la société tout entière. Était-ce à dire que l'une valait les autres ? Il repensait à l'album. Pour chacune de ces photos, un homme démoli. Comment les autres s'y prenaient-ils pour supporter ça, pour traîner en eux, toute leur vie, cet abîme de néant ? Comment allait-il faire, lui ? Il comprenait maintenant ce que Gil avait voulu dire. Il comprenait son besoin de se mettre à l'abri de l'abjection du monde.

Il revenait souvent à la Foon, qui restait son employeuse officielle et s'était assuré, contre espèces sonnantes et trébuchantes, l'exclusivité de ses prestations. Ses contrats publicitaires passaient par l'intermédiaire des services juridiques de la compagnie et ses cachets étaient versés directement sur un compte d'épargne, pour plus tard. Mais photos et défilés constituaient une activité épisodique. Il n'avait donc pas eu à abandonner son poste de chauffeur-livreur-vérificateur.

Bernardine tenait à le maintenir occupé, elle restait en cela fidèle à ses principes d'éducation et à ses engagements vis-à-vis d'Éléonore. La mère de Loup n'aurait ni compris ni accepté de savoir son fils lâché dans un milieu frelaté où une séance de pose rapportait plus qu'un mois de salaire. Loup avait adopté cet arrangement avec soulagement. Seul, il avait peur et se faisait peur. Avoir des horaires fixes, voir du monde le rassuraient et lui aéraient la tête.

Il se sentait bien à la Foon. D'autant mieux qu'on était devenu très peu exigeant avec lui. Le bruit s'était vite répandu que son anatomie servait bien d'ingrédient de base aux dernières « recettes de séduction » exhibées dans le hall. Ses fesses, serties d'un string de soie blonde, pour la n° 55 : « Savoir servir une croupe de champagne… » Son ventre exposé dans l'échancrure, agrafes ouvertes jusqu'au pubis, d'une culotte haute en lamé argent, pour la n° 56 : « Ouvrir l'alu avant de goûter à la tablette de chocolat… » Et aussi un gros plan sur ses joyeuses, enchâssées dans des cocons ampliformes et indiscrets en dentelle de coton, pour la n° 57 : « Commencer la journée par des œufs à la coque… » Et ainsi de suite jusqu'à la dernière, et non la moindre. De dos, cambré, cuisses ouvertes et croupe tendue dans un caleçon de voile complètement transparent, la n° 60 : « Cueillir le meilleur de la grappe et déguster en égoïste… » Un festin de Loup pour une faim de louve. De quoi faire la joie des collectionneuses de tapis de souris, de chopes à bière, de papier à lettres, de tous les articles commercialisés par la Foon pour les fans.

Heureusement que ces photos préservaient son anonymat. Il pouvait en toute liberté s'adonner à ses balades en limousine et ses virées délirantes en fourgonnette exténuée. Et il continuait à visiter ses copines des ateliers. C'est ce qu'il s'apprêtait à faire ce matin-là. Il devait vérifier où en était la commande d'une centrale d'achats orientale. Il poussa la porte de l'atelier assemblage. Le ronflement sourd des machines à coudre ultramodernes couvrait le bruit des allées et venues. Il y eut donc un répit de quelques secondes avant que les ouvrières ne le repèrent et que ne fuse, comme d'habitude, la salve de grivoiseries heureusement inaudibles que sa seule vision semblait déclencher ipso facto.

Rita, la chèfe de service, ondula vers lui en souriant, consulta sa fiche. La commande avait été transmise le matin même au service suivant, étape ultime avant l'expédition. Elle cocha ce qui devait l'être et fit mine de lui donner une tape sur les fesses pour lui dire au revoir. Elle était souvent un peu lourdingue. Sympa, mais lourdingue. Loup salua d'un geste, les gratifia d'un sourire poli et ravageur, auquel elles répondirent par tout un tapage, et fila droit vers l'étage supérieur, au premier sous-sol.

La suspension des produits finis, la chaleur des fers à vapeur, le maintien du degré d'hygrométrie nécessaire à la bonne tenue des rubans et des satins, la délicatesse des manipulations de papiers de soie et Cellophanes donnaient une ambiance particulière à l'atelier repassage-emballage. Le plus chaud, le plus beau, assuraient les manipulatrices. Et aussi le moins bruyant. Le tintamarre d'accueil surprenait davantage. D'autant qu'il était ici parfaitement intelligible. « Au secours ! Je vais me jeter dans la gueule du Loup ! »... « C'est toi qu'on connaît comme le Loup blanc ? »... « Je veux hurler avec Loup ! »... « Un Loup, ça doit aimer la chatte ! »... « Tu veux que je te fasse un Loupiot ? Tu verras, je fais ça très bien ! »... « J'en ai Loup sur le cœur, viens me consoler ! »... « Chuis une vieille louve de mère, viens voir maman ! »... « Toi, je te Louperai pas ! »... « Salut beau gosse, j'ai une faim de Loup, t'as pas quelque chose à manger ? »

En temps normal, il n'aurait pas fait attention. Mais plus rien n'était normal. Exaspéré, il leur fit front :

— Quoi ! Qu'est-ce qu'il y a ? Vous y tenez tant que ça ? Allez, on y va, on va voir ce que vous savez faire !

Il fit mine d'ouvrir son caleçon...

— Où est-ce que vous préférez ? Sur la table ? Par terre ? Pendues aux tringles ? Allez, on y va, chacune son tour ! Chopez-moi, puisque vous y tenez ! Vous serez pas les premières ! Alors ? À qui le tour ?

Elles restèrent coites, décontenancées. Elles avaient juste voulu rigoler, c'était tout... Pas de quoi s'énerver... Un silence déconcerté se matérialisa autour de lui. Il les défia d'un geste du menton, les engloba d'un regard circulaire et mit dans sa voix tout le mépris possible :

— Bande d'hommelettes ! Que de la gueule !

Il reprit sa fiche et sortit. Elles se regardèrent, interdites. Voilà que le petit Loup avait pris la grosse tête depuis les photos de son cul.

25.

Le Rebecca n'ouvrait qu'à onze heures. Ça leur laissait le temps de dîner et de se faire beaux. Ni Kim ni Loup ne ressentaient d'exaltation particulière à l'idée de sortir en boîte, mais Bernardine avait insisté et Gil trouvait que c'était une bonne idée. Kim largué, Loup cassé faisaient une fine équipe de noceurs. Se changer les idées ! Sa mère n'avait plus que ce mot à la bouche ! Kim n'en avait aucune envie. Il prenait soin de son chagrin, le cultivait, se le gardait au chaud. La douleur de l'avoir perdue était son dernier lien avec Philomène. Précieux. Il ne voulait pas le rompre. Il voulait habiter dedans. Sa peine était devenue son oxygène. S'il avait organisé la sortie de ce soir, c'était pour Loup. Loup qui ne se débrouillait pas trop mal pour cacher sa détresse aux gens qui ne le connaissaient pas. Mais Kim le connaissait par cœur. Et il savait comment lui faire plaisir. Alors ils allaient se maquiller et s'habiller comme il faut. Ils allaient flanquer la panique.

Le Rebecca accueillait en la filtrant avec morgue une clientèle de faux mannequins, vraies mafieuses, jeunesses dorées et chercheurs d'or. Les boissons y étaient hors de prix, le décor ethnico-baroque, le bar surpeuplé, la lumière rationnée, les serveurs méprisants, la musique fracassante. Et les toilettes très fréquentées. Un endroit à la mode, avec carré VIP dedans, et file d'attente dehors, selon un système bien rodé réglé comme un ballet par les sbires qui gardaient les portes. Celles qui attendaient dehors brûlaient d'entrer. Celles qui étaient entrées grillaient de se glisser derrière le cordon des happy few. Derrière le cordon, on manigançait des plans pour ressortir, aller ailleurs, dans une boîte identique, faire la même chose avec les mêmes gens. Magie de la nuit. Engrenage des frustrations. Exclue, pigeonne ou star. On se montrait. On se courait après sans joie. Ça occupait les soirées.

Kim n'avait pas ses habitudes au Rebecca. C'est précisément pour ça qu'il l'avait choisi. Loup et lui n'eurent aucune difficulté à y pénétrer malgré la foule qui se pressait sous le dais de l'entrée. Les colosses s'écartèrent. Deux tels éphèbes, et seuls par-dessus le marché, constituaient une aubaine pour n'importe quel club de nuit. Les garçons non accompagnés ne payaient pas pour entrer. Des beaux mecs qui dansent font plus pour la réputation d'un endroit que les décors les plus tarabiscotés, les musiques les plus insolites ou les cocktails les plus extravagants.

Même en compagnie de leur petit ami, les femmes qui prenaient un verre au bar laissaient traîner un œil, au cas où quelque canon incontestable aurait envahi leur champ visuel et fourni une cible pour la soirée. Immédiatement repérés par leurs prunelles exercées, Kim et Loup traversèrent le rez-de-chaussée. Au premier sous-sol, où se lâchait une tornade de décibels à l'abri des attentions de la police, toutes les tables étaient occupées. Peu leur importait. Seule la piste était éclairée, seule la piste les intéressait.

Il s'agissait de se saouler de musique. De s'enivrer sans boire une goutte d'alcool. Pas seulement à cause de ses effets, certes dévastateurs, mais aussi parce qu'il devenait hors de question d'accepter un simple verre ou de le laisser sans surveillance. Kim avait fait la leçon à Loup. Il était notoire que des femmes n'hésitaient pas à glisser dans les boissons certaines pilules qui anéantissaient la volonté et la mémoire, provoquaient des érections interminables. On se réveillait le lendemain sans savoir pourquoi on avait si mal à la bite.

Loup n'en finissait pas de s'étonner des mœurs en vogue dans la capitale, mais il avait bien compris : en cas de soif irrépressible, il suffisait d'aller au lavabo et de se désaltérer d'une poignée d'eau recueillie au creux de la main. De quoi compliquer la tâche des adeptes de la dragée des violeuses. De toute façon, ni l'un ni l'autre ne s'intéressaient à la boisson. Ils savaient exactement ce qu'ils étaient venus chercher. Loup adorait danser. Kim aussi. Ils se lançaient souvent, tous les deux, dans la roulotte, sono à fond, pour le simple plaisir de se sentir bouger, dans des sarabandes effrénées qui les laissaient à bout de souffle, écroulés et contents. La discothèque changeait les données. Les sensations y gagnaient en intensité.

Il y avait du monde. Kim se posa en retrait, devant les baffles. Sentir les vibrations lui traverser le corps le mettait dans un état second, hypnotique. Tout son corps, la moindre parcelle de peau, du recoin le plus intime jusqu'au fond de ses entrailles, était malaxé par le tempo sauvage et invasif des haut-parleurs. Il avait l'impression de baiser avec la musique, n'avait besoin de personne.

Loup se faufila au beau milieu des danseurs. Presque uniquement des hommes. Les femmes préféraient mater de loin. Il commença à bouger et un vide se forma autour de lui. Les agités de la piste reculaient. Autant de grâce émanant d'une telle charpente de géant imposait le respect. Un cauchemar pour les autres garçons qui se trémoussaient dans l'espoir de se faire remarquer. Ils avaient choisi la mauvaise soirée.

Loup, superbement indifférent, monopolisait l'attention. Il y prenait plaisir. Il faisait son bêcheur, gardait les yeux dans le vague, mais percevait chaque regard, la convoitise des unes et l'agacement des autres. Ça lui donnait de l'élan. Kim observait la scène de loin. Il sourit. Loup était un sacré allumeur. Les satyres étaient à l'affût, à l'abri de l'obscurité.

Loup mit la gomme. Il s'abandonna à la lumière des projecteurs, à la chaleur des regards braqués sur lui, aux relents de sueur et d'eau de toilette, laissa les pulsations du son lui couler dans les veines comme une perfusion d'acide incandescent. Il ne dansait pas sur la musique. Il volait, vibrait, planait dedans. Kim vint le rejoindre. Ils dansèrent face à face. Leurs vêtements leur collaient au corps, leurs cheveux se mélangeaient, ils ondulaient en cadence. Un fantasme féminin en chair et en peau, servi sur un plateau. L'attraction de la soirée.

Sûrs de leur impact, complices, ils se sourirent, se firent un clin d'œil. Des filles, fascinées comme des insectes par une flamme, leur tournaient autour, les fixaient, les voulaient. Ils virevoltaient de plus belle. Au bar où d'autres s'accoudaient d'un air blasé, ça devait humecter de la touffe. C'était le but. Allumer. Donner à voir et rien d'autre. Atomiser de la frustration.

On entendait souvent dire qu'un garçon qui allume provoque l'agression. Et que si ça arrivait il ne pouvait s'en prendre qu'à lui-même, pour avoir excité des pupilles inflammables. Quand on jouait les pyromanes, fallait pas crier au feu. Sauf que c'était le contraire. Loup allumait pour reprendre possession de lui-même, pour se donner la sensation de contrôler les désirs qu'il suscitait. Pour se sentir libre. Pour se donner l'illusion d'avoir le choix. Kim lui prêtait main-forte dans sa minuscule vengeance. Ils en vérifièrent les effets en faisant une pause.

Ils se déplacèrent vers la périphérie de la piste, collés par la mélasse de dizaines de regards fiévreux. Un sillage de lourdes œillades, de paroles inaudibles chuchotées au passage, quelques papiers glissés dans leur main, griffonnés à la hâte d'un nom et d'un téléphone les accompagnèrent jusqu'au bar… La température montait chez les voyeuses… Deux gusses assez mignonnes les invitèrent d'un geste à s'asseoir à leur table. Ils se consultèrent du regard. O.K. Elles firent mine de leur commander à boire, ils firent non de la tête. Ces mimiques, rendues nécessaires par le volume sonore, ne pouvaient pas mener la conversation bien loin. Avec un geste d'impuissance, ils les plantèrent là avec un sourire. Elles suivraient si elles étaient motivées.

Ils remontèrent au rez-de-chaussée, où la musique ne parvenait qu'assourdie. Une meute de joyeuses drilles les interpella avec cette décontraction bruyante que donne l'effet de groupe combiné à quelques grammes d'alcool. Ils les ignorèrent, sourcils haussés, narines méprisantes, pour leur signifier qu'ils n'avaient pas gardé les cochonnes ensemble. Les exhortations redoublèrent. Bande de nases. Ils leur tournèrent le dos, jetèrent un regard dans la salle.

— Kim ! Kiiim !

Kim se retourna, et reconnut, attablées un peu plus loin, trois de ses condisciples de Polybotanique. Trois rigolotes, ni bien malines ni bien méchantes, qui avaient passé plus de temps à faire la fête qu'à bachoter mais ne s'étaient pas trop mal sorties des exams. Elles avaient vu Kim juste après avoir repéré Loup. C'est donc avec délectation qu'elles damèrent le pion à leurs concurrentes en obtenant immédiatement que les garçons les rejoignent. Kim fit les présentations. En apprenant le prénom de Loup, elles se mirent, comme une seule femme, à imiter la louve de Texa Very, la langue pendante et les yeux au ciel…

Elles sirotaient des mojitos, n'en étaient pas à leur premier. Ils acceptèrent un jus de fruits. La présence de Loup émoustillait manifestement les polybotaniciennes autant que les repasseuses-emballeuses. Leurs propos tournèrent assez vite à la sollicitation sexuelle. Kim ne les avait jamais entendues dans ce registre, se demanda ce qu'elles avaient fumé. Loup aurait imaginé que des filles aussi diplômées seraient un peu moins directes que ses copines de village. Il n'en était rien. Elles faisaient leurs malignes, racontaient des histoires de blonds, se marraient comme des bossues. L'une déplorait les maigres résultats de sa chasse au greluchon, l'autre au contraire donnait les détails de sa dernière séance de ramonage. La troisième se vantait de ses techniques érotiques, sous-employées…

À les entendre, toutes avaient les crocs. Les crocs du cul. Elles n'avaient rien à se mettre et estimaient que ça ne pouvait plus durer. Une telle fringale ferait à coup sûr le bonheur d'un garçon comme Loup ! Envie d'essayer ? Avec une, ou plusieurs, à sa guise. Elles étaient toutes partantes pour une expérience sexuelle extrême. Voulait-il vérifier les excellentes dispositions dans lesquelles elles se trouvaient, elles allaient glisser de leur chaise, oups, surtout depuis qu'elles l'avaient vu, bouleversante apparition, trop mignon, vraiment, ravissant. Cela le tentait-il de laisser l'amour hurler dans la nuit ? Elles en rajoutaient, n'avaient nul besoin de réponse. La simple présence masculine suffisait à les inspirer. Fente affamée n'a point d'oreilles ! Au point où j'en suis, je pourrais m'enfiler un bras d'enfant ! Sans blague ! Et moi un baobab ! Dans le baba ! Elles reprirent en chœur le vieux refrain des comiques troupières : « J'ai la chatte qui s'dilate… »

Si l'heure était venue des chansons paillardes, Kim et Loup préféraient s'éclipser. En quittant la boîte, ils croisèrent le regard incendiaire des deux gusses qu'ils avaient abandonnées. Leurs prunelles furibardes les traitaient en silence de sales allumeurs. Ils se prirent par la taille, ravis. Et agitèrent sous le nez des frustrées leurs croupes inaccessibles. Mission accomplie. Na.

— T'es content, ça t'a fait du bien ? demanda Kim quelques mètres plus loin…

— Oui… C'était bon. Mais tu sais quoi ?

— Quoi..

— Je crois que je pourrai plus jamais baiser.

— Toi, tu t'es pas assez changé les idées. Donc, il est trop tôt pour rentrer.

— Entre nous, ça change quoi, de se changer les idées ? Tu sais bien qu'on change rien du tout…

— J'appelle ma mère, je sais qu'elle dîne avec Rigoberte, on va voir où elles en sont…

— À mon avis, elles en sont à picoler.

— Au moins avec elles, si on boit on sera sûrs que c'est du bon, et puis on risque pas de se faire emmerder.

Kim avait déjà le portable collé à l'oreille. Évidemment, Bernardine était aux anges, elle avait espéré le coup de fil toute la soirée. Elles étaient au Ratz, ils n'avaient qu'à sauter dans un taxi.

Le bar du palace bruissait des conversations assourdies de touristes fatiguées, de femmes d'affaires indifférentes, de couples discrets. À l'apparition, fort remarquée, de Loup et Kim, Rigoberte et Bernardine se levèrent comme une seule femme.

— Vous tenez à boire quelque chose, ou on peut y aller ?

— On peut y aller !

La réponse de Loup, trop content d'échapper à une séance de mimosa, avait fusé.

— Aller où ?

Kim était plus précautionneux, connaissait mieux les deux larronnes. Son regard passa de sa mère à sa chèfe. Elles avaient un plan, manifestement. Ourdi depuis le coup de fil ou savamment prémédité, Kim n'aurait su dire. Les deux comparses avaient l'air matois de la maquignonne qui vient de refiler une carne. Une groom les guida jusqu'aux descenseurs et demanda à la liftière le dixième sous-sol. Loup remarqua que les boutons n'allaient que jusqu'à moins six, mais l'employée, après avoir fermé les portes, introduisit une clé sous les boutons. Elles filèrent vers le bas.

— Je vous fais visiter les coulisses, annonça Bernardine d'un air plein de sous-entendus.

Rigoberte souriait, complice. On n'allait pas tarder à savoir ce qui tant réjouissait les deux acolytes. La cabine s'arrêta, la liftière empocha les billets que lui tendit Bernardine et leur souhaita une bonne soirée d'un air hermétique.

Le descenseur s'ouvrait sur un couloir aux murs tendus d'un rouge d'hémorragie. Au sol, une moquette écarlate sur laquelle on ne s'entendait pas marcher conduisait à une porte métallique, haute et large, hostile comme celle d'un coffre-fort. La sentinelle en robe de velours qui se tenait devant reconnut les visiteuses, jeta un regard discret et appréciateur sur les jeunes gens, et ouvrit le sas en inclinant la tête à leur passage. Elles pénétrèrent dans un volume inattendu à cette profondeur, même si la pénombre rougeoyante ne permettait pas d'en distinguer les limites exactes. On avait l'impression d'entrer dans un écrin à bijoux géant où on aurait pu loger un petit théâtre. En guise de scène, au milieu de quelques dizaines de sièges écarlates, le carré immaculé d'un ring. Un ring de boxe. Les hommes qui se battaient, car c'est bien d'hommes qu'il s'agissait, pouvaient gagner beaucoup d'argent.

On savait, tout le monde savait mais les autorités fermaient hypocritement les yeux, que des combats clandestins faisaient les beaux jours d'établissements discrets dont une publique presque intégralement féminine avide de violence et de paris illégaux assurait la prospérité souterraine. Kim et Loup en avaient entendu parler mais n'en avaient jamais vus. Il n'y avait dans l'assistance que très peu d'hommes, très jeunes et accompagnés. C'était le genre d'endroit que ne fréquentaient pas les jeunes gens de bonne famille. Mais Bernardine n'avait pas de préjugés…

Kim se sentit vaguement mal à l'aise. Loup, toujours avide de voir les choses en vrai, regardait et ne disait rien. Il n'avait jamais eu d'opinion sur ce genre de truc. Elles s'assirent à l'endroit qu'on leur indiqua. Le ring, d'un blanc violent, était éclairé par des projecteurs assez puissants pour coaguler aussi sec le sang à venir. Les boxeurs étaient déjà en place, avec leurs soigneuses qui les bichonnaient comme des bêtes à concours.

Ils ne se différenciaient l'un de l'autre que par la couleur de leurs shorts, un violet et un orange. Leur nom importait peu, personne ne les connaîtrait jamais. Violet et Orange, ça suffisait. L'assistance chuchotait, l'atmosphère était presque religieuse.

Au premier coup de gong, les combattants sautèrent sur leurs pieds comme s'ils avaient eu un ressort sous les fesses, et c'en fut fait du silence. Les encouragements à l'un ou à l'autre fusèrent, on allait passer un bon moment. Les boxeurs se jaugèrent, le temps d'une paire de rounds. Leurs corps commençaient à briller, la sueur dessinait chaque muscle, et la tension montait dans la publique. On entendait parfaitement l'impact, sec et mat, des coups sur la peau. Ils frappaient, sur les flancs, le foie, l'estomac, ils se martelaient les côtes, s'écrasaient le nez, s'explosaient les arcades sourcilières en une valse titubante et apparemment indécise, mais où chaque geste avait un sens. Il s'agissait d'abattre l'autre, qu'il tombe et ne se relève pas. Pas tout de suite.

Le sang apparut et les gens hurlèrent. Kim essayait d'analyser, ne voulait pas se laisser impliquer. Il se demandait ce qui excitait autant les spectatrices. L'éducation qu'on donnait aux garçons tendait vers un but : leur apprendre à ne pas utiliser leur force musculaire, considérée comme une arme animale, imbécile et inutile. On leur rebattait les oreilles du regrettable penchant hormonal qui les poussait spontanément à résoudre les problèmes par la violence. On inhibait par tous les moyens cette brutalité qu'ils avaient en eux, cette force qui pouvait les rendre dangereux pour eux-mêmes, mais surtout pour les autres.

Les filles le savaient et à tout âge, bénéficiaires de la bienveillance générale, adoraient provoquer les garçons, les pousser à se battre entre eux. Elles riaient, de ce rire aigu comme une lame qui faisait encore plus mal que les coups. Et voilà qu'à l'âge adulte elles jouissaient de voir deux pauvres types se tabasser pour de l'argent ! Ces garçons sur le ring avaient son âge, son corps et sûrement ses rêves. Mais ils avaient eu un peu moins de chance au départ. S'ils se faisaient prendre, ils étaient passibles d'une amende et même de prison. Les spectatrices ne risquaient rien, ni peine ni réprobation. Pourtant il y avait déjà eu mort d'homme dans ce genre de combat.

On mettait ces décès de garçons de vingt ans sur le compte de la fatalité, de l'absurde propension des hommes à la violence. On parlait moins, on allait jusqu'à nier l'existence des énormes profits clandestins générés par cette sombre activité. Kim n'avait jamais pu ni comprendre ni admettre l'hypocrisie d'une société qui réprimait d'une main ce qu'elle encourageait de l'autre. Il était prêt à parier que Rigoberte, réjouie qu'elle était par le spectacle, avait déjà prononcé des discours sur la nécessité de réprimer la violence, et sur les effets néfastes de celle-ci sur la jeunesse.

L'assistance gronda. Violet venait de se prendre un crochet à la tempe qui l'avait envoyé dans les cordes. Orange s'acharna, le suivit en désaxant son corps pour éviter une riposte que Violet était hors d'état de lui porter. Il lui aligna un uppercut au foie suivi d'un crochet court au menton. Violet tomba. Orange leva les bras en signe de victoire. L'autre se recroquevilla au sol. L'arbitre compta. Pas la peine. Violet, K.-O., tout hématomes et rigoles de sang, s'était envolé au pays des rêves. Droit devant.

Le vainqueur sautillait d'un pied sur l'autre, les bras en l'air, content de s'en sortir à si bon compte. Pour ces gars-là, c'était quitte ou double. En quelques rounds, un mois de salaire ou un mois d'hosto. Dans le meilleur des cas. En cas de guigne, inculpation à la clé si on faisait la preuve que les blessures provenaient d'un combat clandestin. Ou chaise roulante à vie.

On apporta une civière pour sortir Violet pendant que l'arbitre soulevait le poing du vainqueur. La publique, ravie, tapait des mains, sifflait, criait. L'endroit devait être bigrement bien insonorisé. Kim trouva l'air irrespirable. Il se pencha vers Bernardine :

— Et si on s'en allait ?

Elle éclata de rire.

— Déjà ? Mais ça vient à peine de commencer ! Et toi, Loup, tu veux y aller ?

Loup ne disait rien. Il regardait, fasciné, troublé, dégoûté, et ne disait rien. Il devinait les sentiments de son ami.

— On y va.

Le petit groupe quitta les lieux. Bernardine leur proposa de prendre un verre. Rigoberte traînait un peu, les suivait mollement, mécontente de quitter le spectacle aussi tôt, mi-agacée, mi-amusée par la sensiblerie de Kim et l'apparente passivité de Loup. Kim râlait :

— C'est la honte. La boxe, c'est dégueu.

Rigoberte haussa les épaules.

— À vingt ans, je pensais comme toi.

— Tu nous fais le coup de la vieille qui a tout vu ?

— La boxe, ça a toujours existé, ça existera toujours. Les hommes ont ça dans le sang. Se battre, c'est le plus vieux sport du monde.

— Le cynisme aussi, c'est un sport ?

— En plus, ça excite les femmes. Un mâle, un sauvage, une bête, c'est ça qu'elles veulent. Un fauve qui se bat. Si elles doivent payer pour ça, elles payent. Ces choses-là ne changeront jamais… Pourquoi veux-tu que ça change ?

— La dignité humaine, par exemple.

— Ah oui, je vois.

— Évidemment, c'est moins excitant que les combats de coqs, de chiens ou d'hommes.

— Tu mélanges tout, mon garçon. C'est aimer l'homme que d'aimer ses jeux.

— Rigoberte, comment peux-tu être aussi progressiste sur certains trucs et aussi réaque sur d'autres ?

— C'est ça qui me rend irrésistible…

Loup avait l'air perdu dans ses pensées, perdu tout court. Un coup pour rien, pensa Bernardine. Complètement raté. Il va falloir trouver autre chose.

26.

Gil s'observa attentivement. Sans complaisance aucune. Les années avaient passé si vite. Adélaïde et Kim bébées, c'était hier. Depuis longtemps, il avait perdu tout esprit de compétition et s'en trouvait fort aise. En ne sortant plus, il s'était donné les moyens de ne pas avoir à supporter de rival. Et voilà qu'il interceptait à domicile l'attention de Bernardine fixée sur un autre. Sa marie couvait Loup des yeux et pensait, comme toutes les femmes, qu'elle était un modèle de discrétion. Gil avait oublié cette chaleur-là, flatteuse et enveloppante, dont il avait bénéficié pendant des années et qui s'était éteinte avec le temps sans qu'il en eût conscience. Le regard du désir. Il s'était habitué à vivre sans. Constater qu'il s'allumait encore dans les yeux de Bernardine, mais pas pour lui, avait attisé des appétits anciens. Ce regard-là était pour lui et personne d'autre. Il le voulait. Il le voulait sur lui, pour lui. Maintenant. Comment faire ?

On disait que les femmes vieillissaient mieux que leurs compagnons. C'était tristement vrai. Une injustice de plus. Le temps les dépouillait tôt de leurs attraits les plus évidents et les plus nécessaires. Pour que nulle n'en ignore, ça commençait par le sommet du crâne ! Carrément ! L'âge le leur plumait sournoisement. Parfois dès la trentaine. Difficile de trouver marque plus visible. Pourquoi pas une pancarte : attention, vieillard en chantier ? Puis, quelques années plus tard, la bandaison. Pas facile à cacher non plus, à moins de mener une vie de moine. Inexorablement, l'angle de l'érection au ventre s'ouvrait à mesure que sa fermeté diminuait. « À midi tu fêtes, à trois heures tu guettes, à six heures tu jettes », conseillait aux amantes le dicton populaire. Malgré sa cruauté, le proverbe comparant le sexe des hommes à l'aiguille marquant la fuite des heures disait vrai. De la fierté du zénith à la chute accablante, une horloge biologique inéluctable marquait le triste devenir des charmes masculins.

On ne pouvait blâmer les femmes de se détourner de leurs partenaires chauves et mollissants. À la cinquantaine une femme pouvait satisfaire un ou plusieurs godelureaux en jouissant comme une démone. Le contraire était impossible. À l'heure où le corps des femmes, libéré des privilèges de la maternité, leur permettait de laisser libre cours à leur libido la plus exacerbée, les hommes continuaient à produire des spermatozoïdes qu'ils devenaient incapables d'expédier à bon port. C'était absurde, c'était injuste. Mais c'était comme ça. La nature ne s'encombrait pas d'équité. Aux unes tous les avantages. Aux autres toutes les servitudes.

Bernardine avait cinq ans de plus que lui et les années l'avaient bonifiée, rendue plus séduisante encore. Pour Gil, c'était le contraire. Le miroir lui renvoyait l'image d'un bel homme, mince et athlétique encore, que sa jeunesse désertait à mesure que ses cheveux se raréfiaient. Lentement mais sûrement. Des années de jardin avaient tanné la peau de son visage et celle de ses mains, desséché celle de son corps. Le soleil avait dessiné des ridules au coin de ses yeux, plissé son front et marqué les coins de sa bouche de deux sillons qui mettaient son sourire entre parenthèses. Il pinça la peau de son cou qui s'étira comme celle d'un poulet mort. Des plis à la base de ses pectoraux accusaient la ptôse tant décrite par les magazines. Malgré l'exercice quotidien, sa taille ne s'était-elle pas épaissie, son dos un peu voûté ? La terre était basse malgré les outils modernes. Il avait des heures de sol, comme on disait finement.

Quant au reste… La peau de son scrotum s'était étirée, ses châtaignes pendaient comme au bout d'une chaussette. Son tuyau avait encore fière allure, même s'il se cabrait moins souvent et moins ardemment qu'aux premières années de son mariage. Combien d'années avant qu'il ne piquât du nez sans rémission ? Combien de temps avant de quitter définitivement le marché du sexe ? Gil savait les efforts de certains de ses copains pour maintenir la qualité de leur érection. Pilules, injections, tout leur était bon et finissait par leur faire du mal. Il avait entendu parler de chirurgie esthétique, de toutes sortes d'opérations sur le pénis. On pouvait aussi lifter les couilles, ça se faisait dorénavant très facilement, sous anesthésie locale. Après avoir longtemps considéré que les hommes qui en passaient par le bistouri faisaient fausse route, Gil en était venu à la conclusion que laisser la nature s'acharner relevait de la non-assistance à bel homme en danger.

Les femmes avaient bien de la chance d'être biologiquement protégées contre les ravages du temps. À part leurs blessures de mère, souvent glorieuses, elles n'encouraient guère des ans l'irréparable outrage. Les hommes, condamnés par nature à plaire et à séduire, risquaient gros à s'empâter. Les femmes étaient sans pitié. Elles avaient beau prétendre tenir à leurs joujoux de famille, elles en changeaient sans états d'âme. Elles jetaient leur vieil homme, le père de leurs enfants, et en épousaient un jeune, tout neuf.

Gil ne s'était jamais senti menacé. Et voilà que l'idée lui venait : si Bernardine se lassait ? Si elle l'abandonnait, qu'adviendrait-il de lui ? Depuis longtemps il ne disposait d'aucune connexion sociale qui ne passât par elle. C'était effrayant. Il préféra penser à autre chose. Il allait faire un régime, se remettre au sport sérieusement. Avec un bon nettoyage de peau et une cure d'Hirsutil, il pouvait encore tenir la route un moment. Allons. Le petit Loup ne pouvait représenter un réel danger. Surtout dans l'état où il le savait, et dont Bernardine ne se doutait pas.

27.

Pour le week-end de la Toute-Sainte, les familles se déplaçaient dans tout le pays pour aller rendre hommage à leurs mortes. Les tombes se couvraient des fleurs respectueusement cultivées et assemblées par les pères, les frères, les fils. Vik coupait tranquillement les chrysanthèmes et les dahlias qui iraient dès demain recouvrir d'un spectaculaire manteau bariolé le caveau familial. Ça ne serait pas triste. Vik voulait que ses mortes à lui reposent dans la couleur. Ce n'étaient pas les siennes, d'ailleurs, ces mortes-là, mais quand on n'a pas de mortes à soi il faut savoir se contenter de celles des autres. C'est l'avantage avec les défuntes. Pas exigeantes, pas contrariantes. On peut se les accaparer. Avec ce qu'il leur préparait, elles allaient être contentes.

Il les rejoindrait bientôt. Alors autant se les mettre dans la poche. La cohabitation allait être longue. Il était désormais le plus vieux, tout le temps, partout, si l'on exceptait Anastassja, sa marie. Il fallait bien se faire à l'idée qu'elle et lui étaient les prochaines sur la liste de la camarade Camarde, Tovaritch Fauchevski, pour le grand retour à l'humus, la kermesse aux asticots, quelle fête, quelle rigolade, il n'était pas pressé d'y aller, au bal des macchabes, mais quand il le faudrait il ne reculerait pas…

Vik en était là de ses divagations quand une limousine bleu

nuit s'arrêta silencieusement devant la barrière. Des voitures comme ça, on n'en voyait jamais dans le coin. Vik suspendit le mouvement de son sécateur, releva la visière de sa casquette. Des visiteuses ? Des citadines perdues à la recherche d'un cimetière de campagne ? Nulle autre explication ne lui passa par l'esprit. Il ne venait jamais personne. La ferme se suffisait à elle-même et les amis se faisaient rares. La maladie espace les visites. Ça ne lui manquait pas. Tant qu'on a la famille…

La portière s'ouvrit. Un immense gaillard en surgit. Et courut vers lui… « Babo ! » Une seule personne sur terre l'appelait comme ça : Loup, son petit-fils. C'était lui ! Vik en laissa tomber le mégot rabougri qui lui collait à la lippe. Loup se retint, par respect, de soulever son grand-père de terre. La différence de gabarit était telle qu'il aurait pu le faire pirouetter comme un gamin. Il se contenta de le prendre dans ses bras, et de le serrer à l'étouffer. Babo. Tout petit, tout dur, tout racorni. Son Babo. Bon pied, bon œil, alerte et costaud. Bernardine avait eu une idée trop géniale.

— T'es arrivé quand ? T'as mangé ? T'as grandi, mon garçon !

— J'arrive juste ! Je voulais faire la surprise !

C'est Bernardine qui lui avait fait la surprise, à lui. Le matin même. Elle était descendue dans la roulotte à l'aube.

— Loup ? Tu sais, ça fait longtemps que j'ai pas vu ta mère… J'y vais aujourd'hui, maintenant, tout de suite… Tu peux me conduire ?

Et enfin elle avait savouré. Le premier vrai sourire de Loup depuis des semaines. Lumineux, incrédule et enfantin. La Mère Noëlle n'aurait pas obtenu mieux. La limousine était prête. S'il voulait bien se donner la peine. Loup lui avait sauté au cou. Ah ! il était temps. Un peu d'affection, que diablesse. Et elles partirent pour la journée, en laissant une note à Kim qui dormait tranquillement comme un samedi.

Deux heures et des broutilles plus tard, la limousine s'arrêtait devant la gentefemmière familiale, vieille de trois siècles, soit nettement plus récente que la particule d'Éléonore Osborne de La Castelle. La lignée avait eu son heure de prospérité. Bien finie. La famille tirait désormais la diablesse par la queue, avec une certaine classe et très peu de moyens. Éléonore, en épousant le très efficace et très fauché Boz, avait sauvé son mode de vie. Boz et ses parentes avaient assuré le maintien de la propriété à elles seules. C'était une tribu qui savait survivre sans argent. Quelques arpents, une vache, des poules et une cochonne, une ânesse et une brebis, des arbres bienveillants et un bout de rivière, quelques plants de chanvre et un verger pas flemmard produisaient de quoi nourrir et vêtir la famille entière. Le peu d'argent liquide disponible payait les machines, les livres et la médecine.

On aurait été heureuses dans cette maison si Éléonore avait eu la santé. Fragile, son organisme avait mal résisté aux maternités rapprochées qu'elle s'était imposées jusqu'à la naissance de l'héritière du nom, Pénélope. Loup, Tig, Léo, Lynx et trois fausses couches l'avaient précédée, épuisé leur mère. Avec cinq enfants et huit grossesses, elle avait été décorée de la croix de Mère, citée à l'ordre du Mère-hit et percevait une pension. Mais ses épreuves l'avaient diminuée et ses blessures de mère exigeaient les soins constants de son entourage. En d'autres temps, l'incapacité de Boz à donner une héritière aux La Castelle aurait pu lui valoir une répudiation. Mais Éléonore ne mangeait pas de ce pain-là. Et Boz faisait preuve d'un dévouement qui forçait l'admiration. Ses parentes, qui n'avaient jamais entendu parler de la retraite, le secondaient avec une inextinguible énergie.

Vik et Anastassja venaient de loin, en avaient vu d'autres, et avaient trouvé chez leur bru le havre dont, aux temps sombres des fuites et des persécutions, on n'osait pas même rêver. La naissance de Pénélope avait réjoui tout le monde, la tribu, les amies, les relations. Éléonore se serait tuée à la tâche plutôt que d'accepter l'extinction de son nom. Pénélope portait sur ses minuscules épaules de petite fille la responsabilité de l'éclat défraîchi des Osborne de La Castelle. Ça ne l'empêchait pas de dormir. À six ans, c'était une joyeuse pipelette qui sauta dans les bras de son grand-frère, lui grimpa sur les épaules et refusa d'en descendre.

Satisfaite d'un aussi fringant équipage, Pénélope guida son grand frère vers sa mère, prévenue de l'événement par le grabuge que faisaient les garçons depuis qu'ils avaient découvert l'identité du conducteur de la merveille stationnée au bout de l'allée. Éléonore se figea de joie, sembla craindre qu'un mouvement de sa part n'entraînât la disparition, comme dans un rêve, de son fils aîné marchant vers elle, coiffé de la petite Penny, et chahuté par les louveteaux qui voulaient tout savoir sur tout. Elle ouvrit les bras. S'offrit la petite séance de paradis qu'est pour une mère multiple la constatation qu'elle n'a pas la capacité d'étreindre en un seul geste sa production personnelle d'humanité.

Quand elle fut submergée par sa marmaille déchaînée, elle vit Bernardine, observant la scène avec un sourire satisfait d'artisane en petits bonheurs. Éléonore serra ses enfants plus fort.

— Bernardine ! Quelle surprise ! Tu n'en fais jamais d'autre ! Tu ne pouvais pas me faire plus plaisir ! Les enfants, embrassez marraine !

Bernardine se laissa envahir de bonne grâce par une armée de bisous mouillés, puis passa aux choses sérieuses :

— Y a rien à boire dans cette maison ?

— Tu vas regretter d'avoir demandé !

Effectivement. On ne mourait pas de soif chez les La Castelle. Ni de faim. Boz apparut, attiré par l'agitation. Il sortait de la cuisine, dont il assumait parfaitement la responsabilité comme une femme, depuis des années, pour préserver sa marie. Loup et son père s'embrassèrent avec des grâces d'ours devant une ruche, se balançant d'un pied sur l'autre, heureux de se retrouver. Et offrant un charmant tableau aux yeux connaisseurs de Bernardine. Boz était toujours aussi beau mec. Loup avait de qui tenir. Et les petits frères promettaient. Une mine, cette famille ! Bernardine se félicita d'avoir, depuis des années, joué les bienfaitrices. Elle sentait venir le retour sur investissement, d'autant plus gratifiant qu'il n'avait pas été planifié.

En retrait, sur leur quant-à-soi paysan, Vik et Anastassja ne perdaient pas une miette des retrouvailles. Vik, râblé, solide sur ses jambes, avait des yeux noirs qui voyaient tout et des cheveux qui ne voulaient pas blanchir. Il nouait serré, au bas de sa nuque, un chignon cosaque. Sa peau, recuite par les milliers d'heures passées à discipliner la terre, à dompter sa résistance paresseuse et ses révoltes, faisait à son visage un masque d'argile aux émotions illisibles. Il offrait avec son épouse aux cheveux de neige, aux yeux de myosotis, à la peau diaphane, un joli contraste.

Anastassja portait en filigrane, derrière le maillage de rides qui lui faisait comme une voilette laiteuse, le visage de la jeune fille des steppes, fraîche et lumineuse, qu'elle avait été plus d'un demi-siècle auparavant. Elle était de ces femmes dont rien n'altère l'expression d'ingénuité, alors qu'elle avait traversé, enceinte, des frontières interdites. Ces deux-là, même usées par les années de labeur, auraient toujours cette beauté particulière que donne l'intégrité morale. Et la fidélité à des valeurs surannées, absurdes. Éléonore avait eu toutes les peines du monde, au début de son mariage, à convaincre son beau-père de s'asseoir à table. Vik avait eu l'habitude d'attendre debout que les femmes aient fini leur repas et éprouvait la même gêne à mâcher devant des témoins de l'autre sexe que si on lui avait demandé de déféquer devant elles.

Quant à Anastassja, elle n'avait jamais fait vraiment confiance à Boz. Elle vérifiait encore derrière lui que les choses se passaient comme il convient. Un homme dans une cuisine !

Du jamais-vu ! Et pas du bon ! Chacun devait rester à sa place, même son fils adoré. S'il n'avait tenu qu'à elle, elle s'y serait prise autrement. Mais elle n'était pas chez elle. Quand on bénéficie de l'hospitalité d'autrui, on apprend à se taire.

Elle était cependant libre de ses pensées. Et présentement le regard de cette Bernardine sur son Loup ne lui plaisait pas trop. Les gens des villes, décidément... Vivement que Loup, en jeune homme comme il faut, revienne prendre sa place à la maison. Loup qui s'avançait vers elle avec un sourire à faire tomber les anges du ciel. Il se plia en deux pour se mettre à sa hauteur et lui fit chanter des baisers sur le visage, comme elle lui avait appris quand il était petit. Anastassja en abandonna ses austérités et se laissa aller à ce moment de pur plaisir. Un rose oublié lui monta aux joues.

Boz organisa avec maestria un plan déjeuner, type pique-nique-intra-muros, spécialité qui avait beaucoup contribué à sa popularité auprès de ses rejetons. Assez ludique pour plaire aux enfants, assez diététique pour convenir aux adultes soucieuses de leur tour de taille, assez roboratif pour maintenir la puissance de travail des jardiniers, la formule mettait tout le monde d'accord. Un art consommé. À table, Éléonore voulut tout savoir de la nouvelle vie de son fils, si avare de coups de fil. Bernardine se montra intarissable, émailla son compte-rendu d'anecdotes savamment triées. L'épisode du Crazy Bull fut ainsi habilement passé sous silence.

Loup, ivre d'odeurs d'enfance et de câlins, se sentait euphorique, attendri, nostalgique. Il prenait aussi conscience, en revoyant les siens, qu'il lui serait désormais impossible de revenir dans cet univers si prévu et si limité. Ici, si rien ne pouvait vous arriver c'était parce que rien n'arrivait jamais. Il voyait sa grand-mère et se sentait fondre, mais que serait sa vie sous ce regard ? Il écouta Bernardine, si cool, si drôle. Que la vie était donc plus simple chez les riches. On se laissait aller à ses envies, à ses caprices, la vie prenait des couleurs de vacances. Même le travail devenait un jeu. On se sentait vivant même quand on avait peur de mourir… Peur de mourir… Pour la première fois depuis que c'était arrivé, le viol lui était sorti de la tête. Le regard de gratitude qu'il posa sur Bernardine à ce moment-là n'échappa pas à Anastassja. Et elle se méprit sur sa signification.

On mangea, on rit, on se raconta les autres enfants, Adélaïde, l'aînée de Bernardine, qui finissait ses études outre-Océan, et les petits fauves d'Éléonore qui persécutaient Pénélope. Le café s'étira jusqu'à l'heure du thé. Il fallut songer à se quitter. On se promit de se revoir plus souvent. On se fit des adieux dignes de Charlotte Rénet, avec double tournée de bisous et larmes discrètement écrasées.

Quand Bernardine s'inclina devant Anastassja, celle-ci lui prit le bras et l'entraîna à l'écart avec cette autorité des vieilles qui n'en ont rien à faire de rien, surtout qu'Anastassja n'en avait jamais eu rien à faire de rien. Les myosotis s'immergèrent comme des glaçons dans les yeux de Bernardine. La voix, coupante, incisa :

— Vous devriez lâcher mon petit-fils. C'est un enfant. Nous sommes une famille honorable et vous une femme mariée. Il y a des choses qui ne se font pas, en tout cas chez nous. L'argent n'achète pas tout. Ne faites rien qui nous fasse honte. Je vous en prie.

Qu'est-ce qu'elle lui racontait, la vieille fleur ? Interdite, Bernardine, qui avait cru faire bonne impression, se rendit compte que ses intentions les plus secrètes, tellement secrètes qu'elle ne se les était même pas formulées à elle-même, sautaient aux yeux d'une paysanne hors d'âge qui n'était pas sortie de sa cuisine depuis l'invention du café au lait. Ça alors ! Bernardine était vexée. Et dubitative.

Après les dernières effusions et un petit tour avec toutes les enfants, la limousine repartit vers la capitale. À son bord, un Loup reconnaissant qui, cette fois-ci, s'était vraiment changé les idées, et une Bernardine soudainement maussade et perdue dans ses pensées. Pendant tout le trajet de retour Loup se répandit en remerciements et sa passagère se perdit en conjectures. Le petit tenait à elle, c'était clair. Il suffisait de l'entendre. Elle ne prenait pas la peine de lui répondre. Elle essayait de se répondre à elle-même.

Que voulait-elle, au juste ? Pouvait-elle se comporter avec Loup comme avec n'importe quel stagiaire ou mannequin ? Était-ce trahir Éléonore, et avec elle tous ses souvenirs de jeunesse, que de voir en Loup plus qu'un filleul ? Plus qu'un filleul, ça voulait dire quoi, au juste ? De quel droit lui faisait-on la morale ? Dans l'esprit de Bernardine, les choses s'éclaircissaient. Cette visite impromptue lui ouvrait les yeux. Si elle voulait Loup, et elle le voulait, elle devrait s'en donner les moyens. Et arrêter de tergiverser comme une collégienne. Assumer ses choix. Agir, et vite. La femme d'action reprenait le dessus. Elle savait ce qui lui restait à faire.

28.

Gil était venu toquer à la vitre de la roulotte vers midi, avec du café fumant. Comme prévu, Kim se réveillait à peine. Gil le mit au courant de l'escapade de Bernardine. Elle l'avait prévenu le matin même, tout en frictionnant sa coupe en brosse avec une lotion vitalisante.

— Fais-moi un café, je pars tout de suite. Je vais voir Éléonore.

— Quelle bonne idée ! J'arrive ! Je suis prêt dans deux minutes !

— Gil ? Tu m'écoutes quand je parle ? *je* vais voir Éléonore. Pas *nous*. Loup me conduit, il n'a pas vu sa famille depuis juin, ça doit lui manquer. Sois mignon, apporte-moi mon café.

Gil en était resté comme deux ronds de flan. Il n'était pas homme à exiger, tonitruer, faire des scènes. Il descendit faire du café. Garder une contenance, faire mine de rien, il avait de l'entraînement. Mais l'humiliation devenait difficile à dissimuler. Les choses se précisaient. Ou alors il devenait paranoïaque. Mais non. Si Bernardine ne voulait pas qu'il vienne, il y avait forcément une raison. Sa présence gênait. Inutile de se voiler la face. Elle voulait être seule avec lui, voilà tout…

Et Loup ? Que pouvait-il penser de cette sollicitude extraordinaire de la part d'une femme qui croulait en permanence sous un emploi du temps de ministre ? Avait-il conscience de l'énormité de la chose, ou prenait-il ça avec la spontanéité propre à son âge ? Loup n'avait aucune référence, Gil s'en rendait compte. Depuis plusieurs mois, le petit provincial naviguait en terra incognita. Le normal et l'anormal devaient se télescoper constamment. Surtout ces derniers temps. Il n'en était probablement plus à une incohérence près, comme s'il vivait chez les martiennes. En revanche, sa marie et lui avaient le même système de valeurs. Bernardine pouvait-elle ignorer l'affront qu'elle lui faisait ? Si elle ne s'en rendait pas compte, si elle était à ce point aveugle à son propre comportement, c'est qu'elle était encore plus atteinte qu'il ne le pensait…

Les nuages noirs s'accumulaient, et Gil n'avait pas d'imperméable. De toute façon, un imperméable ne protège pas de la foudre. Quand il poussa la porte de la roulotte, il se sentait comme un moucheron dans une toile d'araignée. Piégé. Kim avait lu le message de Bernardine.

— Elles auraient pu me réveiller. Je les aurais accompagnées. J'aime bien aller là bas.

— Tu t'es vu quand tu dors ? Il faudrait être une monstre pour te réveiller.

Il lui ébouriffa la tête. Kim était son ange. Son chérubin. Son tout-petit. Son bébé. Une bouffée irrépressible d'amour le prit à la gorge. Il le serra dans ses bras avec un tel élan que Kim en resta tout interdit. Son père avait parfois des bizarreries. Ces démonstrations ne lui ressemblaient pas. Gil se reprit.

— Qu'est-ce que tu veux faire aujourd'hui ? Puisqu'on nous laisse tout seuls, je t'invite au restaurant.

— Bof, t'as vu le temps ?

— Un temps de Toute-Sainte, rien de surprenant. Tu veux aller manger orientale, un petit souk-souk ? Ou nordique, un steak de renne aux airelles ?

— Je préfère un gros plateau télé ! On se goinfre un max de calories et toutes les glanderies du programme ! D'accord ? Rien que toi et moi sur le canapé, des sandwiches, du cola à foison, du chocolat comme s'il en pleuvait, on va se vautrer comme des sales, on en a rien à faire des autres…

— D'accord. Le temps que tu prennes ta douche, j'aurai rapporté des munitions…

Vingt minutes plus tard, la bouche pleine et l'œil gavé, le père et le fils passaient en revue les émissions de l'après-midi. Le butin de Gil aurait pu nourrir une bataillonne. Saucisson, pâté, pain de campagne, brownies, chocolat, que du lourd… Plus une bonne roteuse millésimée, que Gil avait bien l'intention de déguster tout seul, puisque Kim ne jurait que par les bulles brunes de son répugnant soda…

— Oh, oh, papa, tu as quelque chose à arroser ?

— Pas vraiment… Plutôt à enterrer… C'est de saison…

Il n'en dit pas plus. Il buvait à une certaine idée de sa relation avec Bernardine. Enterrement de première classe. Mais Kim n'avait pas besoin qu'on charge sa barque. Il faisait bravement face à sa part de trahison féminine. La gent masculine de la maison était bien morose dernièrement. Assortie au jardin. *Les feuilles mortes se ramassent à la pelle, les souvenirs et les regrets aussi…* Le refrain des amours mortes semblait avoir été écrit pour eux. La télé distillait sur cinquante chaînes cinquante manières de se déconnecter le cerveau. S'empêcher de penser les arrangeait plutôt, l'un comme l'autre. La popote cathodique faisait office de gros pansement posé sur leur cafard. Pas subtil, mais efficace. Effet anesthésiant et distrayant garanti.

La roulotte craquait sous les assauts désordonnés du vent. Père et fils soignaient leur bourdon à grand renfort d'images. Comme un feu de bois, un torrent, un bord de mer, l'écran donnait à voir le mouvement permanent, répétitif et toujours différent de feuilletons policiers, sagas familiales, reportages voyeurs, débats énervants et documentaires géniaux. Sans oublier les jeux, les news et les parlottes. De quoi se cautériser l'âme en toute sérénité.

Gil fit sauter le bouchon. Kim avait fini par arrêter sa course zappeuse sur un débat. Rien ne l'énervait davantage que les débats, mais il ne pouvait leur résister. Il ne se contentait pas de regarder et d'écouter. Il y participait bruyamment. S'indignait, intervenait, trouvait que les invitées n'étaient pas à la hauteur. Un vrai régal pour Gil, que les indignations de son fils mettaient en joie. Le débat de ce samedi portait sur les avantages et inconvénients de la circoncision. Fallait-il ou non enlever aux hommes leur prépuce ? Sur le plateau, l'animatrice faisait parler une psychologue, une professeure de médecine, une andrologue, une sociologue et une écrivaine qui commentaient les témoignages filmés de trois hommes, dont l'un portait encore son bonnet intime et se demandait s'il fallait le garder. Les deux autres en étaient dépourvus. L'un pour raisons médicales, l'autre par simple hygiène. Les trois cas étaient disséqués par les spécialistes.

Se figurait-on que seuls les hommes circoncis transmettent le cancer du col ? Savait-on que les hommes circoncis sont des amants plus performants ? Une érection plus durable, moins sensible satisfaisait davantage la partenaire en retardant la conclusion. Autant de raisons de procéder à cette ablation dès la naissance, au moment où elle n'est pas encore douloureuse. Sans compter les bénéfices purement esthétiques de l'opération. Un gland dénudé provoquait une excellente stimulation visuelle chez la partenaire. Pas du tout, ma chère consœur, en ce domaine, tout est question de goût ! Sourires de l'assistance... Le petit côté canaille du schlong qui se découvre au bon moment pour saluer sa dame avait bien du charme... Certes, mais un petit chauve arrogant à l'épiderme aguerri donnait au déduit une dimension plus athlétique... Les débatteuses hilares avaient le regard qui se perdait en réminiscences. Kim s'étranglait de rage.

— Je rêve ! Elles ne considèrent que leur point de vue !

— Point de vulve !..

Gil se marrait. Le champagne commençait à lui faire de l'effet. Kim ne décolérait pas.

— Elles aménagent la bête. Faut que ça soit confortable pour elles ! Bon à baiser ! Un débat sur la circoncision et pas un homme sur le plateau ! Ça me coupe la chique !

— Ça te coupe rien du tout… C'est pas le genre de la maison… Ici, on coupe pas ! Toi, on t'a rien coupé du tout ! Pourquoi pas un anneau dans le nez, pendant qu'on y est ! Il aurait fallu me passer sur le corps !

Le débat était ancien chez les hoministes. Le premier droit de l'homme n'était-il pas celui à l'intégrité physique ? À l'époque, Bernardine ne s'était pas opposée à la lubie de son homme. Kim avait donc gardé son capuchon d'origine.

Kim n'attendit pas la fin de l'émission. Il zappa de pure fureur. À l'écran, un documentaire animalier proposait des images superbes de fauves en liberté. Sur une musique symphonique, une voix impersonnelle, prétendant à la rigueur scientifique, expliquait que les femelles, chèfes de bande, ne choisissaient un reproducteur que s'il s'était soumis à leur autorité. Il devait, pour pouvoir s'accoupler, gagner un combat sans pitié contre ses frères, combat sauvage que les femelles observaient d'un œil indifférent. Reines de la création, elles en sortiraient victorieuses quelle qu'en fût l'issue, copuleraient toutes sans exception, n'accepteraient pour étalon que le vainqueur. Les autres mâles feraient ceinture. Le gynocentrisme imbécile des commentaires gâchait toute la beauté du reportage. Kim coupa le son. Gil approuva, d'une voix vaguement cotonneuse :

— Eh bien, moi, chuis pas une bête ! Jamais je me battrai pour une femme. Jamais ! Plutôt mourir ! J'ai épousé ta Carpette de mère, mais j'en suis pas une, moi, de carpette…

— Papa ! ! Tu as vidé la bouteille à toi tout seul !

— Les bouteilles, c'est fait pour être vidées ! Comme les jardiniers ! Ouste, dehors, viré, mon gars ! Pauvres jardiniers !

Gil en tenait une bonne.

29.

Le crépuscule s'annonçait déjà quand Loup réintégra la roulotte. Kim avait aidé Gil à rapporter leurs reliefs à la cuisine. Gil, qui marchait à peine droit et chantonnait des refrains improbables sur les traîtrises de l'amour, avait finalement annoncé qu'il allait faire un petit somme. Excellente idée. Kim traversa le jardin mollement et revint se pelotonner dans le canapé, sous la couverture en mohair. L'aller et retour à la cuisine avait été sa seule activité physique de la journée. Loup poussa la porte sur ces entrefaites. Alluma. Vit Kim.

— Qu'est-ce que tu as fait toute la journée ?

— Loukoum avec papa. Cinq heures de canapé non-stop. Au fait, merci de m'avoir attendu.

— Adresse-toi à ta mère. C'est elle qui a dit non. Quand ta mère dit non, moi, je dis pas oui.

— Bande de traîtresses. Elles vont toutes bien chez toi ?

— Ça m'a fait trop plaisir d'y retourner. Tu verrais Pénélope, comment elle a grandi, tu peux pas savoir.

— Ben non, je peux pas.

— Elle est géniale, ta mère.

— Elle va finir par s'occuper de toi plus que de moi.

— T'es ronchon, toi. Je veux pas te voir comme ça. Allez, secoue-toi, on va dehors.

Loup arracha la couverture qui tenait Kim au chaud. Kim qui

se recroquevilla et se couvrit d'un coussin défensif. Loup se jeta sur lui, lui bourra les côtes, le chatouilla.

— On va à la rigole, c'est la bonne heure.

Loup était sûr de son fait. Kim ne pouvait pas résister à ça. À la rigole, le samedi, à cette heure-là, il y avait foot. Et Kim adorait le foot. Il se laissa bousculer par son pote, enfila un short et un sweat, mit ses moulés.

Malgré l'éclairage plus que mesquin, il y avait foule. Le match battait son plein, qui opposait, sur un terrain bricolé, les riverains de la maison de Kim, rive gauche, à ceux d'en face, rive droite. La plupart des gars du quartier étaient là, jeunes et moins jeunes, riches et fauchés, jardiniers et hommes actifs. Certains apportaient à manger, ou à boire, tous venaient goûter un moment de complicité loin des contraintes et des jugements. On jouait, on palabrait, on se distrayait pour pas cher. On oubliait le quotidien avant d'y retourner. Entre eux, les hommes se sentaient libres de n'être ni polis ni jolis.

Kim et Loup s'approchèrent du groupe qui soutenait leur équipe. Cela consistait principalement à hurler des horreurs aux joueurs adverses et à dénoncer des fautes éventuellement imaginaires. Les groupes de supporters présentaient un caractère hétéroclite à rendre chèvre une sociologue. Le dénominateur commun, l'élément qui rassemblait malgré les écarts d'âge, de classe et de culture, c'étaient la passion du jeu et l'amour du ballon. Radio-rigole, un bouche-à-oreille parfaitement efficace, organisait des tournois de quartiers, des coupes intercommunales, et jusqu'à des championnats régionaux.

Le foot offrait à ces hommes d'extérieur un toit symbolique. Qui les abritait, les rassurait, leur donnait un vécu commun qui ne s'écrivait nulle part, se transmettait par la parole. Les histoires passaient d'une génération à l'autre, s'embellissaient avec le temps. Les vieux des quartiers racontaient, les soirs où les terrains détrempés ou gelés ne permettaient pas de jouer, les matches qui avaient marqué les esprits, parfois des dizaines d'années auparavant. Tout leur restait dans la mémoire des parties gagnées dans la nuit des temps. Ils pouvaient, de tête, citer la composition de chaque équipe, le nom de chaque joueur, et décrire les actions les plus spectaculaires qui avaient fait la gloire fugace d'un champion disparu. Les ombres d'antan hantaient les rigoles. On répétait à l'infini, autour d'un feu, en faisant griller quelques saucisses et en buvant du vin artisanal, les hauts faits de dribbleurs géniaux, de gardiens imparables, de buteurs irrésistibles ou de défenseurs incontournables, dont certains, devenus des papés, écoutaient leurs propres prouesses en approuvant du chef. Ça faisait sourire les grands et rêver les petits.

Ce soir-là, on ne parlait pas. On criait, et fort, pour tenter d'insuffler du génie à l'équipe qui, malgré les encouragements, était en train de se prendre une piquette d'anthologie. Quatre à un en milieu de deuxième période. La honte. Kim et Loup furent accueillis avec de grandes tapes dans le dos et des exclamations de soulagement. Ils tombaient à pic ! On les exhorta, comme si c'était nécessaire, à remplacer les brêles censés jouer les attaquants. Kim s'élança.

— Il était temps qu'on arrive !

Loup le suivit, ils tapèrent dans les mains des deux malheureux sortants, hués sans pitié par la rigole déchaînée. Kim avait envie de se défouler, l'air frais l'avait réveillé. Chez Loup, l'envie d'en découdre était constante ces derniers temps. Ce fut un festival. Kim et Loup réglaient des comptes avec l'adversité pour le plus grand bonheur des spectateurs et la réputation de leur équipe. La rive droite allait payer pour tout le monde.

Loup et Kim, Kim et Loup, trahis, blessés, battus, soudés dans une même rage, mirent le feu au terrain. L'incroyable rapidité de Loup couplée à la virtuosité de Kim faisait des merveilles. Le ballon leur collait aux crampons. Ils jonglaient, se jouaient des parades adverses, feintaient comme un seul homme. Leurs équipiers, galvanisés, sortirent de leur torpeur.

Il y eut un spectaculaire retournement de situation à mesure que la nuit s'installait. Rive gauche égalisa. Quatre-quatre. Délire dans l'assistance. Le réverbère parcimonieux éclairant chichement la scène permit juste de distinguer la passe décisive de Loup offrant à Kim in extremis le but de la victoire. Nul besoin d'y voir pour suivre le triomphe fait à Kim et à Loup, portés à bouts de bras par les supporters au comble de l'exaltation. Des oreilles suffisaient : « Kim et Loup ! Kim et Loup ! Kim et Loup ! » Le raffut fut mémorable. Et serait mémorisé. Le tandem venait de s'inscrire dans la légende de la rigole. Les futurs vieux raconteraient un soir, des décennies plus tard, le match insensé qui vit le fabuleux Kimélou rattraper à lui tout seul un score désespéré de sept à zéro.

Quand les esprits eurent retrouvé un peu de sérénité, on alluma un feu, et on discuta entre couche-tard, toujours les mêmes rigolards et volubiles. La bande du quartier, les vieux, les jeunes, les riches, les pauvres, les beaux, les moches, les malins et les glands, se plaisait à refaire le match et le monde dans la pénombre, avec les mêmes histoires, les mêmes propos de plate-bande qui les faisaient rire et leur tenaient chaud. Chacun y allait de son avis.

C'était trop bon ! Ils vont jamais nous croire, ceux qu'étaient pas là… Ils ont tout loupé… Mais tout le monde était là… C'est pas normal qu'on joue à moitié dans le noir, on va se niquer les yeux, à force… Faudrait qu'on puisse y voir clair… Tu crois qu'à la mérie ça leur écorcherait le croupion de nous éclairer les rigoles, merde alors… On paye des impôts, non ? Les rigoles, c'est un état d'esprit, c'est ça qu'il faut comprendre… Si y avait de l'éclairage, ça serait fini… Sous contrôle… Elles nous mettraient des feux rouges et des sens giratoires… Et des douches ! Et des vestiaires !… Arrête tes glanderies, ça serait la fin… On aurait des tribunes pour s'asseoir le cul au sec ! Et des panneaux pour afficher les résultats !… Pourquoi pas, hein ?… Parce que ça intéresse personne que nous, tiens… Ben je te signale qu'on est nombreux, pour être personne… C'est ça, et on ferait des matches payants, pendant que tu y es !… T'as tout compris, mon pote !… Et ce jour-là les matches de foot seront retransmis à la télé ! Ben voyons…

Il y a des soirs où ça délirait sec à la rigole.

30.

Gil ouvrit les yeux. Il se sentait bizarre, comme au sortir d'un rêve. Quelle heure pouvait-il bien être ? Il faisait nuit. Il était seul. Ça devait être le matin. Sauf que non. Le matin, il n'était pas tout habillé sur son lit. Donc, pas le matin. Ça lui revenait. L'après-midi dans le canapé avec Kim. Le champagne. Bernardine partie en goguette. La rage. Kim trop mignon. Brave gosse. Pas faciles les choses pour lui non plus.

Bernardine était remontée comme une horloge. Quand elle avait décidé d'agir, une impatience la prenait. Il fallait que ça bouge. Et vite. Dans la limousine, bercée par le ronronnement du moteur qui lui disait qu'elle avait raison, par le pointillé de l'autoroute qui lui disait qu'elle avait raison, par la succession hypnotique des arbres le long du rail de sécurité qui lui disait qu'elle avait raison, elle avait pris sa décision. Pas facile de tirer un trait sur plus de vingt ans de complicité. Mais on ne vit qu'une fois et les années passaient trop vite pour qu'on pût musarder en chemin. Elle allait faire les choses bien. Proprement. Sans douleur.

Elle déboula dans la chambre avec une surabondance d'énergie qui révolutionna l'air confiné. On abordait une zone de turbulences. Gil devait être au jardin. Non. Il était sur le lit. Allongé tout habillé. Inhabituel chez lui qui avait toujours quelque chose à faire. Elle s'approcha. Il regardait dans le vide.

— Tu dors ?
— Tu vois bien que non.
— Ça tombe bien, il faut que je te parle…
— Je t'écoute.
— Qu'est-ce qu'il y a ? Quelque chose ne va pas ?
— Je t'écoute, je te dis.
— Bon, écoute.
— Je ne fais que ça.
— J'ai réfléchi. Ça fait combien de temps qu'on n'a pas fait l'amour ? Je veux dire faire l'amour, hein, pas juste un petit coup, comme ça, en passant…
— Comme c'est joliment dit. Même un petit coup, comme ça, en passant, je ne me souviens pas. C'est pour une enquête ?
— Il faut regarder les choses en face, Gil. Notre histoire n'en est plus une. Nous sommes dans la routine. Il faut bien l'admettre, nous tournons au vieux couple.
— Tournons ? Ça fait longtemps que nous sommes un vieux couple. Il serait temps que tu t'en aperçoives.
— Je suis heureuse de voir que tu partages mon avis. Alors voilà. J'ai pris une décision.
— .
— Nous allons nous séparer. D'un commun accord. Ça sera mieux pour toutes les deux, ne serait-ce que par fidélité à ce que nous avons été l'une pour l'autre.

Gil ne bougea pas un cil. Nous y voilà, pensa-t-il. C'était bien ça. Il s'y attendait. Mais ça faisait drôle quand même. Il tourna la tête vers sa marie. Sa marie. Comme on s'habitue à ces mots de propriétaire. Il tourna, donc, la tête vers Bernardine. La regarda bien dans les yeux. Et ne dit rien. Bernardine, qui craignait un esclandre, fut rassurée par le calme de son homme.

— Qu'en penses-tu ? Ça n'aurait pas que des inconvénients, tu sais. Une bonne remise en cause de temps en temps, c'est de l'ordre de l'hygiène de vie.

— Ne te donne pas tant de mal. Tu as envie de Loup, c'est ça ?

Bernardine encaissa. Gil avait toujours été direct. Mais direct à ce point-là, ça devenait presque déplaisant.

— On ne peut pas parler avec toi ? Faire le point ? Gentiment ? Faut-il toujours que tu mettes les pieds dans le plat ?

— Je mets les pieds dans le plat ? C'est moi qui mets les pieds dans le plat ? Tu te fous de ma gueule ?

— Ah non, Gil, pas ça, pas toi. Tout ce que tu veux, mais pas de vulgarité. J'ai horreur de ça, surtout chez un homme. Surtout chez mon homme.

— Ton homme ? Tu viens de me congédier, si tu te souviens bien. Ou alors j'ai mal compris ?

— Oui, tu as mal compris. Tu seras toujours mon homme. Tu es le père de mes enfants.

— Oui, je sais, et un jardinier modèle. Et tu veux sauter le petit Loup.

— Mais qu'est-ce que c'est que cette attitude ? On ne peut pas discuter ? Entre adultes, entre gens civilisés ?

— Discuter de quoi ? Tu veux quoi ? L'absolution ? Mes encouragements ? Que je tienne la chandelle ? Tu veux quoi, Bernardine ? Si c'est ta liberté, tu l'as. Je ne suis pas une obligation. Je ne suis pas une contrainte. Tu fais ce qui te fait envie. T'es une grande fille. Depuis que tu as vu Loup, tu lui fais des yeux de greluche frite. Je te souhaite bien du plaisir.

Gil se dirigea vers la porte. Se retourna. Il avait dans le regard toute l'ironie du monde.

— Surtout, surtout, n'oublie pas de le prévenir. Ça se fait chez les jeunes. Il est de bon ton d'informer l'heureux élu de sa bonne fortune.

Avant de sortir, il ajouta :

— Je retourne à ma roulotte jusqu'à nouvel ordre. J'y prendrai mes repas. Tu me feras apporter mes affaires par Pétronille.

Bernardine entendit ses pas dans l'escalier, puis dehors. Puis le silence. Son cœur se serra. Venait-elle de faire une glanderie ? Une bonne grosse bourde ? Elle s'assit sur le lit vide, encore chaud du corps de Gil. Gil.

Gil n'aurait pas pu rester une seconde de plus. Il lui fallait tenir jusqu'à l'endroit précis où on pouvait éventuellement encore le voir depuis la maison. Ne pas s'écrouler. Ne pas lui faire ce cadeau. Il passa devant la roulotte des garçons. Vide. Heureusement. Tenir. Se tenir. Droit. Jusqu'à la souche, un pied devant l'autre. Marcher. La souche. Son seul chez-lui vraiment à lui. Il y arriva. S'effondra à genoux. Anéanti. Frappé par la foudre. Par tout le malheur du monde. Il tomba en avant, face contre sol. Resta prostré. Puis ses deux mains agitées comme par des sanglots se mirent à ramener vers son visage des pleines brassées de terre humide, tendre et froide. Pour s'enfouir sous une couverture de boue qui le protège enfin de la férocité des femmes. Pour se fondre dans un tombeau où rien, plus jamais, ne viendrait le trahir. Seul le ciel du soir des mortes et son funèbre cortège de nuages noirs furent témoins de sa douleur.

31.

Trois mornes semaines avaient passé, lentes et lourdes comme un cortège d'éléphants neurasthéniques, grises comme l'inox d'une batterie de cuisine et à peu près aussi gaies. Le soleil était parti camper sous des cieux plus cléments, on ne l'avait pas revu. Décembre approchait avec ses guirlandes de festivités. Le genre d'époque qu'il valait mieux aborder dans l'optimisme. Du vague à l'âme avant les fêtes n'avait aucune chance de s'arranger pendant. Rien de plus déprimant que les réjouissances collectives non partagées. Dans un mois tout juste, les jours rallongeraient, enfin. Un peu de lumière dans l'obscurité. La Fête Blanche inonderait le monde de son message omniprésent et inévitable d'espoir obligatoire. Il allait en falloir… Rien ne marchait comme prévu. Bernardine avait la pénible sensation d'avoir merdé grave, zoné velu, comme aurait dit Kim. Elle avait horreur de l'imprévu. La moindre faille dans ses organisations la mettait hors d'elle. Elle tentait de n'en rien laisser paraître, voulait avoir l'air de maîtriser les événements.

Sa première déconvenue était venue de Loup. Elle l'avait fait venir à la maison pour avoir une conversation avec lui. Une conversation sérieuse. Loup avait débarqué, souriant, content de la voir. Elle s'était assise à côté de lui, sur le canapé.

— Ça t'a fait plaisir de voir ta famille ?

— Je ne te remercierai jamais assez. Merci, Bernardine.

Il posa sur sa joue un baiser sonore. Pas du tout le genre de baiser qu'elle envisageait. C'est mal parti, pensa-t-elle. Elle chassa de sa tête quelque chose qui commençait à ressembler à de l'amertume.

— Tu ne trouves pas qu'on s'entend bien, toutes les deux ?

— Ah si ! Génialement bien ! J'adore vivre ici, avec Kim et vous !

— Mais juste toi et moi, tu ne trouves pas qu'on est bien, ensemble ? Qu'on fait une bonne équipe ?

Aïe ! pensa-t-elle. Une bonne équipe. Comme c'est romantique.

— Superéquipe, tu as raison.

— On pourrait faire bien d'autres choses ensemble, dans un autre registre.

— En plus des photos ? Tu as encore des idées pour moi ? J'ai trop de chance !

— Pas forcément des photos.

— Des défilés ?

— Dans un autre genre…

— Tu m'as décroché la couverture d'un magazine ?

Ses yeux brillaient d'un feu qui n'avait rien d'équivoque. Le petit était bouché à l'émeri.

— Non, mon petit chéri.

Elle lui posa une main sur la cuisse, et dans les yeux un regard de quinze tonnes. Allait-il enfin saisir de quoi il retournait ? Il la regarda sans comprendre. Attendait qu'elle décrive ces projets qui n'étaient ni des photos, ni des défilés, ni rien de répertorié…

— Ce n'est pas quelque chose que je ferais pour toi, plutôt quelque chose que tu ferais pour moi. Enfin, que nous ferions ensemble.

Loup plongea apparemment dans un abîme de perplexité. Il allait falloir mettre les points sur les « i ».

— Loup, il y a des choses que les hommes et les femmes font ensemble.

— Oui, bien sûr.

— Comment tu me trouves, physiquement ?

— T'es encore très très bien. Je vous regardais l'autre jour, avec maman, vous étiez belles toutes les deux, chacune dans son genre. Tellement différentes. Quand je pense qu'il y en a qui n'ont pas de mère et moi j'ai la chance d'en avoir deux.

Mmouais. Ça s'engageait plus que mal. Loup enfonça le clou. Pas du tout comme prévu :

— Pourquoi tu me demandes ça ? Que veux-tu que je fasse pour toi ? Que je te conduise à une thalasso ?

Bernardine avait rarement été aussi mortifiée. Elle décida d'arrêter là ses tentatives.

— On en reparlera. Je n'ai pas fini d'y réfléchir.

— De toute façon, je suis à ton entière disposition, Bernardine.

— Une dernière chose.

— Oui ?

— Tu as discuté avec Gil ces derniers jours ?

Loup fut sur ses gardes, immédiatement. Gil l'aurait-il trahi ? Impossible. Il s'efforça d'être précis dans sa réponse.

— Ces derniers jours, non, mais ces dernières semaines, énormément. Pourquoi ?

— Pour rien, je lui trouve une drôle de mine dernièrement.

— Je n'ai rien remarqué, mais il faut dire que je ne l'ai pas vu depuis trois jours. Depuis ce week-end. Tu veux que j'aille prendre de ses nouvelles ?

— Non, non, je m'en occupe.

Loup regagna ses pénates, souriant, confiant, adorable. Tellement gland que c'en était une misère. Et Gil qui n'était pas réapparu. Déconvenue supplémentaire et complémentaire. Joli gâchis.

Aller chercher de la laine et revenir tondue, Bernardine

savait désormais très bien quel effet ça faisait. Quinze jours après, elle ne s'en était pas remise. Elle avait à jamais banni de son vocabulaire le mot thalasso. À la Foon, l'humeur de dogue de la patronne avait imposé à chacune une prudence élémentaire. Le sixième niveau sentait le soufre. À n'aborder qu'en cas d'absolue nécessité, et avec des pincettes. Bernardine sauvegardait les apparences. Loup la chauffait en limousine, matin et soir, mais elle déployait le journal et faisait mine de s'absorber dans la lecture pour couper court à toute conversation. Elle ne traversait plus le hall comme d'habitude. Les photos de Loup la crucifiaient. Elle prenait directement le descenseur depuis le parking et s'enfermait dans son bureau. Il lui fallait trouver une solution. Et vite. Avant les fêtes, surtout.

Bernardine décrocha son téléphone sans passer par le standard. Elle appela Rigoberte sur sa ligne directe. Seule sa vieille copine d'embrouilles saurait la conseiller.

— Il faut qu'on parle, Rigoberte.

— Je t'écoute.

— Et que je te voie.

— C'est grave ?

— Plus que grave.

— Tu veux que je vienne ?

— Non, j'arrive.

— Tu bouges ? C'est vraiment grave, alors.

Le café qui faisait le coin, derrière l'Assemblée, à l'angle du glorieux bâtiment, avait dû recueillir bien des secrets de la République. Pour l'heure, il était le témoin du désarroi de Bernardine et de la stupéfaction indignée de Rigoberte. Deux expressos se serraient sur le marbre du guéridon au pied de fonte. Elles s'étaient installées en terrasse, dans l'air frisquet de la fin de matinée.

— Nom de Dia de nom de Dia, c'est pas vrai ! Mais qu'est-ce que vous avez toutes avec les petits jeunes ! C'est insensé ! La démone de midi, c'est pas un mythe ! Et encore,

Philomène n'est pas mariée, elle fait ce qu'elle veut ! Mais toi, quelle vieille glande tu fais ! Le petit Loup, sans le vouloir, il t'a bien fait mordre la poussière. Bien fait pour ta pomme. C'est tout ce que tu mérites…

— Je ne suis pas venue pour me faire engueuler…

— Excuse-moi, mais je me pose des questions. Quand on a un homme comme Gil, on le bichonne ! Il a tout pour lui, il fait tout pour toi, et tu fais la fine bouche ! Tu en veux un nouveau. Et à domicile, encore ! Je rêve ! Tu n'es qu'une enfant gâtée…

— Tu veux que je m'en aille ?

Rigoberte avala son café d'un trait, se brûla la langue.

— Excuse-moi. Mais Gil et toi avez toujours été une espèce d'idéal. Une image du bonheur. Un garde-fou contre le désespoir. Vous étiez là, contre vents et marées, ensemble. On tient toujours au bonheur des autres parce qu'il aide à attendre le sien. Comme une preuve que si c'est arrivé une fois, ça peut arriver encore.

— Tu crois que ça peut m'arriver encore ?

Au moment où elle prononçait ces mots, Bernardine eut fugitivement l'air d'avoir douze ans. Elle ne changerait jamais.

— Tu me dis que Gil n'a pas donné signe de vie ?

— Je lui ai fait porter ses affaires comme il me l'avait demandé. J'ai rôdé vers sa cabane, au début, mais il ne faut pas le brusquer, ça serait pire. Je lui ai laissé des messages sur son portable. Je ne vais quand même pas lui écrire ! Je fais profil bas. Je n'ose pas parler aux garçons. Ils n'ont rien vu. Ils passent leur vie devant la télé en ce moment. Y en a qu'une qui a compris, c'est Pétronille.

— Il faut provoquer une occasion. Organise un dîner. Dis que c'est mon idée. Que je tiens à parler de Kim, de son stage, que je me fais du souci, qu'il n'a pas l'air de se remettre.

— En plus, je suis une mauvaise mère.

— Non, mais il en bave, soit dit en passant.

— Soit, j'organise un dîner. Mais je ne peux pas prévenir Gil, il ne me répond pas.

— Je m'en occupe. Dis-moi juste la date.

— Quand tu veux ! Demain ! Ce soir !

— Ce soir je ne peux pas. Va pour demain. J'appelle Gil. Je serai chez toi à vingt heures. Pense à mon cholestérol, je m'occupe de ton cœur. Et quand je dis cœur…

— Merci, Rigoberte…

32.

Gil n'avait vu personne depuis plusieurs jours. Sauf Pétronille, attentive et discrète, qui lui avait apporté ses affaires et veillait à l'approvisionner en Thermos de café. Il se terrait, entre sa cabane, son arbre et sa souche. Il avait la sensation de se laisser faire par la vie et ça ne lui plaisait pas. Il se secoua. Décida d'aller faire un tour à la rigole. Il n'y avait pas mis les pieds depuis des années, trouvait qu'on y perdait son temps. Finalement il avait consacré tout le sien à quelqu'une qui s'en foutait comme de sa première liquette.

Il mit des bottes et sortit. Décembre s'annonçait. En fin d'après-midi, il faisait déjà sombre. Il marcha, tournant le dos à la maison de son bonheur illusoire. Un peu de compagnie lui ferait du bien, peut-être. À la rigole, c'était manifestement l'heure creuse. L'atmosphère humide et froide n'invitait pas à la détente. Personne ne jouait. Il erra un moment, au hasard. Il n'avait jamais aimé cette période de l'année où même la terre, gorgée d'eau, avait l'air déprimée, pelait de froid, pleurait des flaques. Il aurait fait complètement noir si les arbres nus n'avaient laissé passer les lueurs lointaines, faibles et sales des avenues embouteillées. Au moment précis où il foulait cette tristesse profonde qui montait du sol, des vagues turquoise, quelque part sur la planète, léchaient des plages blondes ivres de soleil… Loin, très très loin… Il eut envie de chaleur, de sable, de cocotiers, de sa peau brunie, salée... De plongeons translucides avec des poissons fous de couleurs...

Sans qu'il y fît attention, ses pas l'avaient guidé vers des points lumineux qui trouaient vaguement l'obscurité. Il avait presque atteint l'avenue. Il quitta brutalement les tropiques. À deux pas de lui, un tout jeune homme fermait sa braguette. Un lumignon qui se rajustait. Dès que Gil serait passé, il rouvrirait la boutique pour tenter malgré le froid d'attirer la michetonne. Il monterait dans une voiture et ferait ce qu'on lui demanderait. Sucer des inconnues, branler des anonymes, bander à tout prix pour fournir à des passantes un plaisir falsifié et l'illusion d'un instant de domination totale.

À moitié à poil, attendant dans des poses découragées qui se voulaient suggestives la cliente qui leur assurerait, ce soir encore, comme tous les soirs, de quoi payer leur chambre, leur sandwich, leur condom, leur dose, d'autres gars de joie affrontaient le froid, les regards, les jugements. Surveillant toujours une éventuelle concurrence, ils lui jetèrent un regard. Au cas où... Non. Il n'avait pas le look. Ils ne firent plus attention à lui. Les voitures ralentissaient. Certaines s'arrêtaient. Tout un manège, organisé, codé. Gil prit l'air absent de celui qui n'a rien remarqué, poursuivit son chemin. Il entendit un crissement de pneus, se retourna.

Une auto, vitres baissées, fonçait à toute vitesse sur le petit groupe, et pila net devant eux. À bord, quatre jeunes femmes éméchées hurlèrent des obscénités, lancèrent des bombes à eau pleines de liquide rouge, dont deux atteignirent leur but et maculèrent les tapins. La voiture redémarra en projetant de la boue sur ceux qui tentaient de lui courir après, et disparut. Les putins lancèrent des bordées d'injures. Ce spectacle acheva d'accabler Gil. Il frissonna, se recroquevilla dans sa veste. Le froid gagnait.

Gil se sentit mal à l'aise, voyeur. Il tourna les talons, rebroussa chemin. Ses visions paradisiaques s'étaient définitivement évanouies. Il y avait infiniment plus malheureux que lui. Mais cela ne le consolait en rien. Au contraire. Il revint vite, pressé de rentrer. Il avait marché loin. Il remontait la rigole vers son jardin, quand d'autres lumières lui dansèrent devant les yeux. La roulotte de ses garçons. Il ne put résister au désir de les voir, tout de suite. Il en avait besoin.

Kim et Loup lui firent fête. Ils s'apprêtaient à une soirée larve devant la télé. Une de plus. Ça devenait une habitude qui seyait à leur mélancolie. Ils s'étaient peaufiné un plateau chasse-spleen. Sandwiches et sucreries à gogo. Ils insistèrent pour que Gil soit de la partie. Gil ne demandait pas mieux. Il gardait un souvenir délicieux de son après-midi avec son fils. Surtout comparé à ce qui avait suivi… Cinq jours avant. Une éternité. Il observa Loup, qui n'avait pas particulièrement l'air fraîchement fiancé. Il décida de ne pas se poser de questions. À quoi bon ? On verrait bien. La roulotte était une merveille de confort, comme un ventre chaud et protecteur. Sacrée Bernardine. Il s'installa sur le canapé.

Vautrés les uns sur les autres, comme trois éclopés fragiles et solidaires sur un brancard de fortune, ils partirent en vadrouille au hasard des émissions qui leur videraient la tête des angoisses d'abandon, de trahison et de solitude. Loup attaqua un sandwich au thon, prit la zappette. Ils bloquèrent sur la chaîne cinéma qui diffusait ce soir-là, une fois de plus, *Autant en emporte l'Adam*, grand classique du mélo romantique. Gil l'avait déjà vu, plusieurs fois. Pas les garçons.

— C'est quoi, ce film ?

— Une histoire sentimentale éperdue, avec le pauvre héros qui cherche l'amour et ne le trouve pas.

Kim réagit :

— Les histoires d'amour qui partent en carafe, très peu pour moi…

Loup renchérit :

— Gil, tu peux pas comprendre. Tu as eu la chance de

tomber sur la bonne personne, et pour la vie. C'est pas donné à tout le monde.

Gil sourit.

— Tu as raison. Ce n'est pas donné à tout le monde.

— Zappe.

Les soirées télé devenaient un must.

33.

Rigoberte avait appelé Gil sur son téléphone cellulaire comme si elle n'était au courant de rien. Était tombée comme prévu sur sa saleté de boîte vocale. Pratique, mais détestable. Elle ne s'habituait pas à toutes ces voix synthétiques qui avaient envahi le quotidien. Impossible par les temps qui couraient d'avoir affaire à une humaine. On n'entendait plus, sur les répondeuses et les messageries, que des enregistrements de voix masculines désincarnées, sexy comme du poulet bouilli. Elle aimait la chaleur humaine, que diablesse... S'engueuler, vitupérer, râler, geindre, tout valait mieux que l'impavidité prédigérée de ces sommations implacables. « Votre correspondante ne peut être jointe, parlez après le signal sonore... » Elle se résigna à laisser ses paroles se perdre dans les méandres de quelque dédale électronique, en espérant que le silence de Gil n'était que stratégique.

« Bonjour mon petit Gil... Peux-tu me rappeler rapidement ? J'ai à te parler. C'est au sujet de Kim. À plus tard, je t'embrasse. » Voilà. Ça devait suffire à le ferrer. Une demi-heure plus tard, Gil appelait. Bingo, Rigo.

Gil avait passé la soirée précédente et celles d'avant en compagnie de Kim. S'il y avait eu du nouveau à son sujet, il était bien placé pour le savoir. La meilleure amie de Bernardine était donc probablement en service commandé. Bon. Gil laissait venir… Ce n'était pas grave, au moins ? Non, mais parler ne fait jamais de mal… Certes… Dîner… Le lendemain soir… Avec les garçons, bien entendu… Chez Bernardine… Comme la manœuvre était subtile ! Pourquoi pas, Rigo, mais… Elle est au courant ? Oui ? Elle s'occupe de tout ? Alors pas de problème…

Rigoberte raccrocha. Pas sûre que Gil ait gobé le prétexte. Mais l'essentiel était qu'il accepte, et il avait accepté.

Gil ferma son portable. Et l'éteignit. Il ne savait pas ce que Bernardine avait en tête. Ne voulait pas le savoir. Elle l'avait largué. Point. Purement et simplement. Sa seule certitude tenait à cette constatation brutale et sans appel. Largué. Lui, Gil. Le motif importait peu. Elle avait envisagé cette éventualité, y avait réfléchi, puis l'avait exprimée ouvertement. Lui avait donné une réalité. Il n'y avait rien à ajouter. Rien. La blessure qui lui ouvrait le cœur en deux mettrait du temps à se refermer, si elle se refermait jamais. Mais il ne fallait pas que Bernardine s'en doute.

Une sourde rancune venait à Gil. Il se montrerait triomphant et sûr de lui à ce dîner. Il se ferait beau, éblouissant, irrésistible… Une affaire… Une affaire que quelqu'une allait regretter d'avoir laissée filer… Qu'elle en crève.

Bernardine avait mis les petits plats dans les grands et attendait ses invitées. À huit heures tapantes, Rigoberte sonna. Elle était la première. Bernardine ouvrit une bouteille de champagne. Vieille habitude, synonyme de réjouissances. Elle s'en excusa pensivement, comme pour elle même :

— Il n'y a pas de bouteille spécifique pour les excuses ou les regrets, autrement j'en aurais ouvert une. Mais je n'ai que ça.

Elle versa deux coupes de Dame Pérignone, sa bulle préférée. Rigoberte apprécia :

— Je saurai m'en contenter. On ne va pas se lancer dans des analyses de circonstance chaque fois qu'on boit un verre. Les joies ça s'arrose, les chagrins ça se noie. Ça revient au même. Comment vont nos affaires ?

Bernardine haussa les sourcils. On lui aurait donné la bonne Dia sans confession.

— Ça devrait pouvoir s'arranger. Y a pas mort de femme, pas de quoi fouetter une chatte. Je me suis un peu précipitée avec Gil, je reconnais. Mais il prend tout au tragique. Tu sais comment sont les hommes. Tout de suite les grands mots, les scènes. Des fois je me demande si je ne suis pas trop gentille.

— Sérieusement ?

— Je n'ose ni reparler à Loup ni essayer d'effacer ce que j'ai dit à Gil. Comme si j'avais quelque chose à me reprocher. Alors que je n'ai strictement rien fait !

— Et tu le regrettes.

— Finalement, c'est moi qui souffre. Alors qu'au départ je voulais ménager tout le monde. Même les paysannes, là-bas, les parentes de Boz.

— Boz ?

— Le père de Loup. Beau mec, soit dit en passant. Et t'as pas vu les petits frères.

— Tu as raison, tu dois être trop gentille…

La porte du jardin s'ouvrit en coup de vent, comme chaque fois que Kim entrait. La phrase resta en suspens. Gil et Loup suivaient. Une ombre passa dans les yeux de Bernardine à la vue des deux hommes côte à côte. Les choses auraient pu être si simples. Le papa et le mignon. Le devoir et le plaisir. Pourquoi fallait-il toujours que tout se complique ?

Gil avait passé l'après-midi à se poupouner dans la roulotte des garçons. Il s'était mis en beauté avec cette science masculine particulière, excellant à rendre invisibles aux yeux des femmes, souvent naïves en matière d'artifice, ses astuces de présentation. Il fallait savoir se faire beau en ayant l'air de ne pas y toucher. Gil dominait la technique. À l'arrivée des garçons, il était fin prêt. Chandail fin, un peu trop large pour être honnête, et qui bâillait joliment à l'encolure, caleçon sombre et sobre qui mettait en valeur sa ligne impeccable, maquillage léger qui lui faisait un teint d'enfant, il avait mis tous les atouts de son côté. Flanqué de Kim et Loup, il rayonnait. Bernardine ne chercha pas à dissimuler son admiration. Sans apprêt particulier, il tenait diablessement bien la route. Tout allait s'arranger, sûrement.

Rigoberte, elle, perçut parfaitement la part de défi qui consumait Gil de l'intérieur. Il ne s'était pas fait séduisant pour plaire. Il avait un autre but. Se défendre, se protéger, se venger, peut-être...

L'ambiance, dont Rigoberte craignait qu'elle ne fût tendue, se lâcha immédiatement. Kim et Loup avaient, comme d'habitude, mille choses à raconter. Rigoberte et Bernardine, marraines de stage, les firent parler de la progression de leur travail. Bientôt six mois qu'ils se faisaient les crocs sur la réalité. Cet aspect de leur vie n'offrait que du positif. Loup devenait un mannequin de plus en plus demandé. À la fin de son année, il pourrait continuer sur sa lancée, gagner assez d'argent pour aider sa famille. Kim progressait dans ses recherches, accumulait du matériel. Il aurait bientôt de quoi ébranler le matriarcat sur ses fondations. Ses dernières trouvailles concernaient la nudité dans la publicité, objet d'un débat embrouillé dans les magazines, friands de thèmes susceptibles d'être illustrés par des photos affriolantes. Et vendantes. Kim avait récolté, donné du ciseau dans tous les sens, classé, archivé. Il avait des hommes à poil plein ses étagères.

— Les culs sur les affiches, je suis le mieux placé pour en parler, non ?

Loup n'intervenait que très rarement dans les discussions qui embrasaient sa famille d'accueil. Il se contentait de faire le clown, amusait la galerie, n'exprimait jamais ses idées. Son silence prudent venait du peu de confiance en lui qu'il avait tiré de ses études, dont le niveau ne pouvait en aucun cas s'aligner sur celui des autres commensaux. Il n'allait pas tirer la bourre à une députée ou à sa propre patronne. Quant à Kim, qui essayait toujours de le faire lire, il en savait toujours plus que lui sur tout, sauf au sujet du foot. Il se sentait toujours en infériorité. Mais là on touchait à sa compétence toute fraîche. Il revendiquait une légitimité à intervenir dans la discussion. Des photos, il en faisait. Son cul, il le montrait. Et il était aussi hoministe que n'importe qui.

— Largement autant que moi ! intervint Rigoberte, que ce genre de débat laissait de marbre.

La portée politique des photos de croupe lui échappait totalement.

Kim voulait se faire entendre.

— Loup, il ne s'agit pas de toi. Si on te paie pour ça, tu serais idiot de refuser, je reconnais. Il ne s'agit même pas de la nudité, qu'est-ce qu'on s'en fout, depuis les Grecques, on en a vu de toutes les couleurs, et c'est tant mieux.

— Alors qu'est ce qui te chiffonne ?

Bernardine avait parfois du mal à suivre son rejeton, mais tant que celui-ci ne voyait rien à redire aux pubs qui avaient assuré la prospérité de la famille, elle était prête à l'écouter.

— Ce qui me chiffonne, comme tu dis, ce n'est pas la peau à l'air, c'est le message sous-jacent.

— Ah oui, subliminal, se réjouit Rigoberte... Que de subtilité...

— C'est ça, fous-toi de moi... Les images ne se contentent pas de montrer comme c'est beau, autrement, ça ne servirait à rien. Ça ne transmettrait qu'une émotion esthétique. C'est de vendre qu'il s'agit. Ce corps nu est à disposition, en libre service, à vendre. Consommer le produit, c'est consommer cet homme offert, dénudé, harnaché, lié, attaché, excité. Allez-y, servez-vous, c'est la maison qui offre ! La pub, c'est le bordel des temps modernes !

— Ça dit tout ça, une photo ?

Rigoberte se marrait carrément.

— Pas UNE photo. Des centaines, des milliers. Et ce n'est pas tout. Chacune répète aussi, jusqu'à plus soif, qu'entre ces hommes de papier et les hommes en chair et en os il n'y a aucune différence. Pourquoi respecterait-on les vrais plus que leur image ? Ça fait du dégât dans la vraie vie. On prend, on utilise, de gré ou de force, et on jette comme on froisse un papier.

Kim se tut, soudain conscient de la fragilité du terrain. Sa dernière phrase pouvait blesser Loup de plusieurs manières, et ce n'était certes pas son but. Pourquoi fallait-il toujours qu'il parle trop, qu'il s'énerve ? Rester calme, devoir numéro un de l'hoministe en société, et même en famille. Trop de blessures secrètes palpitaient dans le non-dit.

Il se fit un silence, rompu par Bernardine.

— Kim, ne pousses-tu pas un peu le bouchon ? Tu exagères toujours. De nos jours, les hommes…

Elle ne finit pas sa phrase. Gil, qui n'avait pas prononcé un mot de tout le repas, venait de se lever. Il passa derrière sa chaise. La rangea soigneusement contre la table.

— Je ne me sens pas très bien. Excusez-moi, il vaut mieux que j'aille me coucher. Continuez sans moi.

Il laissa derrière lui un vide solide.

34.

Pendant le repas, Gil avait béni les garçons. Ils avaient assuré une parfaite diversion. Quant à lui, il avait tout simplement présumé de ses forces. N'avait pas entendu un mot de la conversation. Revoir Bernardine l'avait ramené brutalement à leur dernière rencontre, et à la phrase qui l'avait crucifié. « Nous allons nous séparer. » Ces quatre mots lui avaient bourdonné dans la tête toute la soirée. Cette lâche n'avait même pas osé assumer son forfait. Nous, elle avait dit nous. Comme pour une décision commune. Par cette phrase, cette femme qu'il avait aimée, à qui il avait consacré toute son énergie, s'était révélée sous un jour odieux. Pouvait-on mépriser l'amour de sa vie ? Non. Ces mots irrémédiables scellaient la fin.

L'air du jardin ne le soulagea en rien. Gil mettait un pied devant l'autre comme un automate. Retournait à son chêne. À sa souche. Saurait-il jamais aller ailleurs ? Les pensées qui lui tournoyaient dans l'esprit depuis des jours et des jours lui faisaient mal au crâne, le saoulaient d'angoisse, lui donnaient le vertige, comme devant un précipice. Au-delà de la surprise, de l'orgueil blessé au plus profond, au-delà même de la douleur, il avait pris conscience d'une accablante réalité qu'il se cachait à lui-même depuis toujours.

Il avait toujours su l'extrême fragilité de sa situation matérielle. Cela faisait partie de ces évidences tellement désagréablement indéniables qu'on ne pouvait que les ignorer. Il lui faudrait maintenant se regarder en face, pieds et poings liés devant Bernardine, dont, n'ayant jamais travaillé, il dépendait intégralement. Il pouvait toujours se tenir la tête haute, ne pas courber l'échine, revendiquer ses vingt ans de jardin, les faits étaient têtus : il avait renoncé le jour de son mariage à toute autonomie réelle. Même s'il obtenait une pension alimentaire, l'escarcelle de Bernardine en serait la source. Cette idée lui était intolérable. Non qu'il en rejetât le principe, il avait assez travaillé pour justifier une rente, mais il refusait de toutes ses forces la vexation de devoir la totalité de ses revenus à celle qui l'avait rejeté.

Il s'assit sur la souche. Face à son chêne. Il réfléchissait, passait en revue les possibilités. Sa vie lui apparaissait dans toute sa vacuité, son inutilité, sa bêtise. Il s'efforça d'envisager l'avenir. Il chercherait du travail. N'importe quel travail. Il y aurait toujours quelque chose à faire dans un potager pour un jardinier pas fainéant, peu exigeant et plein d'expérience. Mais à quoi pouvait bien servir l'avenir quand on n'a rien à mettre dedans ?

Il tenta de faire le bilan de toutes ces années accumulées entre jardin et marie, entre chêne et chaîne. N'y avait-il donc aucune échappatoire ? En épousant Bernardine, il avait cru se mettre à l'abri. À l'abri de l'une pour fuir les autres. Ses enfants étaient grands. N'avaient plus besoin de lui. Finalement il se retrouvait seul. Dehors. Avec son chêne. Le seul qui ne trahirait jamais. Assis sur cette souche. Dérisoire repère de sa mémoire, de son histoire, de ses souvenirs. Qu'il lui faudrait quitter. Comme il lui faudrait quitter son jardin. Même si Bernardine partait et le lui laissait, il n'avait aucun moyen de l'entretenir, surtout avec la maison devenue tellement trop grande. Il devrait partir. Ailleurs. Apprivoiser un endroit inconnu où il arriverait déjà vieux. Et finir de vieillir en solitaire au fond d'une roulotte inconnue. Comme tant d'autres. Abandonnés. Jetés. Jouets cassés, défraîchis, démodés. Finis.

Il leva les yeux vers les branches de son chêne. Les bras de son ami.

35.

À table, une certaine glaciation avait succédé à la polémique. La sortie de Gil avait médusé la tablée, coupé la chique à chacune. Les interprétations de sa surprenante sortie variaient en fonction des personnes. Bernardine garda le silence. Elle s'en voulait de n'avoir pas fait assez attention à lui, de ne pas lui avoir tourné un joli compliment sur sa toilette ou sa coiffure. Ce genre de délicatesse faisait toujours plaisir au beau sexe. Elle n'avait pas su comment lui adresser la parole. Ni quoi lui dire. Il avait besoin d'attention, comme tous les hommes. Zut. Mal joué. Mais il y avait son fils, qu'il fallait écouter. Elle ne pouvait pas être au four et au moulin. Les choses ne s'arrangeaient pas du tout comme prévu.

Kim et Loup penchaient pour une migraine passagère. Ils avaient passé des soirées supersympas avec Gil, dans la roulotte. Ils l'avaient trouvé en forme, ces derniers temps, disponible, attentif et enjoué. Un peu pensif parfois, mais c'était sa nature. La morosité de l'automne influait toujours sur l'humeur des jardiniers, provoquait le fameux syndrome préhiémal. La morte-saison les déprimait toujours un peu…

Rigoberte se leva.

— Je vais le voir. Il a peut être besoin de quelque chose. Je reviens tout de suite.

Elle sortit dans la nuit, laissant une tablée silencieuse et navrée. La soirée prenait l'eau.

Morte-saison. Ces mots avaient vibré aux oreilles de Rigoberte. Une obscure anxiété lui avait serré le cœur. Elle connaissait Gil. Il n'était pas homme à se mettre en évidence, ne donnait jamais dans le démonstratif. S'il était parti, c'est que quelque chose n'allait pas. Du tout. Morte-saison. Gil n'aurait pas demandé de l'aide, même s'il avait eu besoin qu'on lui prête main-forte. Elle aurait dû y penser plus tôt. Il était probablement plus atteint qu'il n'en avait l'air. Peut-être se morfondait-il depuis des semaines. Morte-saison.

On n'y voyait pas grand-chose dans le chemin. Heureusement, un pauvre rayon de lune avait réussi à s'échapper petitement à travers les nuages. Elle pouvait se guider vers la roulotte familière. Tout était calme. Peut-être Gil s'était-il couché, tout simplement. Et elle se faisait du souci pour rien. Le ciel bougea, le vent se levait, dégageait une vague éclaircie. Elle leva les yeux. L'univers tout entier se figea d'un bloc. L'horreur qui la broya à cet instant précis lui arracha un hurlement qui coagula l'espace autour d'elle. Le corps de Gil pendait à une branche du chêne. Inerte.

Où trouva-t-elle l'énergie ? D'où lui vint la force soudaine, impensable, qui la porta au secours du désespéré ? Comment hissa-t-elle sur la souche ses kilos, son ventre, ses hanches ? Au fond de quel désespoir alla-t-elle chercher la capacité à se saisir de Gil aux jambes, à le soulever suffisamment pour atténuer la pression sur le cou, tout en hurlant à l'aide sans discontinuer ?

Glacés par les cris, les garçons arrivèrent au triple galop. Kim rejoignit Rigoberte d'un bond, saisit son père, le souleva plus efficacement pendant que Loup grimpait dans l'arbre en deux coups de reins et s'attaquait à la corde. À deux, ils firent passer la tête de Gil par le nœud coulant. Rigoberte, hors d'haleine, à bout de forces, descendit s'asseoir dans les feuilles. Kim, égaré, debout sur la souche, tenait son père dans ses bras, le berçait comme un enfant triste. Comme un enfant malade. Comme un enfant mort.

Loup sauta par terre, aida son ami à poser le corps au sol. Bernardine, frappée de stupéfaction, venait d'arriver. Et regardait la scène, hébétée. Rigoberte, d'une voix qui se voulait calme mais où perçait la fureur, l'apostropha :

— Rends-toi utile ! Appelle les pompières !

Kim et Loup, dont la formation secouriste était encore récente, se penchèrent sur Gil. Toute la scène avait duré à peine deux minutes.

Il était en vie. Sans connaissance, mais vivant. Quand, toutes sirènes hurlantes, le camion rouge des urgences déboula par la rigole, les premiers soins avaient mis Gil hors de danger. Au moins apparemment. Après les questions d'usage en pareil cas, et après différentes vérifications, les pompières sortirent un brancard et emmenèrent le blessé à l'hôpital. Au moins vingt-quatre heures d'observation. Dans la désolation obscure qui suivit leur départ, on n'entendit que la voix de Rigoberte :

— Je vais à l'hôpital. Je vais m'occuper de lui. Bernardine, je crois qu'il y a une chose que tu peux faire, à part ne pas te montrer pendant quelque temps. Fais revenir Adélaïde pour les fêtes.

Les fêtes..

Solstice d'hiver

36.

Le signal de départ des réjouissances était donné le soir de la Sainte-Lucie, par l'ascension d'un zeppelin qui resterait amarré au-dessus de la Grande Arche jusqu'au premier jour de l'année nouvelle. Le dirigeable, sphérique, représentait la Lune. La couleur crémeuse de sa toile était parsemée de cratères dessinés à la main qui constituaient à l'origine son seul ornement. Dernièrement, les avancées de la technologie permettaient d'utiliser un tissage translucide imprimé dans la masse, et de l'éclairer de l'intérieur. Au cœur du globe, flottant dans l'hélium, on devinait désormais la silhouette stylisée d'un fœtus. L'effet était saisissant, comme si le ciel fécondé s'apprêtait à donner la vie.

Le succès absolu entraîné par la première apparition, quelques années auparavant, de l'astre enceint avait institutionnalisé son apparition. Ce même soir, une semaine avant le solstice d'hiver, la métropole mettait son habit de lumière et le gardait vingt jours. Dans les familles, on se préparait aux festivités de fin d'année avec une fièvre qui réchauffait l'atmosphère. On s'agitait pour oublier le froid et la pénurie de clarté du jour. On cherchait des cadeaux, on commandait les ingrédients des plats traditionnels, on admirait les décorations urbaines. La Fête Blanche inondait la ville d'illuminations spectaculaires qui la couvraient comme s'il avait neigé des diamants, et qui, pour cette raison sans doute, coûtaient les yeux de la tête à la contribuable.

Blancs les jardins, dont on voilait de tulles phosphorescents la pudeur de la terre nue. Blancs les arbres aux branches alourdies de boules opalines, comme par autant de fruits polaires. Blanches les maisons, toutes portes et fenêtres décorées de bougies, de guirlandes clignotantes et de sapins lumineux. Blanches les vitrines des magasins qui rivalisaient d'imagination pour mettre en scène des marionnettes et des pantins reproduisant des scènes animées de la parade. Blanches les rues que des millions de minuscules ampoules en guirlandes nimbaient d'un brouillard électrique. Blancs jusqu'aux véhicules que l'on n'autorisait à rouler que carrosserie couverte d'une laque effaçable dont la couleur ivoire faisait couler la circulation d'un sang de lait. Il n'était pas un coin, un recoin, une niche, une corniche, un bord de fenêtre, un pan de mur qui ne fût habitée d'une luminette ou d'une bulle de nativité. Une noria de montgolfières nacrées donnait à contempler aux visiteuses et aux touristes une vue aérienne de la splendeur de la mise en scène.

Avec ses débauches de kilowatts, ses gerbes de rayons laser, sa gabegie de projecteurs, de néons et autres délires luminescents, la Fête Blanche mobilisait une logistique particulière, justifiait les attentions les plus méticuleuses. Car les femmes qui y paradaient indolemment malgré le froid avaient la particularité d'être toutes enceintes. Le soir du solstice, vêtues de blanc, doudounes opalescentes ou fourrures immaculées, la tête ceinte d'une couronne de bougies dont la flamme faisait à leurs visages un halo de madone, les mères à venir, âge et fortune confondues, arboraient leurs ventres ronds comme la Lune.

Au cœur de l'hiver, les Femmes Bulles faisaient la nique à l'obscurité, à la nuit, à la mort. On les bichonnait sur tout le parcours. Des petits stands leur proposaient du vin chaud à la cannelle, du chocolat fumant, des boules de guimauve au sucre glace, des petits biscuits au miel ou des rosquilles. Les plus avancées d'entre elles, dont le ventre protubérait telle une joyeuse figure de proue difforme et insolente, pouvaient prendre quelques instants de repos sur des sièges de fourrure nichés au pied des réverbères. Les spectatrices, enfants et adultes, familles et amies, munies des pipettes traditionnelles, soufflaient sur le cortège des milliers de bulles de savon qui élevaient dans l'air glacé leurs minuscules arcs-en-ciel de bienvenue aux enfants à naître. On lâchait au passage du cortège des ballons irisés qui sertissaient la nuit des rangs multiples d'un collier géant. On chantait les Chansons Blanches, et la clameur qui montait de l'auréole laiteuse de la ville en fête saluait l'espoir, le retour de la lumière, les jours qui commenceraient à rallonger dès le lendemain. Le monde renouvelé pouvait repartir pour un tour de piste.

La parade finissait sa douce balade au pied de la Grande Arche. À minuit, d'énormes souffleries d'un air chaud qui ragaillardissait les énergies défaillantes permettaient d'admirer un feu d'artifice qui explosait ses pierreries dans le froid cristallin du ciel de septentrion. Les enfants qui naissaient à minuit précise s'appelleraient Jessie, ou Jésus si c'étaient des garçons. L'accouchante devenait illico une Sainte-Marie-de-la-Mère et ferait partie pour sa vie entière d'une consœurie adulée que l'on couvrait de cadeaux et d'hommages, comme si chacune d'entre elles avait porté dans ses entrailles la Lumière elle-même. On réprimait sévèrement celles qui tentaient d'anticiper ou de retarder leur délivrance dans le but d'intégrer ce corps privilégié. Il ne fallait pas tricher avec le hasard. Le rythme des saisons, comme la volonté divine, ne souffrait pas d'interférence humaine.

Une semaine après le solstice, on offrait des jouets aux enfants. La Mère-Noëlle descendait sur terre à minuit, avec son traîneau tiré par six reines. Elle laisserait ses cadeaux dans les cheminées. En vrai, c'étaient les mamans et les papas qui s'en chargeaient, mais il ne fallait pas le dire, ça aurait cassé le charme. Au premier matin de l'année, après avoir déversé sur la foule un orage de paillettes étincelantes, le zeppelin était sacrifié. On le faisait exploser en plein ciel et cet ultime feu de joie sonnait la fin de la Noëlle…

Tous les ans depuis sa naissance, Kim avait eu du mal à dominer son impatience. La Fête Blanche était mieux qu'un rêve. C'était du vrai. Cette année, son rituel préféré prenait des allures de cauchemar. Sa vie d'avant tombait en morceaux. Le lendemain, c'était Sainte-Lucie et son aérostat. Pour la première fois de sa vie, ça le laissait de marbre. Il s'estimerait heureux si aucune catastrophe ne venait s'ajouter à la liste. La seule bonne nouvelle était qu'il devait aller à l'aéroport chercher Adélaïde.

37.

— Je t'accompagne ?

Loup ne savait pas quoi faire pour rallumer un sourire sur la face de Kim. Il ne savait plus quoi faire à aucun point de vue. Les derniers jours avaient coulé comme de la poisse, collante et immobile. Gil absent, Bernardine invisible, Kim prostré devant la télé. Loup ne savait plus si son ami avait besoin de compagnie ou de solitude. Pour la première fois depuis son arrivée, il se sentait de trop. Comme un étranger. Ça lui donnait envie de se faire tout petit dans un coin, de se terrer, de se faire oublier de Dia et des femmes. Puis il regardait Kim, qui n'avait pas l'air en meilleur état que lui, et il allait le rejoindre sur le canapé. Le cœur en loques, l'espoir en friches, le moral en lambeaux, ils faisaient à eux deux un fameux tandem de guenilles.

— Non, merci…

— Je fais chauffeur, comme ça je peux t'attendre dehors.

— Arrête tes glanderies, je suis pas la Foon, t'es pas mon chauffeur.

— Je me fais un peu chier ici tout seul.

— Loup, ne le prends pas mal, mais il faut que je parle avec Adé, de frère à sœur.

— À l'aller, on pourra discuter. Et au retour je fermerai la vitre, j'entendrai rien. Je vous gênerai pas, j'écouterai mon baladeur à fond les oreillettes. Allez, dis oui, je mettrai ma casquette, t'auras même pas besoin de dire à ta sœur que tu me connais.

— Arrête de faire l'andouille.

— C'est moi qui te le demande, sois cool.

— O.K., on y va.

Loup attendit, en double file devant le terminal. L'aéroport était bondé. Heureusement qu'il était venu. Kim aurait mis des heures à se garer, et à perpète encore. Il remonta la vitre de séparation, introduisit dans son baladeur le compact de Noire Des Ires et prépara ses écouteurs pour n'avoir qu'un geste à faire. Histoire de faire rire Kim, il sortit de la boîte à gants la casquette marquée du sigle de la Foon, et se l'ajusta sur le crâne. Il se jeta un œil dans le rétro et se trouva très classe en larbin limousin. Un rien amuse le pecno, se dit-il. Puis il repéra Kim poussant un chariot chargé d'une seule valise, même pas une grosse. Adélaïde voyageait léger. Adélaïde, donc. L'Arlésienne des Carpette, vedette de la famille, partie outre-Océan peaufiner ses études dans une pépinière à élites, et qui semblait s'y trouver fort aise puisque depuis deux ans elle n'était pas revenue une seule fois. Le temps qu'il la fixe sur sa rétine, le frère et la sœur, en grande conversation, avaient atteint la voiture.

— Il a failli y rester. C'était atroce. Je le tenais dans mes bras, j'ai cru qu'il était mort, Adé. Je sentais pas son poids. J'aurais pu l'emmener au bout du monde pour le sauver.

— Et j'étais même pas là. Mon père veut mourir et moi je suis de l'autre côté de la planète.

— Tu es là maintenant...

— Si papa était mort, je ne m'en serais pas remise. Je m'en serais voulu toute ma vie. Je pourrais être tellement plus présente, lui téléphoner plus souvent. Ça ne me coûterait rien et ça lui ferait tellement plaisir.

— Moi aussi je m'en veux, mais dans l'autre sens. Ça s'est passé sous mon nez, et…

Loup, tout sourire, mit mille grâces à s'extraire de la limo. Kim s'interrompit au milieu de sa phrase pour le présenter distraitement à l'arrivante. Elle le salua sans le voir, leva les yeux vers son frère comme pour attendre la suite de son propos. Loup fit un signe de tête, se saisit du bagage et ouvrit le coffre. Le temps qu'il le referme, Kim et Adélaïde s'étaient installées sur la banquette arrière, et continuaient de discuter de manière aussi concentrée. Un peu interdit, Loup réintégra l'habitacle.

— … et je n'ai rien vu venir, c'est encore pire.

— Mais toi, tu lui as sauvé la vie.

— C'est Rigoberte qui lui a sauvé la vie. Un miracle. À quelques secondes près… Un miracle… Moi je suis arrivé juste après, avec Loup…

Avant de démarrer, Loup se brancha les oreilles sur Noire Des Ires, à fond. L'album, qu'il écoutait en boucle depuis sa sortie, créa immédiatement une bulle protectrice, un blockhaus sonore. Il se perdit dans ses pensées en s'acquittant des automatismes de la conduite en embouteillage. Il s'en voulait. Se serait filé des gifles. Quelle idée de mettre cette casquette. Elle l'avait pris pour un larbin. Vraiment.

— Ton Loup, il nous entend, là ?

— Non, pourquoi ?

— Il est canon, le garçon, soit dit en passant. Une bombe.

— Oui, il est génial. Heureusement qu'il était là. Il m'a aidé pour papa, tout seul j'aurais pas pu…

Kim devait mettre Adélaïde au courant des événements. Le message par lequel la famille lui enjoignait de rentrer de toute urgence précisant seulement que personne n'était morte ni en danger, elle devait brûler d'en savoir plus. Ça pouvait se comprendre. Mais tout de même. Pas même bonjour, c'était un peu rude…

— Comment va-t-il, maintenant ?

— Il est resté une seule journée en observation. Elles voulaient le garder, mais tu le connais. Il déteste l'hôpital, il leur a fait une vie d'enfer.

— Ne me dis pas qu'il est rentré à la maison…

Bien sûr, elle étudiait dans une des universités les plus prestigieuses du monde, elle pouvait se permettre d'être bêcheuse, mais quand même. Pas bonjour, ça se fait pas. Même à un chauffeur. Au fin fond de sa campagne, on était plus poli que dans leurs collèges de prout-ma-chère.

— Non. Rigoberte joue les anges gardiennes. Elle y a pris goût… Maintenant qu'elle l'a sauvé, elle veut lui rendre sa joie de vivre.

— Et comment compte-t-elle s'y prendre ?

— Mystère et moule de nonne. En attendant, elle l'a installé chez elle, il a l'air content. Enfin, content, tout est relatif.

— Je me doutais depuis longtemps que, dans le fond, papa n'était pas heureux.

— Ça t'a pas empêchée de partir.

— Sympa, Kim, fais-moi culpabiliser, j'en ai besoin. Ça aurait changé quoi, que je reste ?

— Pour papa ? Tout.

Elle n'en avait rien à faire, d'un gars comme lui, chauffeur-livreur, né à la campagne, éduqué dans une petite école. La limousine passa devant une affiche « Oh!Bad! ». Merde, merde et merde. Montreur de son cul par-dessus le marché. Évidemment, ça la foutait mal. Elle devait fréquenter à tire-larigot des m'as-tu-vu-j'ai-tout-lu. De ces forts en thème qui ont un avis sur tout et adorent le faire savoir. Des doigts carrés qui parlent comme à la télé. Et lui comme un gland, avec sa casquette de laquais sur la tête et son postérieur sur tous les Abribus de la ville. De rage, il arracha son couvre-chef en surveillant le rétro.

— J'ai ma vie, Kim, et puis tu connais maman. Cinq tonnes de kilomètres entre nous, c'est un minimum.

— Moi, elle me fout la paix.

— Que toi tu puisses reprendre la Foon, ça ne l'a même pas effleurée. Y a des fois, c'est pratique d'être un mec.

Loup pouvait mater tranquille. Leur conversation monopolisait toute leur attention. Probablement au sujet de Gil. Pauvre Gil. Adélaïde lui ressemblait vaguement. En fait, elle ressemblait à Kim en fille. La chaleur humaine en moins. Et à Bernardine en jeune. Le dédain en plus.

— Je me suis engueulé avec maman, et pas qu'un peu. Elle ne comprend pas, c'est tout ce qu'elle a à dire. Elle fait l'autruche. Je n'ai jamais vu ça.

— Elle non plus ! Quelque chose lui a échappé. Ou quelqu'un. Pour elle, c'est l'horreur.

— Je lui ai demandé des explications, elle hallucinait. Elle n'avait rien à dire. Juste que personne ne pouvait rien lui reprocher. Que, comme d'habitude, elle assumait. Tu te rends compte ? Même dans ces circonstances, elle ne parle que d'elle.

Dans le rétro, Loup ne voyait que le visage, triangulaire et sérieux, de sa passagère. Bon, d'accord, elle avait des yeux pas mal. Profonds, intenses, deux diamants noirs. Des cheveux corbeau aux reflets de souliers vernis, coupés en un carré très court qui lui rebiquait sur les pommettes et lui dégageait un front d'intello qui se la pète.

— Le dialogue, c'est pas son fort. Quand je suis loin elle m'adore, mais de près, je ne colle pas à l'idée qu'elle s'est faite de moi avant même de m'avoir conçue…

— En parlant de conçue, on ira voir la parade ?

— Je croyais qu'on en était au trente-sixième dessous, et tu veux m'emmener faire des bulles ?

— Au point où on en est, il faut tout essayer pour faire plaisir à papa.

— Dans ce cas j'irai me geler les fesses avec abnégation !

— Et je ne t'ai pas tout dit. Il faut que tu saches ce qui m'est arrivé…

Elle écoutait son frère, l'air préoccupé. Kim n'en finissait pas de déblatérer. Loup en fut écœuré. Ça faisait des jours et des jours que son pote de roulotte n'avait pas aligné trois mots et voilà que ça lui coulait de la bouche comme une colique, qu'il en avait plus à dire à sa sœur qu'à tout le reste de la planète ! Qu'avait-elle donc de plus que tout le monde, celle-là, avec ses diplômes, ses avions, ses yeux pleins de mystères et ses mines de fille à maman ? Il ne manquait plus que ça. Cette snobinarde se permettait de venir lui manger la confidence sous le nez. Heureusement qu'elle n'habitait pas dans la roulotte. Et qu'elle repartait bientôt.

Pendant qu'Adélaïde apprenait l'existence de Philomène, Loup se concentra sur la circulation. S'intégrer dans le flux des voitures était plus à sa portée que de trouver sa place dans la vie. Tout avait l'air si facile pour les autres. Pourquoi pas pour lui ? Qu'est-ce qui n'allait pas ? Pourquoi avait-il envie, à ce moment précis, d'appuyer à fond sur l'accélérateur et d'aller s'exploser le crâne sur la fourgonnette qui le précédait ? En finir une bonne fois. Passer à travers le pare-brise, se déchiqueter la tête, briser son crâne comme une coquille d'œuf et répandre sa cervelle sur la carrosserie de l'idiote qui se traînait devant lui. Il avait envie de violence. Faire mal. Se faire mal. S'arracher à la douleur en frappant plus fort qu'elle. Souffrir en sachant pourquoi. Se changer les idées pour de bon. Passer aux choses sérieuses. Employer les grands moyens. Il avait sa petite idée sur la question.

38.

Gil reprenait pied tout doucement. Il ne se sentait pas malade. Juste fatigué. Il retournait à la réalité comme on entre dans de l'eau froide. On sait qu'on va s'y habituer, que ça va finir par devenir presque confortable, mais on y va progressivement. En ce milieu d'après-midi, il était étendu dans le salon, la tête sur l'accoudoir d'un sobre canapé couleur crème. Une pile de magazines et une théière de café l'attendaient sur la table basse, mais il ne touchait à rien. Il se pénétrait de paix. Un petit feu tranquille consumait des bûchettes bien sèches en craquant d'aise pour se faire remarquer. La flambée reflétait ses lueurs sur le parquet ciré à l'encaustique et dans les bulles irisées toutes simples qui composaient la seule décoration du sapin. Un rayon de soleil hivernal d'une pâleur dorée auréola à cet instant précis un bouquet d'arums blancs posé devant la fenêtre. N'eût été la vibration criante du portrait d'une toute petite fille souriant à la vie dans un cadre de nacre trônant sur un rayonnage de la bibliothèque, et qui lui donnait le frisson, l'endroit respirait la sérénité, la chaleur, la sécurité. Et la gentillesse infinie de sa propriétaire.

Rigoberte ne lui avait pas demandé son avis. Elle avait débarqué à l'hôpital, le lendemain de son admission, voulait savoir combien de temps il comptait y rester.

— Pas un jour de plus, elles ne peuvent rien faire pour moi ici. Je veux m'en aller.

— On s'en va, je t'emmène.

— Où ?

— Chez moi.

Gil était arrivé dans une maison où il s'était senti attendu. On lui avait fait préparer une chambre, et toutes ses affaires y avait été apportées. Bernardine n'avait pas moufté. En moins de vingt-quatre heures, Rigoberte avait personnalisé le décor : les livres préférés de Gil, des photos d'Adélaïde et de Kim, et même, clin d'œil que seule sa sauveuse pouvait se permettre, un bouquet de branches de son chêne, gage que l'arbre lui avait pardonné sa tentative de lui coller un mort sur les endosses. Gil se remettait doucement de l'idée même d'avoir envisagé d'en finir avec la vie. Il regardait la beauté calme de la pièce, et s'étonnait d'avoir pu penser qu'il ne saurait être heureux hors de la maison familière de sa marie. L'énergie de Rigoberte avait-elle eu raison de l'être apeuré qui avait voulu en finir et dans lequel il ne se reconnaissait plus ?

Il avait oublié depuis longtemps le sentiment qu'il éprouvait à présent : la délectation à se trouver simplement là. Poser son regard sur les grains de poussière qui dansaient dans le rayon de soleil, sur les étincelles qui s'échappaient du feu comme des petits cris aigus. Goûter le charme infini de la vie quand elle est minuscule, qu'elle est juste la vie, sans autre dessein que d'être. La seule qui importe. Comment en arrivait-on à se la compliquer au point de vouloir s'en priver ? Cela lui devenait-il incompréhensible uniquement parce que Rigoberte avait su trouver les mots qui remettent le sang en circulation et les idées en place ?…

Dans la voiture qui les ramenait de l'hôpital, Rigoberte lui avait parlé. L'oratrice chevronnée avait du métier, mais, en la circonstance, c'était la femme qui avait ouvert son cœur. Elle avait exprimé ce que Gil et Bernardine avaient représenté autrefois pour elle, quand elle avait eu besoin, pour continuer à tenir debout, d'une preuve, d'un signe que la vie n'était pas juste une ignoble tartine de merde. Ce signe, Gil le lui avait fourni. Sans en avoir conscience. Il était venu la voir, un jour où elle n'allait pas fort, avec Adélaïde, cinq ans à l'époque. Il ne voulait pas que les petites filles deviennent taboues pour elle. Alors il amenait la sienne en visite de temps en temps. Quand il était reparti, Rigoberte, le front appuyé à la vitre, l'avait suivi du regard.

Gil marchait dans la nuit, la main de l'enfant lovée dans la sienne. Le père et la fille s'éloignaient. Elle, le bras levé pour atteindre la main paternelle, trottinant menu pour compenser la longueur du pas. Lui, infiniment géant et protecteur, lui ouvrant la voie pour qu'il ne lui arrive rien et qu'elle puisse devenir grande. L'image même de l'espoir. Ces deux-là marchaient tellement joliment vers l'avenir que l'avenir ne pouvait qu'exister. C'était de Gil, calme et solide, que naissait l'élan qui créait la confiance absolue de l'enfant. Rigoberte gardait cette vision gravée en elle et l'évoquait chaque fois qu'elle avait du vague à l'âme. Cette image était la vraie raison de sa carrière politique, lui avait donné un sens. Elle dit ces mots à Gil. Des mots qui cautérisent. On ne vit pas que pour celles qu'on aime. On vit aussi pour l'infinité de moments qu'on donne aux autres, à ses contemporaines inconnues, avec qui on partage quelques instants sur la planète, quelques miettes d'existence, et parfois de chaleur. On ne sait ni comment ni combien on les a aidées à vivre, et elles nous aident à vivre. La vie n'est jamais aussi grande que quand elle est minuscule. Le bonheur est poussière. Comme les étoiles. Gil se servit une tasse de café. Bien fort. Un peu de lait. Pas de sucre.

Il se leva, fit quelques pas dans la quiétude feutrée de l'après-midi, et, reproduisant le geste de Rigoberte des années auparavant, alla appuyer son front contre la vitre. Il scruta le jardin, comme s'il avait pu surprendre, s'éloignant vers quelque ailleurs, un couple effacé par le temps, l'homme qu'il avait été et une petite Adélaïde disparue. Où étaient les deux bébées magiciennes qui avaient enluminé sa vie ? Où disparaissent les enfants quand elles grandissent ? Où partent leurs joyeux petits fantômes ? Il les cherchait souvent dans les deux magnifiques jeunes adultes qu'elles étaient devenues. Et, le temps d'un geste ou d'un regard, les entrevoyait parfois, en un éclair précieux comme leur vie même, telles qu'elles avaient été et qu'elles n'étaient plus. Ce n'étaient plus le même regard, la même voix, le même rire, plus cette extraordinaire candeur qui lui liquéfiait le cœur. On porte toute sa vie le deuil des enfances qu'on a réussi à mener à bon port. Aussi pouvait-il imaginer le gouffre, les entrailles à vif quand la mort vous arrachait en une seconde fatale ce que la vie mettait quinze années inexorables à vous voler. Gil chassa cette évocation. Il avait de la chance. Il avait ses deux enfants.

Le jardin de Rigoberte était nu, abandonné. Nulle cabane de jardin, nul signe de vie. Rigoberte n'en voulait pas. Jamais, jamais plus. Gil lui en referait un. Il ne fallait pas que les jardins lui restent tabous.

39.

Kim et Loup avaient posé Adélaïde à la maison, l'avaient laissée retrouver sa mère et sa chambre d'adolescente. Elle devait dîner avec la première et réinvestir la seconde. Kim ne tenait pas à assister à la scène, et Loup pas davantage. La personne que l'un et l'autre ne tenaient pas à voir n'était pas la même. Ils retrouvèrent la roulotte. Leur projet de la décorer avait sombré. La pauvre n'aurait pas droit pour sa première Fête Blanche à une tenue de gala. Elle n'était pas fière, ratatinait ses couleurs que l'hiver rendait absurdes, semblait se recroqueviller de honte, multicolore et embarrassée sous le saule blafard qui pleurait comme une madeleine sa nostalgie de la belle saison. Une pluie fine et grise, aussi insistante qu'une vendeuse de voitures d'occasion, venait de chasser le soleil pâlichon et détrempait la carcasse nue du jardin. La roulotte faisait le gros dos en attendant des jours meilleurs.

Kim ébouriffa ses cheveux trempés, prit la télécommande. L'écran s'éveilla.

— Kim, je le crois pas ! Tu entres et la première chose que tu fais, c'est allumer la télé ! Tu nous fais le jardinier de moins de cinquante ans ? Collé devant le poste en permanence !

— Où est le problème ? Tu veux qu'on fasse quoi d'autre ? Sortir ? Se faire bronzer ? Planter des fleurs ? S'épiler les mains ? Se vernir les orteils en blanc pour la semaine prochaine ?

— Ou discuter avec moi, si ça t'intéresse encore.

— Un écran, ça empêche pas de discuter. Ça encourage, même, ça fait bruit de fond, musique d'ambiance.

— Et si tu éteignais ? J'ai un truc à te demander.

— Je suis pas marié avec la télé, tu sais, ça reste platonique entre nous. Plateau, surtout, parce que pour la nique…

— Tu regardes plus les pornos ?

— Je regarderais si j'étais une femme, mais je suis pas maso, merci !

— Ça t'intéresse ce que j'ai à te dire ?

— Évidemment, ça m'intéresse.

— Tu éteins ?

— Toi, quand t'as une idée dans le crâne, t'es lancinant, comme mec.

Kim éteignit.

— Alors ?

— Voilà. Je veux que tu m'aides.

— D'accord. Je t'aide. Si tu me disais à quoi ? Ça m'avancerait.

— Il faut que je peaufine ma culture générale.

— Plaît-il ?

— Je veux savoir des trucs, pouvoir ramener ma fraise dans les discussions, être au courant de ce qu'il y a dans les journaux, tout ça. Mais je ne peux pas le faire tout seul, je sais pas par quel bout commencer.

— C'est nouveau, ça. D'habitude je suis obligé de me traîner à tes pieds pour te faire lire le moindre truc de base.

— Eh ! je lis tout ce que tu me dis !

— Oui, mais ça t'arrache des soupirs à fendre l'âme, reconnais-le.

— Je reconnais tout ce que tu veux, mais fais-moi un

programme, genre remise en forme pour les muscles du cerveau, si tu vois ce que je veux dire.

— Mais, Loup, je suis ravi ! Je ne comprends pas les raisons de ton revirement, mais je l'approuve !

— Je commence par quoi ?

— Qu'est-ce qui t'intéresse, toi ?

— Je m'en fous, il faut juste que j'arrête d'avoir l'air d'un gland… Je veux briller en société, tu comprends ? Comme toi.

— Mais moi je m'en fous, de briller. Je m'en voudrais, de briller. D'ailleurs je brille pas.

Kim, dubitatif, regardait son pote. Briller en société ? Qu'est-ce qui lui prenait ? Loup n'aurait admis pour rien au monde qu'il voulait impressionner Adélaïde, qu'il voulait qu'on l'apprécie pour son intellect. Et pas pour son cul, qu'elle ne manquerait pas de contempler partout en ville. Ça tombait bien, sur les photos, on ne voyait pas sa tête. Ça lui laissait une chance.

Loup avait eu le loisir d'observer Adélaïde un court instant quand elle était sortie de voiture. Et cela n'avait fait qu'accentuer son irritation. Elle avait réussi à le toiser ! Alors qu'elle était haute comme trois pommes à genoux ! Une miniature ! Un modèle de poche ! Elle portait un sarrau sombre, aux mollets, retenu aux hanches par une large ceinture aux poches lourdes de tout le fatras que les femmes trimballaient sur elles, puisqu'elles n'avaient pas de sac à main. Son téléphone, ses clés, ses tampons, son portefeuille, ses papiers. Au mouvement que son pas décidé imprimait à tout ce matériel, il devina un fessier ferme, spirituel et rebondi. En plus. Une bêcheuse bien roulée. C'était pire. Le genre de fille pas pour lui. Toujours pour les autres. Les fils à maman de la ville, convenables, classieux, bien élevés, toujours au courant de ce qu'il convenait de dire ou de faire. Loup les détestait. Il aurait voulu être comme eux. Avoir tout bon depuis le début. Mais même avec des affiches de trois kilomètres carrés placardées sur la terre entière, il ne rattraperait pas son retard, n'atteindrait pas leur point de départ. Il n'arriverait pas à épater Adélaïde. Il enrageait. De toute façon, elle avait sûrement laissé, de l'autre côté de l'Océan, le cœur impatient d'un godelureau étranger qui la regardait avec des yeux de faon et lui roucoulait des serments exotiques. Écœurant.

Perdu dans ses pensées, il fixait l'écran d'un regard vide que Kim feignit d'interpréter comme un encouragement, et dont il profita pour rallumer la télé, ce qui eut pour effet de sortir Loup de sa rumination. Il grommela :

— Ça y est, tu as épuisé ton autonomie ? Trois minutes entre deux shoots cathodiques, c'est ton maximum.

— Tu serais pas un peu grognon, toi, aujourd'hui ? Il y a autre chose ?

— Rien… Rien du tout… Bonne séance…

Loup sortit en claquant la porte. Il savait où aller pour se calmer les nerfs. Kim faillit se lever pour le suivre, l'arrêter, le ramener. Mais une série commençait. Une de ses préférées. Il se promit d'éteindre après cet épisode, et s'abîma comme on capitule dans les profondeurs du canapé.

40.

Un seul mot convenait à Bernardine. Incomprise. Avoir toujours veillé à tout, avoir entretenu un niveau de vie confortable pour toute la maisonnée, avoir toujours supporté toutes les responsabilités, et se retrouver au banc des accusées alors qu'elle n'avait strictement rien fait de répréhensible, la heurtait profondément. Elle n'avait pas cherché à contacter Gil. Il avait réagi à une simple phrase avec une telle démesure qu'elle ne voulait même pas imaginer les conséquences d'une discussion de fond. Elle aurait dû agir comme les autres. Opter pour la clandestinité. S'organiser une double vie, mentir à droite, mentir à gauche, faire semblant. Elle serait aujourd'hui une mère de famille comblée. Au lieu de ça, ses propres enfants lui jetaient la pierre. Et avec de l'élan ! Elle n'en revenait pas. Tout partait à vache-l'eau. Avoir travaillé dur toute sa vie, avoir bâti un empire de dentelle, et entendre son propre fils lui dire qu'elle ne comprenait rien à rien, puis le voir tourner les talons et quitter la maison dépassait tout ce qu'elle avait pu imaginer. Kim, le gentil Kim, qui lui coûtait les yeux de la tête en vêtements, en stage, en roulotte et en voiture, Kim ne lui adressait plus la parole ! Mais de quoi je me mêle ? Et qui la comprenait, elle ? Qui faisait l'ombre d'un effort pour elle ?

Elle était attablée face à sa fille, et la mangeait des yeux, sidérée par la perfection qu'elle avait mise au monde. Adélaïde était superbe. Elle aussi lui coûtait cher, avec ses rêves cosmopolites et ses diplômes intercontinentaux. Mais une mère ne pouvait que se sentir fière d'être à l'origine d'une telle finesse et d'une telle vivacité.

Elles en étaient au café. Adélaïde en buvait, maintenant. Depuis le début du déjeuner, elles s'étaient passées à la question mutuellement. Bernardine s'était fait raconter par le menu le quotidien du campus. Elle voulait tout savoir, sur chaque cours, chaque prof, du système de contrôle continu aux couvre-lits des chambres étudiantes. En retour, Adélaïde avait exigé des explications précises sur ce qui avait pu pousser son père à une telle extrémité. Bernardine avait eu toutes les peines du monde à ne pas entrer dans le détail. Adélaïde ne s'en laissait pas conter. Elle n'insistait pas, mais n'était pas dupe. En deux ans, l'adolescente avait cédé devant la femme. Elle avait pris de l'assurance. Elle avait changé sur la forme, mais pas sur le fond. Le jugement qu'elle portait sur sa mère avait gagné en vigueur, pas en indulgence. Plus distant, plus consistant.

Bernardine encaissait. Le même message présenté différemment. Adélaïde débarquait du Nouveau Monde comme une fleur, et tout à trac lui balançait un sermon… Encore une spécialiste de la science infuse, une qui savait tout sur tout ! Heureusement qu'elle ne savait rien de rien. Le rôle de Loup dans l'affaire avait été soigneusement caché à la jeune génération. Inutile de se compliquer la vie. Une évidence dont Bernardine ne pouvait que se féliciter. Si Adélaïde et Kim, et même Loup, avaient eu vent de cet aspect de l'affaire, au train où allaient les choses, elle aurait été clouée au pilori, exposée à la vindicte publique, pendue haut et court… Non, pas pendue… Gil lui avait piqué l'idée… Bernardine fut horrifiée d'avoir pensé ça… Puis elle en sourit… Sourire… Il n'y avait plus que ça à faire…

— Qu'est-ce que tu trouves drôle, maman ?

— Rien, rien. Ou plutôt si. Je ne croyais pas trouver à cette lamentable histoire l'ombre d'un aspect positif, et voilà que tu es là devant moi. Il t'aura fallu deux ans et un drame pour que tu consentes à revenir nous voir. Tu as la tête dure, quand même. Enfin, tu es là. Même si c'est pour m'engueuler, tu es là et je suis contente.

— Moi aussi, je suis contente. Je t'engueule pas. J'avais besoin de prendre de la distance, c'est tout… Ça ne signifie pas que vous ne m'avez pas manqué, toutes autant que vous êtes.

Les yeux de Bernardine quittèrent sa fille un instant pour suivre la démarche du serveur court vêtu qui venait de poser café et mignardises devant elles et repartait en zigzaguant à travers l'encombrement des tables. Adélaïde sourit. Certaines choses ne changeaient jamais. Bernardine, le regard baladeur, comprit le regard de sa fille. Lui fit un clin d'œil.

— Côté cœur, tu dois avoir un succès fou…

— J'ai pas que ça à faire, maman ! Je bosse, j'arrête pas. On nous presse comme des oranges. Je sors, bien sûr, il faut bien se défouler.

— Moi, à ton âge…

— Toi, c'est pas une question d'âge, tu sautes tout…

— Sauf les repas !

— Tu me l'as ôté de la bouche ! Mais c'est pas héréditaire ! Je ne suis pas une obsédée, moi, question de génération.

— Si j'avais ton physique, je ne laisserais pas passer une occasion. Surtout avec les petits lots qu'on voit partout.

— Ne t'en fais pas pour moi. Des petits lots, comme tu dis, je m'en suis fait de toutes les couleurs, un arc-en-ciel dans la culotte.

— Tant mieux. Profite tant que tu peux. Et dépêche-toi de nous ramener un fiancé, même d'importation, qui me donne une petite-fille.

— Toi en grand-mère ! Ça va changer ton image de marque ! Mais ne retiens pas ta respiration, parce que c'est pas pour tout de suite. Le jour où je me case, ça sera pour de bon. En attendant, je m'amuse, pour ne rien regretter.

— On regrette toujours quelque chose…

— *Nooon, rrrien de rrrieeeen, nooon, je ne rrregreeette rrrieeeeen...*

Adélaïde avait toujours aimé imiter Eddy The Piaf, chanteur réaliste à la mode au temps de ses grand-parentes…

Bernardine soupira.

— Tu as raison, on ne regrette que les bêtises qu'on n'a pas faites…

— Je suis tes conseils à la lettre, j'en profite, tu vas voir. Je sens que je ne vais pas tarder à envisager ton chauffeur, comment s'appelle-t-il déjà…

— …

— Ah oui, Loup. Ne me dis pas que tu ne l'as pas remarqué. Il me donne chaud rien que d'y penser. Il est plus que mettable… Je lui arracherais bien une canine.

— …

— En plus, tu me le livres à domicile, avoue que c'est tentant.

Bernardine ne savait pas si elle avait envie de voir sa fille réussir là où elle-même avait échoué, ou si elle détestait cette idée de concurrence avec sa propre progéniture. Concurrence déloyale. Le temps, adversaire implacable, mordait dans le vif. Qu'il était dur de renoncer au sel de la vie. Avoir un jour à passer la main à la tête de la Foon s'annonçait déjà pénible, surtout si Adélaïde persistait dans son refus, mais renoncer au cul allait être pire que tout.

— … Loup ?… Ah ?

41.

Sainte-Lucie attirait au centre de la ville une foule bonne enfant avide d'assister au signal de départ des réjouissances, et fournissait à Gil l'occasion de sa première sortie depuis son arrivée chez Rigoberte. Loup amènerait Adélaïde et Kim en fin d'après-midi. Rigoberte serait de la partie si elle arrivait à libérer un fragment d'emploi du temps. Gil soigna sa tenue, s'habilla de laine et de soie, un camaïeu de saison alliant subtilement ivoire, beige et crème. Chic et sobre. Il trompa le temps en se maquillant soigneusement, pour que sa fille le trouve beau. Sa petite fille. Il avait toujours servi d'écran entre les exigences de Bernardine vis-à-vis de son aînée et l'indépendance d'esprit de l'enfant. Mais il avait été impuissant à empêcher le conflit qui avait provoqué l'exil volontaire d'Adélaïde. Bernardine avait voulu que sa fille la seconde dès que possible à la direction de la Foon. L'adolescente avait refusé tout de go une dépendance aussi immédiate. Elle avait sans doute raison. Bernardine avait laissé faire, persuadée que la petite ne supporterait pas la séparation. Erreur. C'est Gil qui ne l'avait pas supportée, et était allé à deux reprises rendre visite à sa fille malgré l'opposition de sa marie. Il savait, lui, qu'Adélaïde ne craquerait pas. Et elle n'avait pas craqué.

Gil se passa pensivement un beige rosé sur les lèvres, mordit dans un mouchoir jetable pour en résorber l'excès, retoucha sa coiffure, pensa au manteau qu'il allait porter, hésitait entre une doudoune satinée et un manteau long en poil de chamelle. Puis Adélaïde arriva enfin, se jeta dans les bras de son père. Gil la saisit, la souleva du sol à bout de bras, la fit tournoyer comme quand elle était petite. Elle était toujours petite.

— Pose-moi ! Pose-moi tout de suite ! T'as pas le droit ! Je suis trop grande ! Arrête ! Tu vas me cogner la tête !

Adélaïde invectivait son père sans conviction aucune. Elle explosa de rire, un rire aigu et contagieux qui zébra l'air d'un éclair d'enfance.

Ainsi, elle savait rire ! Loup regardait la scène. Il venait d'entrer dans la pièce, avait, par discrétion, pris le temps de se garer pendant qu'Adélaïde galopait vers l'entrée sans prendre la peine de fermer sa portière. En s'installant au volant, il avait eu soin de poser négligemment sur le siège passagère quelques journaux sérieux et deux livres, un ouvrage récent d'économie politique et un traité d'histoire. Le tout lui avait été conseillé par un Kim encore un peu perplexe de la fringale culturelle de son ami. Perplexe mais coopératif. Peine perdue. Adélaïde avait balancé le tout sur la banquette arrière sans y porter l'ombre d'une attention, s'était installée à côté de lui. Et ne lui avait pas adressé la parole. Elle avait toujours l'air concentré sur quelque chose. L'air de réfléchir sans cesse à des questions importantes. Sauf quand son père l'envoyait valdinguer au plafond. Là oui. Là, madame consentait à y aller franchement. À rigoler un bon coup, comme une être humaine et pas une automate à diplômes. Pas dommage.

Elle riait toujours, et Gil aussi. Rigoberte avait encore raison. Une dose d'Adélaïde était un excellent traitement contre la déprime paternelle. Elle lui faisait, sans paroles, une fête d'enfer. Son sourire à lui tout seul en était une. Elle créait autour d'elle un bruissement joyeux, elle crépitait comme une flamme sombre, une étincelle noire. Élastique et gracile, elle rebondit sur le sol, virevolta, ressauta sur son père, l'embrassa, resta accrochée à lui, les bras autour de son cou. Une bébée marsupiale. Et dans ses mouvements d'allégresse elle laissait entrevoir le plus joli fessier qui ait jamais protubéré de la joue sur cette planète. Loup en fut troublé, extrêmement agacé de ne pouvoir décoller les yeux de cette pimbêche.

Père et fille finirent par se calmer, et Gil par remarquer la présence de Loup. Il se tourna vers lui, avec une expression de félicité que Loup ne lui avait jamais vue.

— Bonjour, beau gosse. Eh, faut pas me la faire, je sais compter jusqu'à deux. Il m'en manque la moitié, de la marmaille. Où est Kim ?

Il avança vers Loup et se figea.

— Qu'est-ce que c'est que ça ? Qu'est-ce que tu t'es fait à l'œil ? Ton œil gauche…

— Il était fatigué, il a dit qu'il nous rejoindrait sur place tout à l'heure. Je l'ai laissé devant la télé, scotché.

— Loup, ton arcade, qu'est-ce qui t'est arrivé, tu as le sourcil éclaté !

— S'il continue comme ça, il faudra le désincruster, le désincarcérer. Il fait corps avec le récepteur.

— Adé, j'ai laissé à la cuisine un plateau avec du chocolat chaud, tu peux l'apporter, s'il te plaît, on va le boire en attendant Rigoberte.

Adélaïde comprit le message et quitta la pièce. Gil agrippa Loup par les épaules et se retint de crier.

— Toi, tu es en train de faire des glanderies. Mal camouflé, ton cocard. On t'a agressé ? Tu t'es battu ? Pourquoi ? Avec qui ?

— Je me suis cogné.

— C'est ça, fous-toi de moi. Dis-moi ce que c'est.

— Adélaïde va revenir.

— Deux mots. Tu sais que tu me le diras de toute façon.

— Je suis allé à la boxe. Par l'entrée des artistes.

— Bougre d'imbécile !

Adélaïde rapporta le plateau en faisant mine de ne remarquer ni l'irritation de son père ni l'embarras de Loup. Gil versa le chocolat. Elles n'eurent pas le temps de le finir. Rigoberte fit son apparition quelques minutes plus tard, contente d'avoir réussi à s'échapper.

42.

Kim rajusta les coussins sur lesquels il se vautrait depuis le début de l'après-midi. Un épisode avait succédé à un autre, puis une autre série l'avait remplacé, et encore une autre, et finalement il s'était gobé trois heures de vide en haute définition. Il avait parfaitement conscience de végéter depuis des semaines dans un état léthargique auquel il lui faudrait finir par réagir. Mais il s'en sentait incapable. Les derniers événements l'avaient miné, mutilé de toute son énergie. Comme si le cercle de malheur qui pesait sur l'humanité entière et les hommes en particulier, dont il faisait le patient inventaire, s'était resserré autour de sa personne. Loup. Philomène. Gil. Série noire. Quelle merde. Il n'avait envie de rien. Même lever son poignet pour regarder sa montre lui coûtait un effort. Dans une heure, le zeppelin. Il lui fallait commencer à envisager de se rassembler pour rejoindre les autres, puisqu'il s'y était engagé. Loup, beau comme un astre, l'avait regardé d'un air navré avant de partir, sa pile de bouquins et de journaux sous le bras.

Il s'étira. Zappa distraitement. Son pouce gauche était la seule partie de son corps à être restée active. Il évitait la chaîne parlementaire, la plus ennuyeuse, et qui en outre lui rappelait le bureau. Et d'autres souvenirs qu'il cherchait en vain à chasser de sa mémoire. Il fut arrêté net par une voix qu'il aurait reconnue entre mille. Philomène. Comme chaque année, la chaîne transmettait en direct de l'Assemblée le discours de début de la Fête Blanche. Et Philomène s'y était collée...

Il se redressa tout doucement, hypnotisé, comme si un mouvement brusque pouvait effacer d'un coup ce qui n'était peut-être qu'une illusion. La caméra filmait l'assistance, mais c'était bien la voix de Philomène. En un millième de seconde il fut en état de réception absolue, concentré de tout son être sur l'image. Il n'avait pas entraperçu son amour une seule fois depuis des mois, et il allait la revoir ! Même par écran interposé, c'était phénoménal. Il sentit son cœur s'affoler comme si sa poitrine allait exploser, déchiquetée par trop d'émotion. La caméra continuait sa balade intolérable de lenteur. Elle revint lentement, plein cadre, sur Philomène à la tribune. Ce visage, ce visage adoré, lui manquait tellement... Philomène. Une conscience encore plus douloureuse de son absence le submergea. Le champ s'élargit lentement. Il vit les épaules de Philomène, les cinq premiers boutons fermés sur sa poitrine. Sa poitrine. Puis le gilet ouvert... Ouvert sur son ventre.

L'environnement immédiat de Kim disparut dans un cauchemar cotonneux. Tout ce qui n'était pas l'image de Philomène se dilua autour de lui. Il n'en entendit plus un mot. Il sauta sur ses pieds sans quitter le poste des yeux, s'en rapprocha à le toucher. Philomène était incontestablement, spectaculairement, atrocement... enceinte. Enceinte ! Et bien enceinte ! De manière évidente, de plus de trois mois ! Elle l'était donc déjà quand elle l'avait quitté. Il en resta ahuri, sidéré. Il suffoqua. Dans sa tête, les pensées se bousculaient dans tous les sens. C'était de lui, de lui, sûr et certain. Elle portait une enfant de lui... Impensable. Impossible. Elle l'avait utilisé jusqu'à la garde. L'avait abusé. Puis laissé tomber. Séduit et abandonné. Comme dans les mélos. Lui. Kim. Baisé jusqu'au trognon. Eu.

La fureur qui monta en lui comme une houle le fit chanceler, des taches noires lui brouillèrent la vue, effaçant la réalité. Alors seulement il laissa échapper un hurlement qui lui arracha les entrailles, et que personne n'entendit. Il s'effondra dans le canapé. À bout de souffle. Philomène avait disparu de l'écran. La chaîne s'apprêtait à transmettre la mise en ciel du dirigeable. Kim saisit le téléphone et tenta, une fois de plus, de la joindre. Peine perdue. Silence au bout du fil. Comment avait-elle pu le mépriser à ce point ? Pourquoi lui avait-elle joué ce jeu imbécile, laissé croire des balivernes ? Si elle voulait une enfant, ne pouvait-elle pas tout simplement le lui dire ? Il n'aurait rien su lui refuser, de toute façon… Maintenant, que pouvait-il faire ?

Il pensa à appeler sa mère. Maman. Elle saurait, elle. Elle serait là. Il l'avait envoyée promener sans prendre de gants, mais elle ne lui en voudrait pas. Sa mère savait toujours quoi faire. Il appela. Personne. Sur son portable. Non plus. Personne ne se donnait plus la peine de lui répondre. Comme d'habitude, il criait dans le désert. Tout le monde s'en foutait. Il regarda par la fenêtre. Pas une lumière ne filtrait de la maison. Tout le monde était à la parade. La maison éteinte et vide ne vivait plus que par les pacotilles clignotant à ses ouvertures. Comme lui. Une enveloppe qui faisait semblant, et à l'intérieur une sombre désolation.

Il sortit, se dirigea vers la cabane de son père, aussi abandonnée que tout le reste. Fouilla, trouva, et quitta le jardin par la rigole. Pas âme qui vive à l'horizon.

43.

La fausse Lune se levait lentement au-dessus de la Grande Arche. La nuit était tombée depuis un bon moment. Loup, Gil, Adélaïde et Rigoberte, emmitouflées jusqu'aux oreilles, marchaient guillerettes, comme les milliers de passantes. Un petit froid sec avait éclairci le ciel, créant des conditions atmosphériques idéales. Loup n'arrêtait pas de laisser des messages à Kim, pour lui permettre de les retrouver. Pas de réponse pour l'instant. Elles avaient l'intention d'aller boire un chocolat à la terrasse du Flor, d'où l'on bénéficierait d'une vue excellente sur le zeppelin. Il leur restait une vingtaine de minutes de balade tranquille au milieu de la foule pour découvrir les mille fantaisies et surenchères de la concurrence sauvage entre vitrines, et s'amuser des facéties des jongleuses, cracheuses de feu et saltimbanques de toutes sortes, obligatoirement habillées de blanc, qui profitaient de l'affluence pour exhiber leurs talents médiévaux. Le début des fêtes, la perspective de quelques jours de congé en famille mettaient les gens de bonne humeur.

La Lune continuait son ascension, tout doucement. Gil et Rigoberte racontaient les temps moins sophistiqués où l'astre de Sainte-Lucie n'était qu'un décor en carton, avant qu'on en fasse un ballon montgolfier. Loup et Adélaïde marchaient côte à côte. Loup s'était placé à gauche d'Adélaïde, pour qu'elle ne vît pas son œil tuméfié, et essayait par politesse de ne pas trop allonger le pas. Elle dépensait pour se déplacer trois fois plus d'énergie que lui. Une vraie petite pile. Elle était la seule à ne pas avoir sacrifié au blanc, portait un blouson de cuir fourré dont le col lui remontait au menton et relevait ses mèches d'ébène, et une jupe à larges plis qui laissait voir des bottes basses à grosse semelle. Elle levait son visage triangulaire vers le ciel, ses yeux d'olive noire plantés dans la nuit. Loup, à l'inverse, était une Fête Blanche à lui tout seul. Un manteau très court, à col châle géant, fermé par trois énormes boutons de nacre, très cintré à la taille, laissait voir le haut de ses cuisses dans un caleçon de mohair glissé dans des cuissardes en peau lainée que fermaient des lanières à la mode inuit. Irrésistible.

Elles déambulaient depuis un quart d'heure, les mains dans les poches, le nez en l'air, quand une clameur indiqua que la Lune avait terminé son ascension et qu'on s'apprêtait à l'allumer. La foule s'arrêta. Il se fit un silence impressionnant. En haut de l'Arche, les projecteurs s'éteignirent. On devinait plus qu'on ne le voyait le globe clair et imposant immobile dans la nuit. Le silence s'épaissit, les gens semblèrent se recueillir. Puis les haut-parleurs géants et invisibles attaquèrent les premières mesures de la *Sonate au clair de lune*, le chef-d'œuvre de Lou De Vigvane. Les notes mélancoliques enveloppèrent l'astre d'un berceau d'émotion, et progressivement la lumière se fit dans la sphère... Loup, époustouflé, commença à distinguer la silhouette du fœtus luminescent blotti à l'intérieur. L'effet était saisissant. La fascination publique à son comble.

Loup eut le souffle coupé. Mais pas seulement par la vision surnaturelle qui figeait l'attention de la multitude. Aussi par un effet de surprise intense. Et strictement personnel. La main, la petite main d'Adélaïde, venait de se frayer un chemin dans sa poche. Dans sa poche à lui, dans son manteau à lui. Adélaïde. Sa main. Glissée dans la sienne. Comme un moineau, palpitant et chaud. Dans sa main à lui, sa main de paysan, sa main de rustre, sa main de type qui n'avait pas fait d'études. Il n'osa pas bouger. Pétrifié, stupéfait. Il n'osait plus respirer. La main d'Adélaïde. Ainsi, elle sait que j'existe. Oh, Dia, faites que ce moment ne cesse jamais. Jamais. Sa main. Je veux mourir ici et maintenant, sous la Lune de Sainte-Lucie. Plus jamais autant de bonheur. Il ne pouvait pas le croire. Et s'il se trompait ? Si elle s'était trompée ? Juste trompée de poche. Et qu'elle lui éclate de rire au nez en constatant sa méprise ?

Loup osa baisser les yeux sur elle. Elle le regardait avec un sourire énorme, immense, ravageur, géant. Un sourire à éteindre les étoiles, un sourire à mordre le monde, à donner le vertige, à tomber, un sourire à fossettes, elle a des fossettes, un sourire trop, trop tout. Il serra les petits doigts bien au chaud contre son ventre, releva les yeux vers le ciel. Il ressentit en lui une vibration sourde et profonde, comme s'il irradiait à lui seul toute l'énergie vitale de la planète.

La sonate égrena ses dernières notes. Un bruissement de retour à la normale parcourut l'assistance. Le poétique allait céder au tonitruant. Les amplis crachèrent un roulement de tambour qui résonna au fond des poitrines, immédiatement suivi par un coup de cymbale monstrueux. La Voie lactée tomba du ciel. Des millions de lucioles noyèrent instantanément la ville sous un scintillement de neige électrique. Une exclamation admirative et satisfaite monta de la foule. C'était parti jusqu'à l'année nouvelle ! Les haut-parleurs entamèrent la série de chants de Lune qui rythmeraient la Fête Blanche jusqu'à la fin.

La petite troupe se remit en marche en direction du Flor. Le manège de Loup et d'Adélaïde n'avait pas échappé à Gil. D'un coup de coude discret et d'un mouvement de menton complice, il l'avait signalé à Rigoberte. Devant elles, Adélaïde avait récupéré sa main, parlait à Loup. Il la couvait des yeux, ne jetait pas un regard sur la voûte lumineuse au-dessus de sa tête. Devant le Flor qui commençait à faire le plein de promeneuses, elles choisirent une table à la limite de la salle et de la terrasse. Des chaufferettes très efficaces permettaient à l'établissement le plus chic de l'avenue de garder ses accès ouverts comme en été. À l'intérieur, deux écrans surdimensionnés avaient transmis en direct la cérémonie et diffusaient les infos du jour. Elles commandèrent un chocolat bien crémeux avec des churros. Loup s'assit à côté d'Adélaïde, dos aux illuminations. Il n'en avait rien à faire des guirlandes lumineuses. Depuis leur place, Gil et Rigoberte pouvaient se remplir les yeux de la féerie blanche, voyaient parfaitement la Lune. La vraie et l'humaine. On posa devant eux un broc de chocolat et un plein plateau de calories churresques. Kim les verrait de loin dès qu'il se déciderait à arriver.

Le chocolat réconforta tout le monde. Les churros furent ingurgités en moins de temps qu'il n'en faut pour le dire. On ne s'entendait pas parler. Le bruit des conversations, ajouté à la musique, à la circulation et à la fébrilité ambiante, créait d'un côté à l'autre de la table une frontière sonore infranchissable. Rigoberte parlait à l'oreille de Gil. Adélaïde chuchotait dans celle de Loup. Loup l'écoutait, la regardait, envoûté. De temps en temps, son regard se perdait dans le vague. Ce qu'elle lui disait ouvrait des perspectives surprenantes, l'entraînait dans des considérations inattendues.

— Je t'ai remarqué tout de suite dans la voiture, le premier jour. Fallait-il que tu sois extraordinaire, dans l'angoisse où j'étais…

— Tu ne m'as pas pris pour un larbin ?

— Larbin, ça ne fait pas partie de mes catégories mentales. Je savais qui tu étais. On se parle avec mon frère, tu sais. Le téléphone qui abolit les distances, tu saisis le concept ?

— Catégories mentales. Ça veut dire que tu pourrais sortir avec le chauffeur ?

— Même avec un mannequin. Je suis prête à tous les sacrifices.

La bouche de Loup s'ouvrit démesurément... Il eut l'air d'atteindre le degré ultime de la stupéfaction. Adélaïde eut peur de l'avoir effarouché en faisant cette allusion directe à son anatomie exhibée partout. Mais il lui saisit le bras, et lui montra l'écran, au-dessus de Gil et de Rigoberte. Adélaïde suivit son regard. Sa mâchoire chuta aussi et elles eurent l'air de deux poissonnes éberluées. On n'entendait rien. Mais l'image était parfaitement nette. Kim. C'était bien le visage de Kim. En gros plan. Un Kim méconnaissable. Mort de rire.

44.

— Vous ne pouvez pas rester là. Circulez, s'il vous plaît.

Il fit à la garde un sourire ravageur. Elle le lui rendit.

— Je voulais juste voir de plus près...

Elle lui fit un geste vague, lui indiquant le chemin vers l'avant de l'Arche. L'ambiance était détendue. Voire relâchée. La représentante des forces de l'ordre, que son uniforme blanc rendait visible même dans les endroits peu éclairés, portait à la taille, outre une matraque, un talkie-walkie et un aérosol asphyxiant, un de ces jetnets dernier modèle qui pouvaient projeter un filet paralysant à cinquante mètres et plus. De quoi immobiliser n'importe qui. Elle et les autres gardes, qui piétinaient depuis plusieurs heures, avaient plus envie de se réchauffer et de se distraire que de surveiller maladivement une cible dépourvue d'un intérêt autre que décoratif. On n'allait pas voler la Lune...

Kim fit mine de s'éloigner. Il savait qu'elle lèverait les yeux. Forcément. Comme tout le monde, Kim connaissait par cœur le déroulement prévu des événements festifs. Il était aussi très renseigné sur les processus techniques utilisés. Ses heures passées devant la télé s'avéraient payantes : elles lui avaient permis de suivre tous les reportages sur la préparation des festivités, en particulier ce qui concernait les effets spéciaux.

La lumière baissa. Les premières notes de la sonate

retentirent, très fort à cet endroit. Les lumières s'éteignirent pour de bon, attendant la levée des couleurs de la Lune. Kim s'aplatit par terre et rampa jusqu'au bloc de béton qui retenait le zeppelin. Il monta dessus, se retourna, distingua le visage de la garde, levé vers le ciel, comme tous les autres à cet instant précis. Elle n'avait rien vu. Il commença son ascension avec une agilité de chimpanzé. Il avait toujours été très fort pour grimper aux arbres, ce n'était pas un câble d'acier qui allait lui poser problème.

Quand la Lune s'éclaira, saluée par une rumeur joyeuse, il était à mi-chemin et commençait à fatiguer. Il regarda vers le bas. La lumière faisait comme un nuage où grouillait une multitude de visages tournés vers lui. Il sourit de son manque de modestie. O.K., tournés vers la Lune. Un fourmillement lui remonta le long des jambes, il eut peur de lâcher prise. Mais il avait repris son souffle, et assez de courage. Il continua à grimper dans l'obscurité relative. Il se sentait comme ivre, pensait à un de ces insectes s'obstinant à remonter la chaînette d'un bouchon de lavabo, et qu'enfant il s'amusait à remettre à l'eau jusqu'à leur épuisement. Il aurait été incapable de faire ça aujourd'hui. Aujourd'hui c'était lui la mouche, jouet du destin et de la volonté d'autrui.

Il atteint finalement la nacelle. Vue du sol, elle avait l'air d'une vraie, sorte de berceau d'osier comme dans le temps sous les ballons. En fait, c'était un genre de cube qui servait à projeter l'hologramme, et qu'on pouvait utiliser comme base pour d'éventuelles réparations. Il n'eut aucune difficulté à s'asseoir dessus, jambes pendantes dans le vide, parfaitement stable. L'arête supérieure de l'Arche était sous lui. C'était une impression inouïe, il se sentait aussi gonflé que le globe qu'il assaillait. Il voyait la ville de haut. Il voyait tout de haut. Il se sentit puissant et victorieux. Victoire sur quoi ? Il n'en avait aucune idée, mais ça lui faisait du bien. Il était inclus dans le clair de lune, comme un lutin incongru. L'astre se balançait à peine. Il se défit de son sac à dos, le posa à côté de lui. La pioche à manche scié pesait son poids mais ne l'avait pas gêné dans ses mouvements. Pas davantage que le mégaphone. C'était un artefact antédiluvien, que Gil, conservateur hors pair, utilisait autrefois dans les manifs. Dans la rigole Kim en avait changé les piles et vérifié le fonctionnement. Parfait. L'engin avait fidèlement répercuté ses vociférations.

Il pouvait passer à la première phase de l'opération Kim dans la Lune. Il dirigea le pavillon vers le bas, mit le micro devant sa bouche, et poussa un hurlement. Il dut se rendre à l'évidence : la portée de l'engin ne suffisait en aucun cas à couvrir le simple bruit de foule qui fourmillait sous lui, sans compter la musique qui lui barrait l'accès aux oreilles de ses contemporaines. Il pouvait toujours s'égosiller, nulle ne l'entendait. Il était bien la réincarnation d'un cri dans le désert. Malédiction. Il décida de passer aux choses sérieuses. On ne l'entendait pas ? On allait voir ce qu'on allait voir. Ou plutôt cesser de voir ce qu'on croyait voir. Phase deux. Fœtus géant mon cul. Ventre rond ta gueule. Grossesse sacrée je t'emmerde. Entrailles fertiles je vous conchie…

Kim se saisit de la pioche et s'accrocha aux derniers mètres de câble, qu'il escalada en s'aidant de sa seule main gauche. Il s'approcha au plus près, saisit les grosses mailles du filet, s'y accrocha des pieds et de sa main libre, et prit son élan. Il frappa de toutes ses forces. La télé avait raison. Le matériau était au top de la technologie. La chose était ferme et élastique comme de la saloperie de peau de gland à la mords-moi-le-nœud, et restitua en sens opposé la totalité de l'énergie que Kim y avait mise. La pioche, comme animée d'une vie propre, lui rebondit dans la main avec une force à lui emporter le bras. Il faillit se la prendre dans la figure. Son bras resta en place, mais il ne put retenir l'outil. Suspendu au filet, il vit la lourde pièce d'acier émettre dans le halo lumineux un ultime éclat métallique et sombrer vers le sol sans un bruit. Vers le sol ! D'ici à ce que la garde se la prenne au coin du museau, il n'y avait pas loin. Zut. Meurtre au clair de Lune, une policière piochée en pleine fête et en pleine tête ! Merde ! Même si ça tombait à côté, ça allait faire assez de bruit pour alerter les fliques malgré leur flemme ! Perdu pour perdu, il lui fallait se dépêcher ! Trouver quelque chose à faire, et vite ! Il n'était pas monté jusque-là pour rien !

Il eut une idée. De génie. Sacré Kim. Il fouilla dans la poche de son pantalon de jardinage, et prit ce qu'il aurait dû penser à utiliser depuis le début ! Son couteau ! Son fidèle Openlui, que Gil lui avait offert pour ses seize ans. Couteau, je t'aime. Ça pouvait marcher. S'il arrivait à trouer l'enveloppe, le gaz phosphorescent s'échapperait, la Lune s'éteindrait, l'hologramme deviendrait invisible, et finie la fête ! Bye-bye la Lune ! Salut ! Il allait pratiquer le premier avortement lunaire ! Frrt ! Une fausse couche céleste !

Il attaqua la toile récalcitrante à la sauvage. Elle résistait, mais au moins ne lui renvoyait pas sa main dans la figure. Il en était à poignarder allègrement, quand il se sentit plaqué à la paroi par une chaleur inattendue. Il tourna la tête. Tous les projecteurs de l'Arche étaient braqués sur lui. Épinglé par les faisceaux convergents de tout ce que l'éclairage public comptait de spots surpuissants, il continua à frapper comme un forcené, au hasard. Ses coups aveugles perdirent toute efficacité, s'ils en avaient jamais eu. Un haut-parleur, un vrai, lui vociféra une armée de décibels :

— Police… Rendez-vous immédiatement… Vous êtes cerné… Vous n'avez aucune chance…

Il entendit des hélicos approcher. Ne bougea pas. Fut pris d'un fou rire irrépressible..

45.

On n'avait jamais vu ça. Toutes les télés avaient pointé leurs caméras et dépêché un envoyé spécial sur les lieux. L'inauguration de la Fête Blanche salie ! Les autorités étaient sur les dents. On venait de se renseigner pour connaître le risque réel de destruction du dirigeable par un simple poignard. Ou même de détérioration. La Présidente en personne s'en était inquiétée auprès de la ministre de l'Intérieur. Hélas, la réponse n'avait rien qui pût les rassurer : un coup bien ajusté pouvait percer suffisamment la toile pour entraîner des dégâts sérieux. Sinon pour la sécurité des citoyennes, du moins pour l'image du parti au pouvoir. Le gaz phosphorescent, extrêmement cher et volatil, non seulement s'échapperait très vite, mais, mis en présence d'air, il ne supportait pas le mélange et perdait immédiatement sa luminescence. L'effet visuel serait ruiné en quelques secondes. Il n'en était pas question. La portée symbolique d'une telle atteinte représentait un réel danger. Se laisser ridiculiser à l'occasion de la fête la plus importante de l'année n'était tout simplement pas envisageable. Nous sommes-nous bien comprises ? Bien entendu, Madame la Présidente. La ministre raccrocha. Elle était en poste depuis quelques semaines seulement après une longue disgrâce. Hors de question qu'elle laisse des plumes dans une affaire aussi grotesque ! Il fallait résoudre la question immédiatement. Qui était cet individu ? Et que voulait-il exactement ? Ce qu'il voulait, il fallait commencer par le lui donner. Pour le reste, on verrait après, quand cet abruti serait redescendu sur terre.

La ministre se rendit sur place. Elle profita du trajet pour appeler sa fidèle lieutenante Marthe-Adèle Chiquerat, lui intima l'ordre de venir immédiatement. Toutes sirènes hurlantes, elle mit quelques minutes à rejoindre le périmètre de sécurité aménagé à la hâte par une centurie républicaine de sécurité pas très fière d'avoir laissé un passager clandestin grimper sur la Lune. Les policières faisaient diligence. Ça allait chauffer pour leur matricule, après. Pour l'instant, il fallait résoudre la question au mieux. C'est-à-dire très vite.

La première personne que la ministre reconnut en descendant de voiture fut cette peste de Rigoberte Cargis. Il ne manquait plus que ça ! De la vieille carne d'opposition ! Elle allait en faire, des gorges chaudes ! Déjà sur place, comme une hyène ! Avant elle ! Elle s'avança vers la députée, lui fit son sourire le plus avenant.

— Chère amie ! Déjà là ?

— J'étais dans le coin. Je suis venue dès que j'ai vu.

— Je vous fais confiance.

— Laissez-moi lui parler.

— Permettez, je suis en charge, je m'en occupe…

— Mais…

— Je m'en occupe, vous dis-je, d'ailleurs, excusez-moi, mais vous comprendrez que je n'ai pas le temps de discuter.

— Il faut que je vous dise, je…

La ministre s'éloignait à grands pas vers son état-major. Rigoberte tenta en vain de la retenir.

— Ne le brutalisez pas, surtout…

— Vous seriez trop contentes !

Rigoberte fulmina. Toujours aussi glande, celle-là. Encore plus depuis qu'on l'avait bombardée première flique du pays. Gil, Loup et Adélaïde lui collaient aux basques, au-delà des barrières. Rigoberte suivait la ministre quand elle aperçut Marthe-Adèle Chiquerat qui se précipitait elle aussi vers les fourgonnettes aux vitres teintées qui hébergeaient les responsables.

— Marthe-Adèle !

L'interpellée se retourna. L'appel de la ministre l'avait interrompue alors qu'elle avait déjà siroté quelques verres. Un certain flou dans la démarche et un teint quelque peu allumé indiquaient que les libations avaient eu le temps de produire leur effet. Marthe-Adèle n'était pas vraiment enchantée. On ne pouvait décidément plus être tranquille, même à la Sainte-Lucie…

— Rigo ! Qu'est-ce que tu fous là ? Ne me dis pas que tu es de corvée avec l'autre allumé, là-haut. C'est quand même pas la ministre qui t'a fait venir…

La voix était pâteuse, le regard vague. En d'autres circonstances, Rigoberte en aurait souri.

— C'est Kim !

— Quoi ? Qui ? Kim ? Kim qui t'a fait venir ? Hein ? Où ?

— Mais non ! L'allumé, là-haut !

— Allumé ? Ça y est, c'est fait, c'est allumé…

— L'a-llu-mé-là-haut-c'est-Kim, mon stagiaire ! Ta chèfe veut pas m'écouter !

Marthe leva les yeux, mit sa main en visière, faillit perdre l'équilibre, et ne vit rien du tout.

— Ton stagiaire ? Là-haut ? Qu'est-ce qui lui prend ?

— J'aimerais bien le savoir. Laisse-moi venir avec toi.

— Un peu que je te laisse venir ! Tu parles d'un scoop ! Ça serait pas un coup de l'opposition ?

Elle lui jeta un regard qui se voulait finaud. Rigoberte s'impatientait.

— Arrête de déglander, tu veux.

Gil, fou d'inquiétude, mit son grain de sel…

— C'est mon fils ! Laissez-moi lui parler !

Marthe-Adèle, dépassée, les prit par le bras, ou plutôt s'y accrocha, et les entraîna vers les fourgons officiels.

Là-haut, Kim avait compris qu'il avait attiré l'attention largement au-delà de ses espérances. Les haut-parleurs des fliques lui avaient ordonné de ne pas bouger, il ne bougeait pas. La ronde des hélicos lui bourdonnait autour. Il distinguait ceux de la police et ceux de la télé. On le filmait à qui mieux mieux. Il était resté accroché par une main, tenait toujours son couteau dans l'autre, et commençait à trouver le temps long. Il ne savait plus quoi faire. Il allait lui être difficile de quitter les lieux discrètement. Les haut-parleurs de l'Arche crachotèrent, et il entendit la voix de Gil.

— Kim ! C'est papa ! Rends-toi sans résistance ! Il ne te sera fait aucun mal. Jette ton couteau, et descends doucement jusqu'à la nacelle.

L'intonation de son père lui brisa le cœur, mais il lui donnait aussi une précieuse information, et une idée. Si c'était le couteau qui leur posait problème, il s'agissait de ne pas le lâcher. Il leva son pouce en signe d'accord, et redescendit sur la nacelle toute proche. Si elles tentaient de le déloger par le câble, il pouvait remonter en quelques coups de reins et se remettre à l'ouvrage.

Il atteignit la nacelle et récupéra son mégaphone pourri. Maintenant on allait l'écouter. En montrant bien son couteau, il se saisit du mégaphone. D'autres micros, sophistiqués et pointés sur lui, pourraient relayer le message. Kim prit son inspiration et articula :

— Philomène Pinjoski, députée de la République, est la pire ordure que la Terre ait jamais portée ! Elle est enceinte de moi ! Elle m'a abandonné !

Il regarda au-dessous de lui. L'Arche, les projecteurs et, au-delà, ce qu'il devinait de la foule et des illuminations. La vie. Il reprit son souffle.

— Et je l'aime ! J'aime une infâme, une atroce clitocrate ! Je l'aime ! Je l'aime !

Puis, méthodiquement, il rangea ses affaires dans son sac à dos, l'enfila tranquillement, et se laissa glisser le long du câble. En bas, on préparait le comité d'accueil. Les projecteurs le suivaient dans son déplacement. Les hélicos tournoyaient toujours, et les caméras ne perdaient pas une miette de la scène, qui venait d'être transmise en direct sur la moitié des chaînes. À quelques mètres du sol, alors qu'il se trouvait à portée de voix, on lui ordonna de se débarrasser de son couteau. Il sourit de toutes ses dents et cria :

— Je peux pas ! C'est un cadeau !

On ne le malmena pas. Trop de caméras. Et trop de Rigoberte, qui avait saoulé la ministre de propos rassurants et de garanties morales sur le supposé forcené, avec l'assentiment permanent de Marthe-Adèle, qui était pressée de retourner picoler. Dès que Kim fut entre les mains de la police, la ministre disparut, avec son cortège de voitures. Il fut embarqué. Rigoberte et Gil montèrent avec lui dans le fourgon, comme la ministre l'avait autorisé, soulagée de pouvoir aller présenter un rapport positif sur l'efficacité et la rapidité de son action personnelle. Dix minutes après que Kim eut posé le pied sur la terre ferme, il n'y avait plus trace de l'événement. La police dissémina les curieuses en leur assurant fermement qu'il fallait circuler pour la simple raison qu'il n'y avait rien à voir.

46.

Bernardine faisait des heures sup. Comme aux plus beaux temps de ses débuts pionniers. Le travail avait toujours été son antidépresseur préféré. Antidépresseur était un grand mot. Bernardine avait contre le malheur une sorte de protection naturelle. Elle était spleen-proof. Imperméable à l'angoisse profonde. Depuis toujours. Une sorte de barrière se levait spontanément dans son esprit, qui l'empêchait de sombrer dans l'autocontemplation. Elle était comme ça, n'en tirait ni orgueil ni honte. Mais ça n'empêchait pas les états d'âme. Et, en ce moment, rentrer chez elle, dans sa maison vide ou respirant l'hostilité, la mettait dans un état de prostration qu'elle préférait fuir. Elle ne supportait pas la solitude. Elle restait au bureau tard dans la nuit. Rien de tel pour se changer les idées, se vider la tête. Elle n'en avait rien à faire, de Sainte-Lucie et toute la sainte-frusquine. Le seul intérêt de ce genre de cucuterie, c'était de voir autour de soi sa tribu rassemblée. Et heureuse. Cette année, autant rester au bureau en espérant que l'horizon s'éclaircirait pour l'année suivante.

Elle avait organisé en fin d'après-midi un casting pour de faux. Elle prétendit vouloir tester les mannequins qui allaient poser, éventuellement, pour la prochaine saison. Loup n'était en aucun cas congédié, mais elle seule le savait. Son secrétaire n'était pas dupe. On fit venir les trois modèles, qui défilèrent avec les nouveautés de la saison suivante puis se rhabillèrent. L'un d'entre eux avait le profil idéal pour passer la soirée avec elle. Un physique infernal, un cul de prince, une nonchalance un peu mollassonne qui n'était peut-être que de la lenteur, et à peu près autant d'expression qu'un veau aphasique. Indifférent, il mâchait du chewing-gum, s'appelait Uzo.

Bernardine choisit le moment où chacune, pressée de fêter Sainte-Lucie, se dépêchait de partir, pour lui poser la main sur l'épaule et lui demander de rester. Elle avait à lui parler. Les autres pouvaient y aller, oui, même le secrétaire. Bernardine laisserait les gardes fermer derrière elle. Uzo entrevit ses fesses en quatre sur trois sur le panneau en face de chez ses parentes. Quelle revanche ! Il accepta. Il connaissait la réputation de Bernardine. Les deux autres mannequins quittèrent la Foon en se demandant s'ils aimeraient mieux être à sa place qu'à la leur. Il posa sur le canapé de la patronne son cul de rêve, repoussa des doigts une mèche dorée qui tombait sur ses yeux verts, croisa ses interminables jambes gainées d'un voile nacré. Il verrait bien si tout ce qu'on disait sur elle était vrai.

C'était comme dans les films. Bernardine avait baissé la lumière, ouvert un petit frigo, sorti un seau à glace où reposaient une bouteille et deux coupes retournées. Elle parlait de tout et de rien, de l'impact formidable de la campagne sur la publique et sur la carrière des mannequins, même si leurs visages n'apparaissaient pas… Elle s'assit à son côté, lui versa un flot de bulles. Une demi-heure après, Uzo avait eu loisir de vérifier que oui, ce qu'on disait sur Bernardine était vrai. À la troisième coupe, elle lui avait fait comprendre sans ambiguïté à quel point elle le trouvait humectant. Avait joint le geste à la parole, posé sa bouche sur la sienne, guidé sa main vers les pans ouverts de sa toge. Et la lui avait maintenue contre son sexe. Compris.

Il avait glissé ses doigts sous la culotte, les avait laissés batifoler un court instant. Elle voulait plus, et le lui fit savoir en lui posant une main sur la tête. Bien sûr. Reçu cinq sur cinq. Ce n'était ni la première ni la dernière fois. Quand même. Quelle vulgarité. Elle s'était à moitié allongée, avait ouvert les jambes. Il commença à descendre son visage. Elle susurra :

— Montre-toi…

Il suspendit son mouvement, se débarrassa du fourreau qui lui enserrait les hanches et fit glisser son slip. Il garda son pull court, son porte-jarretelles satiné, ses bas et ses bottines. Sexy à tomber. Il se baissa vers elle, posa les genoux à terre, bien ouverts. Elle le voyait dans la porte miroir. Il se cambra. Il savait l'impact de l'image qu'il offrait. Ça ferait avancer l'action. Il imagina son reflet dans la glace. C'est à ça que ressemblerait sa photo, en plus pudique. Il tendit son visage vers la toge ouverte. Il y mit toute sa science, soigneusement, systématiquement, méticuleusement, arqua les lèvres, aspira, pressa, fit participer ses dix doigts à des explorations savantes et efficaces. Il avait de la pratique. Il géra sa respiration jusqu'à ce qu'elle prenne son plaisir. Elle jouit tranquillement. Se détendit, referma sa toge.

— Une autre coupe ?

Elle avait un goût pas désagréable, mais ça ne se faisait pas de garder le goût de quelqu'une qu'on ne connaît pas. Alors oui. Une autre coupe. Bernardine soupira.

— Tu ne peux pas savoir comme tu me changes les idées. J'adore ta bouche.

Une femme qu'on vient de sucer est souvent contente. Il avait remarqué ça.

— Marche un peu, que je te voie mieux…

Il aimait se montrer. Adorait. Il marcha, les fesses à l'air, les bijoux aussi. Elle le regarda avec une acuité qui le mit dans tous ses états. Il banda. Elle applaudit.

— Bravo !…

Elle reversa des coupes. Il déambula encore un peu, finit par se sentir vaguement bête, mais son érection maintenait son arrogance. Elle dit d'une voix un peu voilée :

— Tu aimes te faire voir, hein, tu aimes ça… Viens là…

Il obéit. Marcha vers elle, s'arrêta, son sexe à hauteur de la bouche qui lui donnait des ordres. Il avança son ventre, comme une offrande. Elle approcha ses lèvres, exhala comme pour poser de la buée sur le gland qui sembla gonfler encore, près d'exploser. Elle lui prit les boules, pinça la peau entre ses doigts. Il frémit. Elle le lâcha. La deuxième bouteille était largement entamée. Elle se sentait euphorique, eut envie de rentrer.

— Je t'emmène chez moi…

Il avait la tête qui tournait un peu, se dit qu'il avait levé la patronne de la Foon. Carrément. Elle aurait pu le virer sans autre explication. Mais elle l'emmenait chez elle. Sa carrière décollait peut-être. Merci, Sainte-Lucie.

— Habille-toi, on s'en va. Tu dois avoir faim, non ?

— J'ai mangé, j'ai mangé vous.

Elle le regarda, interloquée. Il ne fallait pas qu'il parle. Mais une nuit de baise, il devait pouvoir assurer. Elle prit sa coupe, lui tendit la sienne alors qu'il finissait d'ajuster son manteau. Elles partirent vers le parking, les verres à la main.

47.

Loup et Adélaïde, penaudes, décontenancées, revinrent sur leurs pas. Elles n'avaient pas réussi à approcher Kim. Gil et Rigoberte ne s'étaient pas même retournées vers elles en partant. La fête tournait court. On les avait oubliées. Cafardeuses, elles marchèrent en silence, sans un regard pour les illuminations. Adélaïde remit sa main dans la poche de Loup. Il la lui serra, timidement. Il ne savait plus que penser. Était-il tombé sur une famille de folles furieuses, ou bien un paysan comme lui ne comprenait-il rien à la subtilité des gens de la capitale ? Kim, avec qui il partageait tout depuis des mois, à qui il avait tout raconté de ses souffrances les plus intimes, avait élaboré tout un plan sans lui en souffler mot. Ce soir, il n'avait pas pu lui parler. Et Adélaïde ? La main qu'il tenait dans la sienne était-elle à considérer comme un acompte de bonheur à suivre, ou bien juste comme une bande de cinq doigts qui ne savaient pas où se mettre pour se réchauffer ? Comme un échantillon du reste de sa très séduisante propriétaire ou juste comme quelques métacarpes en goguette ? La vie pouvait-elle être jolie ? Ou bien berçait-elle d'illusions avant de trahir inévitablement ?

Adélaïde, quant à elle, se sentait dépassée. Rentrée depuis à peine plus de vingt-quatre heures pour prendre soin de son père, elle comprenait qu'en son absence la vie de la famille s'était emballée comme une pouliche déglinguée. L'acte désespéré de Gil faisait voler en éclats l'idée de force sereine à laquelle elle l'avait toujours associé. La vision de Kim, toujours si raisonnable, voire raisonneur, perché sur la Lune et menaçant de l'éteindre, dépassait tout ce qu'elle avait jamais pu imaginer. Où était donc passée la petite bande paisible et orthodoxe qu'elle avait quittée, archétypique de la famille idéale ? Qu'était donc devenue cette cellule si organisée dont elle avait cherché à fuir la ligne trop prévisible d'un destin prédéterminé ? Seule sa mère restait égale à elle-même, tel un roc au milieu de la tempête, en partie invisible et dangereux, mais repérable et rassurant par son immobilité même. Elle pressa la main de Loup. Lui sourit.

— On rentre ?

— On rentre !

La foule se disséminait petit à petit. Le voleur de Lune occupait toutes les conversations. Loup prit le volant. Concentré sur la route, attentif et sérieux, il était d'une virilité craquante. Beau à mourir. Et cette fragilité dans le regard. Un tel contraste avec sa taille d'athlète avait quelque chose de tellement attendrissant que c'en était presque douloureux. Elle eut envie de lui. Une envie violente. Il émanait de lui une magie animale, une obscure énergie venue du fond des temps, d'un mystère qu'elle voulait lui voler. Une urgence la prenait aux tripes, qui lui ordonnait de le chatter dès ce soir. Trivialité du désir. Mais elle saurait attendre s'il le fallait. Elle le sentait farouche. Pas le genre toujours d'accord pour tout. Pas le genre chaudasse. Tant mieux. Adélaïde aimait le défi.

Loup s'arrêta à un feu, absorbé dans une méditation voyageuse. Pensivement, il effleura des yeux le genou de sa passagère, y posa doucement la main, qui couvrit presque entièrement la cuisse. Dès qu'il l'avait vue, il pouvait se l'avouer maintenant, il avait été fasciné par Adélaïde. La miniature de cette fille l'émouvait au-delà de tout. Il avait toujours adoré les mini-gabarits. Les maquettes de femme. Elles lui apparaissaient comme la forme humaine la plus achevée. Toute la gloire, le triomphe de cette espèce démunie plus que toute autre, sans poils, sans crocs, sans griffes et sans ailes, tenait à sa capacité à faire tenir l'immensité de l'esprit dans la carcasse la moins équipée pour la survie. Adélaïde était l'humanité même. Son épure. Comme un parfum. Plus le flacon était réduit, plus la substance était précieuse. Essentielle. Un concentré de féminité. Jamais lui, lourd, poilu, musclé, animal, ne lui arriverait à la cheville. C'était comme ça. Le bonheur des hommes était de pouvoir s'élever en aimant les femmes. Les femmes, en aimant les hommes, montraient leur seule vraie faiblesse : une espèce de bestialité latente, un brin perverse. Une chance. Pour lui. Qu'elle le regarde seulement, et il se sentait comblé. Qu'elle le regarde seulement. Longtemps. Mais elle ne le regarderait pas. Pas elle. Pas lui.

Elles arrivèrent à la maison, qui clignait des fenêtres imperturbablement. Apparemment, il n'y avait personne.

— Tu parles d'une fête. Tu m'invites dans ta roulotte ?

— Bien sûr.

— Kim ne risque pas de nous déranger. Elles vont le garder au moins jusqu'à demain.

— Tu crois ?

— Et encore, si elles ne le gardent pas quarante-huit heures…

— Tu crois que ta mère est rentrée ? Il faudrait peut-être lui donner des nouvelles.

— Elle doit en avoir plus que nous ! Non, remarque, si ça se trouve elle n'est au courant de rien. Elle est peut-être rentrée tard, ou pas encore. On va voir.

Elle ouvrit la porte, lui céda le passage. Il alluma. Et resta pétrifié. Elle referma, et hallucina. Sur le canapé, à la simple lueur d'un chandelier, Bernardine et un inconnu en étaient à une leçon avancée de bouche-à-bouche-tripotage-superposition.

La lumière les surprit et les sépara en un seul mouvement. Bernardine se redressa en se rajustant comme une adolescente prise en faute par ses parentes, l'inconnu roula par terre et tenta un rétablissement malgré les talons de ses bottines. En pure perte. Il resta assis sur le parquet. Bernardine, déroutée et un peu imbibée, comme en témoignaient le seau à glace, le goulot qui en dépassait et les deux coupes posées sur la table basse, fit bonne figure dans la mesure des possibilités offertes par la situation. Adélaïde, bouche bée, avait toujours eu une conscience confuse des fredaines de sa mère, mais jamais, au grand jamais, celle-ci n'avait ramené quelqu'un à la maison. Loup, quant à lui, découvrait intégralement une dimension qui lui avait totalement échappé. Bernardine ? En un éclair, sa conversation avec elle lui revint à l'esprit. Se pouvait-il que… ?

— Les enfants ! Déjà ? Mais quel bonheur !

Elle s'était levée, les regardait, tout sourire.

— Et Kim ? Où est-il ?

— Il est chez les fliques, maman, il va sûrement y passer la nuit. Tu demanderas à papa, il t'expliquera…

Adélaïde prit la main de Loup, l'entraîna avec elle, et sans un mot de plus, sans un regard, quitta la pièce par la porte du jardin.

48.

« Par amour, il tente de décrocher la Lune »… « Un déséquilibré salit Sainte-Lucie »… « Scandale à l'Arche de Triomphe »… « La Fête Blanche gâchée ! »… « Il crie son amour depuis la Lune »… « Il marche sur la Lune et piétine sa fiancée »… « Une députée de l'opposition mise en cause dans une affaire de mœurs »… « Enceinte et insultée, le calvaire d'une représentante du peuple » « Elle l'abandonne, il la cartonne »… « Ordure ! criait l'amoureux transi et trahi. »

Chaque quotidien l'interprétait en fonction de la sensibilité de son lectorat, mais toute la presse consacrait sa une à la prouesse de Kim. De droite à gauche, du popu à l'intello, de l'économique au confessionnel, et jusqu'à *L'Épique*, bible sportive : « La performance du fou de la Lune : quatre-vingts mètres de câble à la force du poignet. » En cette période d'entre-fêtes où l'actualité tournait au ralenti, les journalistes n'avaient pas grand-chose à se mettre sous les rotatives. De l'imprévu à la Sainte-Lucie, ça ne s'était jamais vu. Elles s'en étaient donné à cœur joie. Philomène Pinjoski et Rigoberte Cargis, députées de l'opposition et non des plus obscures. Le jeune Kim Carpette, stagiaire à l'Assemblée Nationale. Des amours contrariées. Une grossesse cachée. Des millions de budget décoratif à un cheveu de partir dans la stratosphère. Il y avait de quoi faire croustiller les gazettes.

Il est des gueules de bois historiques après des soirées sans une goutte d'alcool. Exactement ce que ressentaient Kim, Gil et Rigoberte. Il n'était pas encore six heures du matin et Kim venait d'être relâché après dix heures de garde à vue. Il s'en tirait, au moins provisoirement, à bon compte. Gil avait refusé tout net de quitter le commissariat sans son fils. Rigoberte n'avait pas voulu laisser Gil tout seul. Et les fliques n'avaient pas voulu lâcher Kim avant de l'avoir passé à la question et abreuvé de leçons de morale. Rigoberte avait œuvré dans tous les sens, réveillé son avocate et quelques amies pour que l'affaire garde des proportions raisonnables, s'était engagée personnellement à ce que Kim réponde à toute convocation judiciaire ultérieure. Mais les fliques avaient des consignes. Il fallait sauvegarder quelques apparences. Les journalistes aussi passaient la nuit dehors. Et debout. L'effet d'une libération immédiate aurait pu être politiquement désastreux. On fit donc durer le plaisir jusqu'au petit matin. Les fliques voulaient tout savoir. Kim en dit le moins possible. Mais elle finirent par connaître l'histoire. Même les policières chevronnées pouvaient cacher un cœur de midinet. Quand elles eurent déterminé que nulle obscure conspiration ne dissimulait ses rouages complexes sous les facéties grimpeuses du jeune amoureux, elles se détendirent. À six heures, elles leur indiquèrent une porte discrète, à l'arrière du commissariat, où un taxi les attendait.

Kim, Gil et Rigoberte, exténuées, pensèrent d'abord à faire halte dans un café. Elles n'avaient pas dîné la veille. Mais elles renoncèrent de peur d'attirer l'attention. Elles s'arrêtèrent donc pour faire le plein de croissants et de journaux, et rentrèrent chez Rigoberte. Après un bon café au lait et un Annapurna de croissants, ça allait déjà mieux. Mais pas question d'aller dormir, malgré la fatigue. Comme si leur nerfs restaient crispés et les empêchaient de se détendre, elles avaient besoin de rester ensemble, de se raconter les événements encore et encore. Puis le trio se lança dans la lecture des articles. Kim n'en revenait pas. La brutale inspiration qui l'avait saisi la veille ne lui était pas plus compréhensible qu'aux autres. Il avait eu peur. Surtout quand les projecteurs s'étaient braqués sur lui. Mais il s'était senti survolté, quelque chose en lui de poisseux s'était évacué, chassé par un sentiment d'euphorie léger comme une gaze. Il avait adoré. Ça lui avait fait trop de bien... Ses angoisses étaient restées pendues au câble tel du vieux linge qui finit de sécher.

Il lut quelques articles comme s'ils décrivaient l'histoire de quelqu'un d'autre. Sa relation avec Philomène lui paraissait irréelle, désincarnée. Sur les photos, il reconnut à peine le cinglé sur la Lune, tout petit, dérisoire. Un clown. Gil et Rigoberte, en voiture, avaient commencé par lui faire la morale. Et y avaient renoncé très rapidement. Dit-on à un adulte que grimper quatre-vingts mètres de câble dans l'obscurité peut présenter un danger ? Dit-on que ça ne se fait pas de monter sur les illuminations municipales ? Ou qu'il peut apparaître comme légèrement loufoque de se mettre l'élite de la flicaille sur le dos dans le simple but de proférer des insultes contre une élue de la République ? L'inadéquation de leur discours leur était apparue assez rapidement. Elles laissèrent donc Kim leur raconter la rage qui l'avait saisi quand il avait vu Philomène enceinte. Que ce fût de lui ou d'un autre, dans les deux cas il se sentait trahi. Mais la deuxième hypothèse était pire que tout. Rigoberte semblait désolée.

— Kim, pourquoi ne m'en as-tu jamais parlé ?

— Je l'ai appris hier soir...

— Pas ça. Pourquoi ne m'as-tu jamais dit que tu aimais encore Philomène ?

— Au bureau ? J'aurais dû te parler de mes chagrins d'amour au bureau ?

— J'aurais peut-être pu intervenir.

— Intervenir pour quoi ? Elle a fait ce qu'elle voulait, je n'allais pas lui courir après.

Gil intervint avec une certaine véhémence :

— Non seulement tu ne vas pas lui courir après, mais tu vas te dépêcher de l'oublier…

— Ça fait trois mois que j'essaie…

Rigoberte se sentit vaguement coupable. Quand elle avait discuté avec Philomène, celle-ci se savait probablement déjà enceinte. Avait-elle précipité sa décision à cause de leur conversation ? Le comportement de Kim confirmait cependant ce qu'elle avait toujours pensé : les garçons portaient en eux, inscrit au plus profond, même chez ceux dont l'éducation avait été irréprochable, quelque chose d'irrationnel, d'imprévisible, de fou… Comment pourrait-on un jour leur confier de réelles responsabilités ? Comment pourrait-on jamais se fier à des gens qui tentaient de résoudre leurs problèmes par une violence désordonnée qui partait dans tous les sens ? Ils avaient besoin d'être protégés, avant tout d'eux-mêmes.

— Comment a-t-elle pu me faire une chose pareille, Rigoberte, tu comprends ça, toi qui es une femme ?

— Je ne sais pas. Je n'en ai pas parlé avec elle.

— Mais toi, tu savais qu'elle était enceinte ?

— Non, ça fait un moment que je ne l'ai pas vue, elle était partie dans sa circonscription, je n'ai pas fait attention…

— Peut-être ne m'a t-elle jamais aimé.

— En tout cas, elle semble t'avoir choisi comme géniteur.

— Et ça devrait me flatter ? Étalon ? Tu trouves ça valorisant ?

— Ce n'est pas honteux non plus, tout de même.

Kim fit quelques pas vers la fenêtre. Un matin d'hiver à texture de serpillière posait son humidité sur la désolation du jardin. Kim n'avait toujours aucune envie de dormir. Il se retourna, regarda son père et Rigoberte. Elles étaient trop mignonnes, toutes les deux. Attendrissantes. Pleines d'amour. Il n'y avait manifestement rien entre elles. Peut-être était-il trop tard. Ou trop tôt. Ça dépendait du point de vue. Peut-être resteraient-elles de simples amies. Gil avait sur le visage une énergie nouvelle, comme quelqu'un qui a encore des choses à conquérir. Le jardin n'avait qu'à bien se tenir, il allait lui arriver des bricoles. Son père reviendrait-il jamais auprès de sa mère ? Les rêves d'une vie sont-ils rafistolables une fois qu'on les a cassés ? Kim pensa à ce qu'il avait proféré du haut de la Lune. Il avait hurlé qu'il aimait Philomène, alors qu'il était monté pour crier sa haine. Comment cela était-il possible ? Qu'est-ce qui lui avait pris ? Philomène lui collait à la peau comme un tatouage. Non. Pas à la peau. C'est son cœur même qui était tatoué. Au plus profond.

Il décida de regagner ses pénates, de retourner dans le ventre chaud de la roulotte, et de laisser Gil et Rigoberte récupérer tranquillement. Il les embrassa, et sortit, malgré les protestations de Gil qui voulait le garder pour la journée. Une bonne balade à pied, voilà ce dont il avait besoin. Rentrer jusque chez lui par les rigoles. Aujourd'hui était un autre jour.

Il marcha longtemps, commença à sentir un épuisement intense lui remonter le long des jambes. Tant mieux. Être abruti de fatigue lui convenait parfaitement. Depuis les rigoles, les illuminations semblaient un vague et lointain brouillard, se confondaient avec la brume matinale. La lumière peinait à s'accrocher aux branches mortes qui se tendaient vers elle comme des griffes de sorcier. Le jour avait du mal à se lever. Comme lui avait du mal à se coucher. L'hiver et lui n'étaient pas de la même tribu.

Nudité des arbres aidant, il entrevit de loin le carmin du toit de la roulotte, seule tache de couleur dans l'univers délavé. Il avait maintenant hâte de se coucher. Il allait dormir à corps perdu. Corps perdu. C'était tout à fait ça. Perdu pour la cause. Perdu pour l'amour.

Il poussa doucement la porte, pour ne pas réveiller Loup. Enleva ses baskets. Se glissa vers sa couchette comme un reptile. Tranquillisé par la familiarité des lieux. Même les rideaux lui étaient amicaux, qui arrivaient à colorer d'un peu de gaieté la pauvre lumière qui pénétrait dans l'habitacle. Tout ici était calme et rassurant. Il jeta un regard attendri vers son ami assoupi. Et en resta estomaqué. Recourbé en petite cuiller, noué en bretzel géant, Loup recroquevillait son immensité athlétique autour du petit corps de… sa sœur ! Adélaïde et Loup ! Ça alors ! Il s'assit sur son lit, perplexe. Sa sœur avait sauté son pote ! Et lui qui avait cru épater tout le monde ! Il sourit. Puis se sentit indiscret. Il ne voulait pas s'immiscer.

Et maintenant ? Que faire ? Puisque sa sœur dormait chez lui, il allait envahir sa sœur. La sensation de toucher au but qu'il avait eue en arrivant à la roulotte avait fait tomber sur lui toute la fatigue accumulée depuis la veille. Il eut froid. Il se dépêcha. Il avait hâte de s'allonger. Il entra chez sa mère. Ouh ! on avait fait la fête, ici ! Plusieurs bouteilles disséminées et un certain désordre en témoignaient. Bizarre. Sa pauvre mère ! Il monta les marches, au ralenti, exténué. Bernardine s'était peut-être retrouvée toute seule. Avait dû noyer son chagrin. Et s'angoisser si elle l'avait vu à la télé. La pauvre.

Il avança dans le couloir, passa devant la chambre maternelle. La porte était entrouverte. Il la poussa très légèrement, se pencha pour voir sa mère dormir. Et hallucina pour la deuxième fois. Un type immense, à plat ventre, le cul à l'air, les valseuses exposées, des mèches à peu près blondes éparpillées au creux de l'épaule, dormait comme un bienheureux en offrant une vue imprenable sur son anatomie. À laquelle Bernardine n'avait sûrement pas résisté, si l'on en jugeait par la profondeur du sommeil ambiant. Le bras droit de l'éphèbe faisait une étole de muscles autour des épaules de Bernardine, plus frileuse, dissimulée sous un tortillon de couette qui attestait une certaine frénésie nocturne. Kim referma pudiquement la porte. Décidément, on ne pouvait pas faire un saut sur la Lune sans que tout le monde en profite pour s'envoyer en l'air.

49.

Elle avait parfaitement réussi le côté dramatique de sa sortie. Mais en traversant le jardin au bras de Loup, Adélaïde ne savait plus au juste pourquoi elle se sentait aussi furieuse. Après tout, Gil avait quitté la maison, Bernardine était une femme adulte. Libre d'aimer, de cesser d'aimer, et de tirer des coups à droite et à gauche. Et pourquoi pas à la maison ? Adélaïde devenait-elle aussi hypocrite que celles dont elle avait toujours méprisé le comportement ? Était-elle désormais partisane de la double vie, des grandes compromissions et des petits mensonges ? Elle ne savait pas. Peut-être simplement ne supportait-elle pas le fait que la scène ait eu Loup pour témoin. Loup. Elle pensa à ces bambous tropicaux qui poussent parfois de un mètre par jour. À ce moment même, elle en avait un dans le cœur. Elle le sentait grandir dans sa poitrine, depuis cet après-midi, quand d'un élan irrépressible elle avait réfugié sa main dans le giron de ce géant désarmant.

— Je suis désolée, Loup, tu dois penser que tu es tombé sur une bande de folles.

— J'adore ta mère, elle a toujours été…

Il suspendit sa phrase. Une nouvelle perspective s'était ouverte à lui, comme une crevasse dans un glacier, qui déséquilibrait sa vision des choses. Il lui avait parlé thalasso, elle avait sûrement une tout autre idée en tête. Dia, qu'il avait été naïf.

Les femmes étaient-elles toutes pareilles ? Il préféra se taire. Adélaïde ne fit pas attention.

— Moi aussi j'adore ma mère. La question n'est pas là. C'est juste que je suis partie d'ici en fuyant le côté famille idéale, cliché pour statistiques, le genre bien peigné, pas un poil qui dépasse. Un univers tellement lisse que tu as peur de zapper la vraie vie. C'est ça que je redoutais. Je reviens et c'est... Je te dis même pas ce que c'est, tu es bien placé pour le savoir...

— Tu reviens et c'est le foutoir. Et ça te remet en cause parce que ça te détruit ton petit héroïsme à toi, ton auréole de fille prodigue qui tourne le dos à la facilité. Qui traverse la planète pour affronter sa destinée. Fuir l'idéal, c'est courageux. Mais là, c'est la trivialité que tu auras fuie. Ta mère avec un gandin, ça te nique tes repères. Et sous tes yeux...

C'était exactement ça. Il pensait comme elle. Intelligent, par-dessus le marché.

Devant la roulotte, il eut un geste d'une ringardise insensée. Et parfaitement délicieuse. Il la souleva de terre sans effort, gravit les marches et lui fit franchir le seuil comme à une mariée. À elle qui était contre le mariage ! Heureusement que ses copines n'étaient pas là, elles n'auraient pas fini de se payer sa tête. Mais justement, elles n'étaient pas là. Adélaïde se laissa aller, renversa la tête en arrière, rit de bon cœur. Oublia sa mère. Loup ne la posait pas, tournait sur place, riait aussi. Il s'arrêta, elle s'agrippa à lui, le serra et l'embrassa. Leur premier baiser. Lui, campé sur ses jambes, voûté sur elle, la pressant contre lui comme pour s'en marquer d'une empreinte indélébile. Elle accrochée à lui de toute son énergie, de tous ses membres, de tout son cœur, ses mains lui enserrant la tête pour le boire jusqu'à l'ivresse. Leur visage mangé l'un par l'autre, leur bouche offerte, leurs yeux fermés sur un tourbillon immobile qui les emmenait faire un tour en cyclone. Un premier baiser qui scella entre eux quelque chose que rien jamais ne pourrait briser. Un mystère sans mots, un infini auquel il n'était nul besoin de croire. On le ressentait, et il n'y avait rien à dire. Pas à discuter. C'était. Point. Un tremblement, un tressaillement qui vous mettait en phase avec tout ce qui vit. Amour. Dia. Mots. Aucune importance. Respirer ensemble. Tous les sommets, toutes les tempêtes et les aurores boréales, dans les yeux de l'autre.

Leurs bouches se séparèrent. Leurs regards fondirent l'un dans l'autre. Loup la reprit tout contre lui. Elle n'avait pas touché le sol. Il s'assit sur le canapé, Adélaïde sur les genoux. Il voulait passer sa vie à l'emmener partout, à jouer les gorilles avec sa petite incrustée sur le corps. Mais il avait des choses à faire. Il la posa doucement à côté de lui, se leva. Elle se pelotonna au creux du canapé. Il lui caressa la joue.

— Attends…

Il alluma des bougies, toutes celles qu'il trouva. Tenta de recréer la magie première de la roulotte du premier jour de l'été.

— Qu'est-ce que tu en penses ?

— C'est joli, mais tu es loin…

Il revint vers elle.

— Mondamoiseau, savez-vous que vous améliorez nettement le confort de ce modeste sofa…

— Yé fé cé qué yé pé…

Il l'embrassa. Elle l'embrassa. Glissa comme un petit serpent. Se lova. Se colla contre le ventre de Loup. Il la sentait palpiter contre lui. Lui parlait. Il avait des milliers de choses à lui dire. Et, au milieu, un bloc indicible, inexpugnable, sombre et creux, ce qu'il voulait ne pas lui dire. Les paroles de Gil lui revenaient, tellement claires, nettes comme des cailloux ronds dans la pureté d'un ruisseau. Ce qu'elle ne sait pas, elle ne le verra pas en moi. Mais il n'avait plus rebandé, pas une fois, depuis trois mois. Il ne pouvait l'aimer. Pas avec son corps. Son sexe était définitivement souillé. Mort. Perdu. Il ne fallait pas qu'elle le sache. Il ne fallait pas qu'elle le voie. Il ne fallait pas. Il ne fallait pas. Il voulait juste lui parler, dormir avec elle, et qu'elle le regarde toujours avec ce regard de brillant noir qui purifiait ce qu'il touchait.

Elle sentit sa réticence. Il lui faudrait l'apprivoiser. Elle lui parla dans l'oreille :

— Je veux ta peau. Rien que ta peau. Emmène-moi sur ton lit. Enlève tes habits.

Lui aussi voulait sa peau. Il la posa sur le lit. Elle rit.

— Il faut que tu me laisses marcher de temps en temps. Je tiens à mon statut de bipède.

— Je vais me faire greffer une poche sur le ventre, tu te mettras dedans, je t'emmènerai partout, je serai ton chauffeur sans voiture, ton garde du corps.

— Laisse-moi te déshabiller.

Il se laissa faire. Elle prit tout son temps, savoura chaque instant, chaque millimètre de peau mise à nu…

Une fois étendu, exposé, sur la couchette surélevée, Loup était juste à hauteur de poitrine. Elle prit un chandelier et promena lentement la lueur changeante sur le corps ferme, musclé, le grain de peau doré par la lumière. Il ferma les yeux. Il ne savait plus s'il avait chaud ou froid, si c'était la flamme qui lui chauffait la peau ou ce regard qui le parcourait comme un paysage, un tableau, une œuvre d'art. Elle posa le candélabre. Il ouvrit les yeux. Elle se déshabilla sans protocole, jeta ses vêtements à ses pieds. Une gymnaste. Un tanagra. Une petite perfection. Elle se propulsa sur la couchette, s'allongea sur lui de tout son court. Elle roula à son côté, posa la tête sur son bras replié, et le regarda encore.

— Tu as le plus beau corps que j'aie vu de ma vie…

— C'est vrai ?

— Tu le sais bien.

— Je sais surtout que j'ai l'air d'un paysan, sauf en photo.

— O.K., je me lance dans l'agriculture.

— Tu sais, il faut que je te dise…

— Quoi ?

— Je ne peux pas faire l'amour, je suis trop ému, et j'ai peur de toi.

— Oh, là, là ! Qui te parle de faire l'amour ? Je veux ta peau, je l'ai. Je sais me contenter du meilleur. Maintenant je déguste. Je ne t'en demande pas plus…

Collée à lui, elle lui prit la main, se mit à lui embrasser le bout des doigts. Il se détendit. C'était facile avec elle. Tout devenait simple. Il ferma les yeux encore. Il voulait retenir ce moment, le graver dans sa mémoire pour toujours. À travers ses paupières il percevait la danse des petites flammes, il sentait contre lui la chaleur du corps d'Adélaïde, et sa bouche qui lui furetait dans la main comme une petite bête affamée. Elle prit la couette, en couvrit leurs corps. Elle continua sous les plumes à semer des baisers sur son bras. Elle restait scotchée à lui, avait relevé sa jambe sur son ventre. Il ne pensait plus à son sexe, loin, plus bas, au-delà de la barrière que la cuisse d'Adélaïde lui érigeait autour de la taille.

Elle esquissa un léger mouvement de bassin contre son flanc, il entendit sa respiration s'accélérer. Sa bouche avait remonté le long du bras, s'était attardée sur l'épaule. Une vraie épaule d'homme, large, ronde, avec toutes sortes de reliefs pour y poser la tête. Elle attaqua la base du cou. Fit un chemin de délicieuses petites morsures jusque sous l'oreille. Il comprit pourquoi les chats ronronnent. Il est des moments où il n'y a plus que ça à faire. Le parcours de la bouche d'Adélaïde avait allumé une ligne de chaleur en autant de petits brasiers. Avant de repartir vers d'autres horizons, elle plaqua ses lèvres sur les siennes, il sentit sa langue l'envahir, il eut envie qu'elle le prenne complètement, qu'elle le mange, qu'elle l'absorbe. Le corps d'Adélaïde se déplaçait, lentement, comme une vague, peau contre peau, satinée et fraîche au premier contact, moite et chaude au bout d'un moment. Elle frottait doucement ses seins contre lui, continuait de le bercer en ondulant du bassin pour le rassurer. Le baiser cessa, elle continua de se déplacer sur lui, légère et décidée. Elle partait à l'aventure, savait où elle allait. Tout doucement.

Elle pivota, il vit ses fesses avant qu'elles ne disparaissent sous la couette. Il voulait les voir encore. Elle descendait. Vers son ventre. Il se crispa, n'osa pas bouger. Elle ignora son sexe. Descendit encore. Il sentit sa bouche sur ses orteils, ses mains lui caressaient les pieds. Elle remonta jusqu'aux genoux avec une lenteur presque agaçante, qui distillait une impatience haletante, se frayant de nouveau un chemin de baisers tranquilles, tantôt insistants et aspirants, tantôt légers et à peine effleurants. Elle mit une éternité insupportablement délicieuse à arriver en haut de ses cuisses. Elle posa sa bouche au creux de l'aine, ignorant toujours son fleuron. Elle remonta jusqu'au nombril, redescendit, baguenauda, lui dessina sur le ventre, du bout des doigts, des serments illisibles. Puis elle repoussa la couette, se mit à califourchon sur lui, de dos. Elle se cambra, se pencha en avant, elle avait le visage au-dessus de son jouet intouché, qu'elle n'avait pas même effleuré. Il sentait son souffle. Elle expira plus qu'elle ne dit :

— Caresse-moi, donne-moi tes doigts…

Elle lui offrait les frisettes de sa chatte, les globes parfaits de ses fesses. Elle était loin de lui, il lui fallut, pour mieux la voir, redresser la tête, ajuster l'oreiller. Il fallait qu'il la regarde, pour chasser d'autres images qu'il sentait rôder comme des hyènes et qu'il tenait en respect de toutes ses forces. Il la mangea des yeux. Approcha la main. Passa ses doigts sur les lèvres entrouvertes. Les écarta très légèrement, comme on ouvre un cadeau auquel on n'ose croire. Il se concentrait, ne voulait voir qu'Adélaïde. Elle… Il caressa sa douceur de corail. Sentit l'humidité glissante, appuya la pulpe de ses doigts. Il se sentit comme aspiré. La fente avala la première phalange. Elle le désirait donc tant. C'était divin…

Le bout de ses doigts disparut dans un miel si chaud, si soyeux qu'il se fit en lui une explosion. Son gland se gonfla. Adélaïde le cueillit dans sa bouche, l'entoura de ses lèvres en un baiser si intense qu'il irradia dans tout son ventre, jusque dans ses jambes. Il lui donna encore ses doigts. Elle approfondit son baiser. Il gémit, n'en pouvait plus. Il se redressa, la saisit par les fesses, la souleva jusqu'à lui comme une amphore, enfouit son visage à la source de ses cuisses, la mangea, la but, lui prit toute la fente dans sa bouche, voulait l'avaler, l'absorber, la mettre dans lui. Elle en lâcha son emprise, émit une sorte de cri rauque. Il la retourna, la pressa contre lui. Elle s'ouvrit, captura en elle, d'un coup de reins, la queue abandonnée, affolée, qui cherchait aveuglément un refuge, l'engloutit, la chevaucha furieusement… Il devint fou, la plaqua contre lui, pivota, se laissa glisser debout sur le sol, sans la lâcher, sans la décoller d'un millimètre, sans cesser de batailler de son corps tout entier la petite cavalière enragée qui le baisait comme une sauvage… Elles dansèrent ainsi la danse la plus primitive du monde, la plus belle et la plus fatigante… Hurlèrent ensemble, en un ultime spasme commun qui les paralysa sur place, et finirent par s'effondrer sur le parquet, trempées de sueur, les jambes coupées… Mélangées, en vrac, exténuées, essoufflées, heureuses à mourir…

Elles remontèrent sur la couchette, se pelotonnèrent l'une contre l'autre. Les bougies étaient éteintes, épuisées elles aussi. Adélaïde sourit dans l'obscurité.

— Je t'avais dit que je ne voulais que ta peau. Mais tu ne vas pas t'en tirer comme ça. Tu ne perds rien pour attendre. La prochaine fois, je te baise pour de bon.

— Tout de suite si tu veux.

— Vantard…

Roman à l'eau de bleu

Incrustée au creux du corps immense et chaud de son amant, elle s'endormit aussitôt, du sommeil particulier, gratifiant, et juste, qui suit une bonne baise de bel amour. La roulotte soupira d'aise. Mais les yeux de Loup restèrent grands ouverts dans le noir. Il avait peur de dormir. L'épouvante n'avait pas changé de couleur.

50.

Bernardine songeait sérieusement à rouvrir les yeux. Mais n'était pas sûre d'en avoir envie. Il y avait quelqu'un à côté d'elle. Elle ne savait pas qui. Elle était chez elle. Tout lui était familier. Du bout des doigts, et à travers ses paupières, elle reconnaissait la texture des draps, celle du tapis, les rais de lumière venant de la fenêtre. Tout. Aucun doute. Sauf qu'il y avait quelqu'un, là, et qu'elle était censée savoir qui c'était, puisqu'il était chez elle. Un homme. Pas Gil. Dans le lit de Gil. Gil ? Pas là. Là, un autre homme. Odeur inconnue. Réfléchir. Voyons. Aïe… Mal à la tête. Hier soir. Bu. Oui, bu. Ça, c'est sûr. Mais encore. Peut-être dormir encore un peu. Bonne idée. Peut-être aura-t-il disparu. Peut-être. Demi-tour. Tête dans l'oreiller. Pas bouger. Dormir. Oublier qu'on ne se souvient pas. Zut. Il a bougé. Il gigote…

Mouvement de draps.

— Madame Carpette ?… Vous dormez ?

Pas possible. Madame Carpette. Un type dans son lit, et il la vouvoyait.

— Madame Carpette ?

Ne pas bouger. Surtout pas. Dormir. Ou faire comme si.

Il s'assit sur le bord du lit. Se leva. Se dirigea vers la salle de bains. Bruits d'eau. Il revint. L'esprit de Bernardine restait aux abonnés absents…

— Madame Carpette ?

Il se répétait. Sembla se décourager. Soupira.

— Zut de zut…

Il attendit un peu. Et enfin, enfin, quitta la chambre. Bernardine ouvrit les yeux, au cas où ça aurait rallumé sa mémoire défaillante. Une vague idée de champagne lui traversa l'esprit. Et de quelque chose de désagréable qui s'était passé. Mais quoi…

La porte d'entrée se referma. Bernardine s'étira. Se leva. Retomba d'un bloc. La tête lui tournait, tout un manège dans la chambre, le lit monté sur toupie. Il faudrait bien qu'un jour elle arrête. De boire. Plus le temps passait, plus ça lui prenait du temps pour s'en remettre. L'alcool était le seul domaine de l'activité humaine où l'entraînement n'améliorait pas les performances. Décidément… Fallait-il tout arrêter ? Tout ? Un jour, le travail. Tout de suite, les garçons. Non, les garçons, elle n'avait pas arrêté, la preuve. Elle avait juste arrêté de s'en souvenir. Nuance.

Elle fit une deuxième tentative, au ralenti. Rassembler le dedans de sa tête. Concentration. Cou bien droit, bien rigide. Basculer en avant, juste un peu, contrôle des mains sur le lit. Doucement, debout. Avancer, jusqu'à la salle de bains. Eau froide sur la figure. Toilettes. S'asseoir. Aaaah ! quelle horreur ! C'était quoi, ça ? Y avait quelqu'un ! Quelqu'un de froid ! Sur la lunette ! D'une torsion du buste, elle tenta d'éviter l'intrus. Loupa sa pirouette. Perdit l'équilibre. Tomba. Finit à quatre pattes. Osa lever le nez vers la cuvette et la chose qui l'occupait. L'autre imbécile avait bien écouté les leçons de sa mère, avait bien rabattu le siège. Et le couvercle avec. Bernardine décida que c'était sa dernière cuite. Trop compliqué.

Quelques minutes plus tard, peignoir en soie lourde et paupières chargées, Bernardine faisait une entrée parfaitement digne dans la cuisine. Pétronille avait fait du café et consultait sur l'ordinateur de cuisine l'état des stocks pour préparer sa commande à l'hyper. Pétronille savait toujours tout. Il était toujours possible de la questionner subtilement. Peine perdue ce matin-là. L'intendante avait passé la soirée de Sainte-Lucie chez sa sœur et n'était rentrée qu'au petit matin. Impavide, elle annonça seulement qu'elle avait rangé le salon, et donné au jeune ami des enfants de quoi prendre un taxi. Il avait l'air pressé, elle avait pensé bien faire…

— C'est parfait, Pétronille. Comme d'habitude…

Rien à gratter de ce côté-là. Bernardine ne pouvait quand même pas annoncer tout de go qu'elle s'était trop bourré la tronche la veille pour se rappeler qui elle avait bien pu baiser… Non, ça n'était pas possible. Du tout.

Et si elle allait réveiller sa petite Adélaïde adorée ? Son petit amour de fille. Et même lui apporter un café, tiens. Elle servit un deuxième café. Avec du sucre et du lait crémeux. Beurk. Elle monta. La porte était fermée. Elle actionna la poignée avec le coude, poussa le battant avec son dos, entra à reculons, en chantonnant une comptine où il était question de jour qui se lève, de rayon de soleil et d'une amie chicorée. Elle s'approcha du lit. Que faisait Kim dans le lit de sa sœur ? C'est à ce moment précis, une chope dans chaque main, que Bernardine eut une réminiscence.

La pénombre, le batifolage sur le canapé, avec ce grand dadais… La lumière. L'irruption d'Adélaïde, scandalisée. Sa sortie théâtrale, en tenant la main de… Loup ! Loup et sa fille ! Dissoutes dans la nuit du jardin. Le coup au cœur qu'elle avait ressenti. À l'estomac, plutôt. Et la série de coupes qui avait suivi. Oui, oui, oui. C'était bien ça. Une coupe, puis une autre. Et encore d'autres, sûrement, dont elle ne se souvenait pas

Elle voulait en avoir le cœur net. Elle avait pris un bain, s'était habillée. Elle sortit. Le jardin aussi avait le teint brouillé. Elle marcha jusqu'à la roulotte. S'arrêta. Voilà qu'elle jouait les espionnes dans sa propre maison. Un comble. Elle fit le tour de cette chose colorée qui lui avait coûté tant de temps, d'énergie et d'argent. On ne pouvait pas voir à l'intérieur. Voir quoi, d'ailleurs ? Rien qu'elle ne sût déjà. Elle se sentit idiote, rebroussa chemin. Bernardine, tu ferais mieux d'aller travailler. Elle ne s'en sentait pas le courage. Elle rentra en se frottant les mains. Il faisait carrément froid. Un petit feu dans la cheminée. Voilà un projet qui lui sembla raisonnable. Bien dans ses possibilités du moment.

51.

« Une nuit blanche, ça n'a rien de blanc. C'est tout noir, et puis, après une éternité, vaguement gris. Si je poussais le rideau, je distinguerais les contours des branches. Le ciel lugubre. Mais qui vient de me faire un sacré cadeau. Adélaïde. Une nuit avec elle, j'aurais jamais cru ça possible. Je n'en aurais même pas rêvé. Et voilà qu'elle dort contre moi. Je n'ose pas bouger. Je ne sens plus mon bras droit. Même les fourmis qui me dansaient la gigue de l'épaule au poignet sont mortes. D'épuisement sans doute. Et pourtant elle ne pèse pas plus lourd qu'une fée. Une petite fée noire. Elle pourrait avoir qui elle veut et elle m'a choisi moi. Et si elle me gardait ? Il fera bientôt jour. Notre premier matin. Peut-être le seul. Peut-être le premier de tout le reste de notre vie. Non. Tu te fais des idées, pauvre Loup. Qui es-tu ? Un pauvre type. Un pecno qui n'a pas de tête et qui montre son cul. Ton cul, tout le monde peut l'avoir et ta tête, tout le monde s'en fout. Ce que tu fais, tout le monde peut le faire. Suffit d'avoir un cul. Et tu voudrais qu'elle te garde. C'est impossible, ça ne marchera pas. Si elle savait qui tu es vraiment elle te jetterait tout de suite. Mais elle ne sait pas. Elle ne saura pas. Je peux faire semblant. D'être quelqu'un d'autre. Quelqu'un qu'elle pourrait aimer. Adélaïde. Contre moi. Bien au chaud. Toute à moi jusqu'à demain. Elle va se réveiller. Elle va vouloir partir. Je trouverai bien un moyen de la retenir. Après une nuit blanche, peut-être une vie en couleurs. Avec Adélaïde. Je rêve. »

Elle bougea. Ouvrit les yeux. Le regarda. Décembre pouvait aller se faire foutre. Dans la roulotte, il faisait soleil.

52.

Ça crépitait sec depuis un moment. Bernardine se sentait beaucoup mieux. Elle avait bu beaucoup de café, ingurgité de ces tartines bien compactes, pain complet, beurre, miel, qui remettaient à l'endroit les estomacs les plus éprouvés par des libations excessives. S'il avait été là, Gil lui aurait préparé les meilleures de la terre. Mais il n'était plus là. Elle l'avait chassé pour les beaux yeux de celui qui venait de succomber aux avances de sa fille. Et il était trop tard pour rattraper la situation. Elle connaissait son Gil. Heureusement, ses enfants étaient sous son toit toutes les deux. Même métamorphosées en juges, ça lui faisait chaud au cœur de les savoir si près d'elle. Au moins physiquement. Sa petite famille. Elle regarda le feu. Apaisée.

Elle était peut-être apaisée aussi grâce à son castor d'un soir. Il était gland, elle ne savait plus son nom, elle se mordait les doigts de l'avoir ramené à la maison, qu'est-ce qui lui avait pris, c'était insensé. Soit. Mais elle ne regrettait pas une seconde sa nuit. Son corps la lui racontait par bribes, lui restituait des impressions fugaces et délicieuses. Rien n'était jamais complètement mauvais. Et en particulier une bonne partie de cul avec un de ces jeunes bourrés de talent pour bourrer avec talent. Bernardine, du calme. Pense à autre chose…

Elle en était là de ses élucubrations philosophiques quand un bruit de pas venant du jardin se fit entendre. À sa montre, midi. L'heure du petit déjeuner des lendemains de sortie. Bernardine avait évidemment tout prévu, et Pétronille avait fait fort. Un brunch haut de gamme trônait sur la table, n'attendant que des mâchoires affamées pour donner toute sa mesure. Loup et Adélaïde apparurent à la porte du jardin, habillées comme pour sortir.

— Maman ?…

— Bonjour, ma chérie ! Bien dormi ?

Bernardine tendit la joue. Adélaïde y posa un baiser. La métamorphose de sa mère depuis la veille était spectaculaire. Sa mère de ce matin ressemblait à la vraie.

— J'ai préparé à manger…

C'était la vraie.

— Maman, on passait juste prendre les clés de la voiture, si personne ne s'en sert, bien sûr…

— Bonlour, Joup… Euh, bonjour, Loup…

Le lapsus eut pour effet immédiat de détendre l'atmosphère. Peut-être simplement parce que tout le monde en avait envie. Bernardine en profita pour insister :

— Restez donc ici ! Kim est là haut, il ne va sûrement pas tarder. Pour une fois que nous sommes au complet. Ou presque.

Kim était là, première nouvelle. Loup et Adélaïde regardèrent la table. Quatre couverts. Donc, le bellâtre avait disparu. Il n'y avait personne d'autre. On serait entre soi. Bernardine avait l'air d'excellente humeur. Et ça sentait bigrement bon.

— D'accord, on reste…

Adélaïde avait oublié sa rancœur de la veille. Elles attaquèrent le brunch avec une voracité joyeuse que Bernardine jugea révélatrice. Elle-même gardait une certaine classe pleine de retenue, due principalement à l'épaisseur des tartines englouties précédemment. Ainsi les élégances les plus impalpables avaient-elles parfois des racines parfaitement concrètes. Sexe repu et mandibules à la recherche du bonheur, on atteignait une sorte de perfection existentielle telle que Bernardine la concevait. Avec ravissement, elle laissa les convives se gaver. Quand l'urgence des estomacs fut un peu calmée, la conversation se remit à table. Adélaïde voulait savoir :

— Alors, et Kim ?

— Il dort là-haut comme un bienheureux, dans ton lit.

— On a eu le fin mot de l'histoire ?

Bernardine se méprit sur le sens de la question.

— Il aura voulu être discret.

Loup éclata de rire.

— Discret, il l'aura été jusqu'au bout. J'ai rien vu venir. Il m'a bien eu.

Adélaïde sourit.

— Enfin, discret n'est pas vraiment le mot. Il m'a foutu une de ces trouilles.

Elle précisa :

— Il faut dire qu'on était bien placées.

Loup écarquillait les yeux, semblait revivre la scène.

— Juste en dessous. Pile poil. S'il avait lâché, je me le prenais en pleine poire.

Bernardine tenta d'imaginer. Kim les avait surpris dans la roulotte, certes. Mais en dessous ? Comment ça ? Juché sur le toit ? Suspendu à la fenêtre ? Collé au plafond ? Et pourquoi pas dans un placard ? Comme au vaudeville ?

— Il t'a pas raconté ? Pas donné de détails ?

Des détails sur la soirée, Bernardine n'y tenait pas. Surtout maintenant que tout le monde avait retrouvé sa bonne humeur.

— Non, non, pas de détails. C'est pas son genre, de toute façon. Tu veux un brownie ?

Adélaïde insistait :

— Il te fait toujours la tête ?

— Pourquoi ferait-il la tête ? Qu'est-ce que je fais de pire que les autres ?

— Je ne parle pas de ça ! Je ne parle pas de toi ! Il ne t'a pas donné d'explication ?

— Il n'a pas d'explications à me donner ! Chacune fait ce qu'elle veut dans cette maison…

Loup intervint :

— On devrait regarder ce qu'elles en disent à la télé…

Bernardine perdit pied. Que Loup et Adélaïde aient atteint des sommets nirvanesques, soit. Que Kim les ait surpris pendant ou après, dessus ou dessous, ça pouvait arriver. Mais que Loup ait pété les plombs jusqu'à s'imaginer que ses galipettes, fût-ce avec sa fille, allaient passer à la télé, ça dépassait tout ! On pouvait débarquer, mais à ce point-là ! C'était plus du pecno, c'était de l'extraterrestre ! Encore une remarque et elle reprenait une coupe…

Kim apparut en haut des marches. Tout beau, tout détendu, les cheveux plaqués par la douche dont il sortait, vaguement habillé de bric et de broc, piqué sur place dans les affaires désaffectées de son père. Bernardine frémit. Dans cette tenue, il était une exacte réplique de Gil vingt ans plus tôt. Et même une exacte réplique de Gil maintenant. Son cœur se cassa en mille petits morceaux…

— Salut la compagnie !…

Il se fendit d'un large sourire :

— Alors ! Tout le monde s'est bien envoyé en l'air ? Bravo ! Enfin, tout le monde sauf moi ! Toujours le même qui fait ceinture !

Adélaïde et Loup rirent franchement. Depuis la veille, elles avaient envie de rire tout le temps, de toute façon. Et elles étaient contentes de revoir Kim en si bonne forme. Bernardine exhiba un sourire de lapin qui ne l'engageait à rien. Le petit avait son franc-parler. Quelle journée…

— Je vais me rattraper sur la bouffe !

Loup et Adélaïde se mirent à parler en même temps :

— Alors ! Raconte ! On veut tout savoir ! Tout ! Arrête de

te goinfrer comme un sale ! Dis-nous ! Pour une fois tu as le droit de parler la bouche pleine !

Kim mâchait comme si sa vie en dépendait. Vive Pétronille, reine du brunch ! Bernardine tenta de desserrer l'étau de questions qui étouffait son fils…

— Mais enfin, laissez-le manger, le pauvre ! Quels détails voulez-vous ? Tu as goûté aux saucisses de soja ? Regarde, elles sont encore chaudes. Les détails, vous les connaissez, non ? Vous étiez quand même les mieux placées. Alors donnez-lui cinq minutes, qu'il mange un peu…

Adélaïde ne l'entendait pas de cette oreille…

— On veut savoir, c'est normal…

Bernardine coula sur Loup un regard plein de sous-entendus…

— Dis donc, Adélaïde, si quelqu'une est bien placée, il me semble que c'est toi…

Loup fronça les sourcils, se demanda où elle voulait en venir, ne dit rien…

Kim, la bouche pleine de saucisse, regarda sa mère :

— Elles m'ont gardé toute la nuit !

En une fraction de seconde, Bernardine bâtit tout un scénario. Et n'en revenait pas. Elle croyait comprendre. N'osait y croire. Ses propres enfants. Toutes les deux, toute la nuit. Entre frère et sœur. Avec Loup. Orgie dans la roulotte. Elle payait, et les autres baisaient. Tout le monde sautait Loup. Sauf elle ! Elle était la seule à ne pas y avoir droit. Et elle se faisait engueuler par tout le monde !

— Mais j'ai enfanté des monstres !

Les jeunes se regardèrent. Adélaïde réagit, souriante :

— Pourquoi des monstres ? Loup et moi on y est pour rien… Et Kim, c'est pas un monstre ! C'est juste qu'il est amoureux… Et quand il est amoureux, rien ne l'arrête !

Loup ajouta :

— Attendez, j'allume la télé…

Voilà que ça le reprenait.

— Non, Loup, laisse tomber…

Ah, au moins Kim gardait-il à peu près le sens commun !

— Ça a fait la une de toute la presse ce matin, mais j'ai tout lu déjà… Je vous raconte…

Lui aussi, voilà que ça le prenait ! Son propre fils…

— À la une ? Vos histoires de cul ? Vous êtes toutes devenues folles !

Adélaïde expliqua :

— Mais non, maman, pas nos histoires de cul ! Celles de Kim seulement !

— Les histoires de Kim ? Il y a pas cinq minutes, il a dit qu'il n'en avait pas…

Bernardine était larguée. Ça se voyait sur sa figure. Adélaïde tenta de clarifier…

— Quand il est monté sur la Lune…

Bernardine lui fit signe de se taire.

— Monté sur la Lune… Bien sûr, bien sûr… Monté sur la Lune… C'est évident… Attendez…

Bernardine inspira profondément. Elle disparut dans la cuisine. Revint avec un plateau. Seau à glace, goulot qui dépasse, coupe. Elle s'assit. Fit sauter le bouchon. Se versa une coupe. En but une gorgée. Regarda Adélaïde. Puis Kim. Puis Loup.

— Maintenant, allez-y. Racontez-moi tout. J'aimerais bien comprendre.

53.

Gil, le gentil Gil, le savait. Il savait que le gentil Gil n'était pas si gentil que ça. Si Gil avait été aussi gentil que tout le monde le pensait, il n'aurait pas éprouvé la profonde, l'intense satisfaction qui le submergeait chaque fois qu'il voyait Loup et Adélaïde. Elle venait voir son père tous les jours, et Loup l'accompagnait. Il les voyait arriver, tel un étrange quadrupède asymétrique et craquant. L'amour à ses débuts. L'amour profond. On ne pouvait jamais prévoir l'avenir des sentiments, mais à ce moment de leur histoire leur amour avait la force de l'évidence. Il sautait aux yeux, offrait un spectacle des plus jolis. Et aussi, pourquoi se le cacher, des plus réjouissants. Adélaïde amoureuse, c'était formidable. Amoureuse de Loup, c'était jubilatoire. Loup amoureux d'elle, c'était jouissif. Et sous les yeux de Bernardine, c'était carrément l'extase !

Gil n'aurait pu rêver plus belle, plus magnifique revanche. La vengeance était un plat qui pouvait se manger bien chaud. Il bénissait sa fille et se promettait de prendre soin de Loup, encore bien fragile. Le jeune homme pouvait se faire du mal, et en faire à Adélaïde. Il faudrait le surveiller. Mais la vie, si souvent traîtresse, si souvent perfide, faisait parfois de bien savoureux cadeaux. Il se plaisait à imaginer Bernardine torturée par les œillades, roucoulades et embrassades des deux cupidonnes. Bien sûr, ce n'était pas moralement bien reluisant, mais c'était si bon. Il ne s'en ouvrait à personne, dégustait son plaisir en solitaire. Il se sentait vengé par des circonstances totalement indépendantes de sa volonté sinon de ses désirs, et ne ressentait plus d'animosité envers sa marie. Gil pensait désormais à elle avec cette bienveillance que donne la certitude de la souffrance de l'autre. La méchanceté de son sentiment le rendait gentil dans son attitude.

Il travaillait tranquillement aux plans du jardin de Rigoberte et à la mise en place du planning des préparatifs nécessaires. À l'école de la patience qu'imposaient les partenaires végétaux, il fallait plusieurs saisons pour obtenir un beau résultat. Mais, dès ce printemps, Rigoberte disposerait d'une ébauche de vrai petit parc. Gil n'avait besoin que de temps, d'imagination, de bons outils. Il disposait pleinement du premier. Cachait la deuxième dans les replis de son cortex. Et avait laissé la plupart des troisièmes dans sa cabane. Ce qui lui donnait un excellent prétexte pour aller traîner ses guêtres du côté de chez Bernardine. Il téléphona, pour passer sans déranger. Tomba directement sur elle. Ce qui n'avait rien d'étonnant. Il était renseigné par Adélaïde sur les heures habituelles de présence maternelle.

— Gil, tu es ici chez toi. Tu viens quand tu veux, tu restes autant que tu veux…

Bernardine, encore plus émue que médusée, sautait sur l'occasion.

— Je n'y tiens pas. Je veux juste récupérer quelques outils pour le jardin de Rigoberte.

— Quand tu veux, je te dis. J'ai hâte de te voir, de prendre un café…

— Ou une coupe ?

Bernardine marqua le coup. Gil était peut-être au courant de ses dernières frasques. On ne lui épargnait rien.

— Une coupe, si tu veux…

— Je plaisantais. Un café ira très bien. Cet après-midi ?

— Absolument. À tout à l'heure, Gil…

Bernardine raccrocha. Elle ne voulait pas se faire d'idées. Peut-être venait-il simplement chercher des outils. Mais s'il venait récupérer beaucoup plus que ça, elle se ferait une joie de lui donner tout ce qu'il voudrait. Tout.

Quand Gil arriva, la maison ruisselait de lumière. Il y avait de la mise en scène : les guirlandes allumées, le sapin doucement clignotant, le feu reflétant ses palpitations dans l'argent du seau à glace, le cristal de coupes au garde à vous, la porcelaine des tasses à café, et l'inox de la Thermos. Tout brillait cependant moins que les yeux d'une Bernardine sur son trente et une, aussi faussement décontractée qu'une pucelle dans un bordeau. Elle était heureuse, simplement heureuse. Et nerveuse.

Gil n'était pas en reste. Il avait soigné sa tenue de prince jardinier. Un mannequin qui irait sarcler, biner, bêcher avec des outils en carton dans un décor d'opérette. Beau comme un vrai, version magazine masculin.

— Gil ! Te voir dans cette maison, ta maison, je n'osais plus y croire.

— Il y a seulement quelques jours, moi non plus.

— Tu bois quelque chose, ou tu préfères aller à la cabane tout de suite ?

— J'irai tout à l'heure…

Il se sentait en visite. Impression étrange de ne pas être chez soi alors qu'on a pensé et mis en place chaque élément du décor, chaque détail…

— Une coupe ?

— Un café, ça ira…

Elle versa deux cafés, revint vers le canapé. Avant, ç'aurait été le contraire. Avant…

— Gil, je regrette profondément tout ce qui s'est passé.

— Moi aussi, Bernardine, je regrette.

— Tu peux revenir quand tu veux.

— Ne te méprends pas. Ce que je regrette, c'est que j'aurais pu y rester. Pour pas grand-chose. Pour n'avoir pas su dire non au bon moment, quand il en était temps, il y a longtemps. Pour avoir accepté pendant des années de me laisser traiter comme quantité négligeable.

— Tu es l'âme de cette maison, la seule solidité réelle.

— C'est ça, le grillon du jardin…

— Sans toi cette maison n'existe pas…

Gil suivait son idée.

— Ne te fatigue pas, Bernardine. J'ai failli me tuer parce que j'étais incapable de voir ma vie autrement qu'à travers la tienne. Alors la solidité, tu repasseras. Une solidité qu'on peut congédier et qui n'empêche pas de se pendre aux…

— Ne dis pas d'horreurs…

— C'est drôle. Tu supportes les horreurs, mais pas qu'on en parle.

— Au point où on en est, je préfère qu'on parle de l'avenir.

— L'avenir ? Quel avenir ?

— Le nôtre…

Gil sourit franchement. Rit presque.

— Laisse-moi me contenter du présent, veux-tu ?

— Tu ne peux pas rester éternellement chez Rigoberte.

— Personne ne reste éternellement nulle part. Et sans Rigoberte j'y serais, dans l'éternité…

— Moi aussi je pourrais…

— Tu pourrais quoi ? Avec Rigoberte j'existe, j'ai une valeur humaine, qui n'appartient qu'à moi. Alors tant qu'elle a envie de me voir chez elle, j'y reste. Après…

— Après, tu reviendras. Peut-être ?

— Non, je ne crois pas…

— Bois ton café, il va être froid… Attends, je t'apporte le sucre…

— Le sucre ?

Gil sourit.

— As-tu jamais su que je n'en prends jamais. Ou alors tu as oublié ?

— Je suis juste un peu troublée. Par ta présence.

— Très troublée, alors. Tu as aussi oublié le lait…

Bernardine, piquée au vif, partit chercher du lait dans la cuisine. Gil s'étira dans le canapé. Il prenait plaisir à la taquiner. La dernière fois qu'il s'était tenu dans cette pièce, il avait étouffé, fait naufrage. Aujourd'hui, il se sentait régénéré. Tout lui donnait des forces. Le désarroi de Bernardine, les amours d'Adélaïde et Loup, l'amitié de Rigoberte. Et même la fantaisie débridée de Kim, tentant de panser ses plaies en escaladant le ciel. Enfin débarrassée de l'amour et de ses pièges, l'existence prenait des couleurs inattendues. Les jours allaient commencer à rallonger. Comme sa vie.

Bernardine avait versé le lait dans un joli petit pot. Elle faisait décidément des efforts. Tardifs, mais charmants.

— Je me souviens parfaitement… Café fort, pas de sucre, un peu de lait…

Elle en versa un nuage dans la tasse de Gil, en exagérant une mimique de majordome. Il pensa qu'elle voulait bien le servir mais tenait à ce que la dérision fût visible..

— Juste un détail..

— Oui ?

— Froid, le lait..

— Argh !

Bernardine se frappa le cœur, s'effondra sur le canapé, éclata de rire. Gil aussi. Comme si des lambeaux d'une complicité ancienne se reconstituaient en un tissu encore fragile. Gil se sentit bien.

— Bernardine, je sais combien vous êtes amies avec Rigoberte. Je veux que rien ne change. Que tu continues à lui rendre visite comme tu en avais l'habitude.

— Je ne passais pas si souvent. Je peux te le dire, aujourd'hui.

— Suis-je bête.

— Maintenant j'ai une raison supplémentaire.

— Tu es la bienvenue, quand tu veux. Merci pour le café. Je m'en vais.

— Déjà ?

— J'ai un jardin sur le feu.

— Je t'accompagne.

— Je connais le chemin, merci…

Il lui posa un baiser sur la joue. Elle resta coite. Il n'avait pas l'air de lui en vouloir à mort, c'était déjà ça. Avant de sortir, il se retourna :

— Embrasse les enfants pour moi. Et surtout embrasse Loup ! Ça te fera une occasion…

Elle fit mine de lui balancer sa tasse à la figure, il s'enfuit dans l'allée.

54.

Kim avait promis à Loup, à Adélaïde, à Gil et à Rigoberte de les accompagner au défilé. Même Bernardine avait insisté. Elle y allait aussi, c'était nouveau. Aucune chance d'y échapper, cette fois-ci. Elles viendraient le chercher par la peau du dos. Nulle apparition intempestive de Philomène ne viendrait changer inopinément le cap de la soirée. Il était sous haute surveillance.

Les jours tranquilles de l'entre-fêtes avaient filé en un souffle, légers et vides, ne laissant ni trace ni souvenir, ni peine ni gloire. La Lune se portait comme un charme, pas une égratignure. Le soir, Kim quittait la roulotte pour laisser Adélaïde bêtifier avec Loup. Il était content pour elles mais les trouvait d'une lourdeur de guimauve fondue à la flamme d'un camp scout. La passion des autres semblait bien vaine quand depuis des mois on remâchait son propre échec comme une vieille gomme. À l'heure du dîner il rejoignait Bernardine. Le radeau des éclopés avait dérivé, et flottait désormais dans le salon cossu et illuminé où mère et fils tricotaient ensemble leur solitude. Kim changeait de compagne d'infortune, mais lui, passager permanent de l'esquif des cœurs brisés, était toujours à bord.

Le matin, il regagnait sa roulotte pour faire semblant de travailler sur le réseau. Il s'asseyait devant le bureau-alcôve, allumait l'ordinateur, et luttait contre l'appel irrésistible du canapé, secondé en écho par le chant de sirène de la boîte à images. Résistait. Pour le principe. Pas longtemps. Il finissait par abdiquer. La cause des hommes attendrait un peu. Reddition sans condition. Victoire écrasante du couple diabolique sofa-télé. Il s'enfonçait dans l'un et s'immergeait dans l'autre. Corps et âme. Les heures filaient à la queue leu leu, prévisibles, identiques et engourdies.

Il est des moments dans la vie où la réalité se met à flotter dans un espace habituellement réservé au rêve, aux pérégrinations mentales, aux réminiscences. Un espace abstrait où tout est permis parce que rien n'est vrai, comme au cinéma. La roulotte, assoupie sur ses essieux immobiles comme une grosse poule transie, rêvassait dans le calme absolu de cet avant-dernier après-midi de l'automne. Un vague brouillard ouatait toute chose et rendait le silence presque consistant. Kim, bien à l'abri, les yeux mi-clos fixés sur l'écran, les doigts sur la zappette, dérivait dans le coltar. Sa main libre vagabondait sous ses vêtements, avait glissé sous la ceinture de son caleçon, descendait. Il se caressait distraitement, sans y penser, juste pour le plaisir et parce que ça le calmait. Se calmer dans cette ambiance lobotomisée avait l'air à peu près aussi nécessaire que de balancer un verre d'eau à un noyé. Mais bon. C'était bon. Le meilleur passe-temps. Pas cher, pas dangereux, toujours disponible. La meilleure console de jeux c'est encore la bite, avait écrit Gouria, la philosophe de comptoir. Elle avait raison.

La poignée de la porte se mit à tourner. Le mouvement, très lent, précautionneux, avait été précédé de deux petits coups frappés si discrètement qu'ils semblaient provenir du poste. Quelqu'un, vivant ou fantôme, cherchait à entrer. Kim ne fermait jamais à clé. La porte commença à s'ouvrir. Kim sortit la main de son caleçon. Une silhouette sombre, pointue, encapuchonnée, apparut à contre-jour. Fantôme donc.

— Bonjour, Kim…

Philomène ! Le fantôme de Philomène ! Il lâcha la zappette, sauta sur ses pieds et bondit en arrière. La roulotte était hantée. Pas étonnant. L'habitacle devait être imbibé de Philomène. Depuis le temps que Kim ne pensait qu'à elle, jour et nuit, ça avait fini par laisser des traces.

— Excuse-moi de débarquer comme ça, je t'ai fait peur ? Je t'ai réveillé ?

Les fantômes ne parlent pas. C'était une des rares certitudes auxquelles on pût se raccrocher en ce bas monde.

— Philomène ? C'est toi ? En vrai ? Ici ? Je le crois pas…

— C'est bien moi. La pire ordure, l'atroce clitocrate. Moi, quoi.

Il tombait des nues. Se ressaisit.

— Pour venir me faire la leçon, tu sais où me trouver.

— Non, ce n'est pas…

— Mais quand moi je te cherche, y a personne ! Depuis des mois je me casse le cul à essayer de te joindre. Madame a disparu. Sans laisser de traces. Volatilisée. Et subitement, tu te souviens que j'existe. T'es trop forte !

— Kim, écoute…

— Tu me laisses tomber comme une chaussette quand ça te prend, et tu reviens trois mois plus tard, comme une fleur.

— Mais écoute…

— Pas la peine. Je me suis conduit comme un idiot, j'en conviens.

— Mais laisse-moi t'expliquer…

— Y a rien à expliquer. C'est juste que quand je t'ai vue j'ai cru mourir. Quand on est un jeune gland comme moi, y a des choses qu'on peut pas comprendre.

— Justement…

— Alors voilà, je reconnais mes torts. Excuse-moi, je suis vraiment désolé. Tu es fâchée, je comprends. En plus, dans ton état ! Mais qu'est-ce que tu veux que j'y fasse. Ce qui est fait est fait. Je n'y peux plus rien.

— Kim ?

— Et maintenant, au revoir, tu peux aller défiler cette fois-ci, je t'embêterai pas. Je prends pas de droits d'auteur. C'est mon cadeau de naissance. Sans rancune. Au revoir, madame.

— Kim…

— Pardon… Adieu, madame.

— Je peux en placer une ?

— Je t'en prie…

— Pardonne-moi…

— …

— C'est à moi de te demander pardon.

Cette voix… Cette voix le laissait exsangue, fondu, liquéfié. Surtout, ne pas le montrer.

— Quoi ?

— Pardonne-moi le mal que je t'ai fait. Je ne me rendais pas compte. Si tu savais à quel point…

— Comment ça ?

— Quand je t'ai rencontré, je me suis dit c'est lui.

— Moi aussi, je me suis dit c'est elle, c'est la femme de ma vie.

— C'est lui qui va me fournir ce dont j'ai besoin. Le tout petit peu de lui dont j'ai besoin.

Kim se sentit tout mou à l'intérieur. Sa voix trembla légèrement.

— Pour faire la bébée que tu voulais, c'est ça ? Tu m'as pris en sachant déjà que tu allais me jeter ?

— Oui et non. La première fois, ça tombait pile au bon moment.

— Tu t'es servie. Dans un fauteuil. Moi je suis tombé raide dingue. Et toi tu t'en foutais. Comment ai-je pu être aussi gland ?

— Oh non, tu n'as pas été gland. Pas du tout. Quand j'ai su que j'étais enceinte…

— Quand l'as-tu su ?

— Tout de suite. En fait, la première fois a été la bonne. Je me suis dit que j'allais te quitter avant que ça ne prenne des proportions. Je ne voulais rien t'imposer. C'était ta première fois. J'étais ta première fois. Ça me donnait bonne conscience, je me disais que je t'avais pris, mais aussi donné. Ça ne devait pas aller plus loin. On n'impose pas une enfant à un gosse de vingt ans.

— Tu aurais pu m'en parler.

— Tu sais bien que non. T'en parler, c'était te trahir. Si tu disais non, tu tombais dans la culpabilité. Si tu disais oui, tu te retrouvais avec une charge bien trop lourde.

— Comme tout ça est bien pensé. Tu ne m'as jamais aimé…

— Oh si, je t'ai aimé. Chaque jour qui passait rendait les choses plus difficiles. Je m'attachais à toi de plus en plus profondément. Mon état allait finir par se voir et je me complaisais dans ta légèreté, ton insouciance, tu étais si drôle, si émouvant avec tes indignations, si enthousiaste. Et tellement beau, par-dessus le marché.

Elle l'enveloppa d'un regard qui le carbonisa. Le petit tas de cendres qu'il se sentait devenir ne se lassait pas d'écouter cette voix qui éclairait tant de mystères.

— Et tu l'es encore plus, si c'est possible.

— Mais si tu m'aimais, comment as-tu pu…

— Un jour, Rigoberte m'a parlé. Et j'ai compris que j'étais en train de me comporter comme si j'avais ton âge. Tu étais mon bain de jouvence, je retombais en adolescence, avec seulement les bons côtés. J'oubliais que j'étais enceinte. Je m'étais piégée moi-même. Puis tu m'as extorqué la promesse d'aller à ce défilé. Je ne savais plus te résister. C'était ridicule. Et dangereux. Y aller aurait marqué un point de non-retour, je ne pouvais pas me le permettre.

— Tu as préféré la trahison.

— Je me suis dit qu'à ton âge, bien plus qu'au mien, on oublie vite. On croit mourir, et trois jours plus tard on se retourne sur un autre sarrau. Le plus beau cadeau que je pouvais te faire, c'était te rendre ta liberté de tout jeune homme sans entraves et sans regrets. C'était te donner la possibilité de m'en vouloir, même. Assumer le mauvais rôle. Partir sans un mot, sans explications, sans réclamations. J'étais sûre que tu m'oublierais, même si moi je ne pouvais pas t'oublier.

Elle prononça cette dernière phrase en se posant les mains sur le ventre. Son ventre. Pendant qu'elle lui parlait, que ses paroles faisaient couler dans ses veines d'homme trahi un fluide apaisant, exaltant, il pensait à son ventre. Il imaginait chaque cellule du corps de Philomène, en activité incessante depuis des mois, comme une petite usine à vie, mettant le meilleur de son énergie dans la fabrication patiente d'une nouvelle existence. Chaque goutte de sang, chaque influx nerveux, chaque battement de cœur, chaque émotion, chaque souffle apportait son écot dans une microscopique agitation de ruche. De ces milliers de petits efforts additionnés naîtrait, dans quelques mois, dans un spasme éreintant de violence et de sang, une enfant. Une enfant de lui. C'était étrange. Il se sentait inutile. Toute cette sublime mécanique se faisait sans lui. C'était tellement injuste. Il se sentit intimidé. Impuissant. Comme face à la masse inquantifiable d'un océan.

— Tu es venue jusqu'ici juste pour me dire ça ? Je croyais que je n'existais pas pour toi.

— Me laisser filmer l'autre soir tenait peut-être de l'acte manqué. Tu as été estomaqué en me voyant, je le comprends. Mais à côté de ce que moi j'ai ressenti en te voyant, c'est tripette !

— Je suis désolé.

— J'étais encore à l'Assemblée, avec plein de monde. J'en pleurais. Je ne pouvais plus m'arrêter. Elles ont eu peur que je leur accouche sous le nez, devant les journalistes. Elles m'ont évacuée vite fait. Elles croyaient que je pleurais de rage, je n'ai rien fait pour les détromper. Mais c'était de joie, d'émotion. Tu ne m'avais pas oubliée. Et tu as grimpé là-haut pour le hurler au monde. Jamais, au grand jamais on ne m'a fait une déclaration pareille. Jamais, de toute ma vie, je n'ai été aussi heureuse. Alors voilà, je suis venue te dire pardon, et merci. Et si tu veux encore de moi…

— Philomène !

Il n'y tint plus. Toutes les barrières qu'il avait eu peine à contenir s'écroulèrent. Il la prit dans ses bras. Oups ! Pas facile ! Son ventre protubérait de six mois, changeait la donne. Il ajusta l'étreinte, la souleva complètement, la serra avec précaution.

— Philomène. Pas besoin de la Lune. Je te le dirai jusqu'à la fin de mes jours. Je t'aime, Philomène. Je n'aime que toi. Ne compte pas sur moi pour t'oublier. Je t'aime.

La roulotte tangua comme on s'ébroue. Elle avait repris des couleurs. On allait vers les beaux jours.

55.

La parade commençait longtemps après la tombée de la nuit. On prendrait une collation avant, pour lever contre le froid une barricade de friandises de saison, petits pains chauds au fromage fondu, lamelles de jambon noir et de viande séchée posées sur des galettes grillées, bouchées de pâté de soja au miel et sésame, vin chaud à la cannelle et liqueurs de résine. Dans la roulotte, on s'agitait. Kim et Loup choisissaient leur tenue avec fébrilité. Ils étaient dans un état d'euphorie presque douloureuse, à bout de nerfs. Ils se sautaient dessus à tout bout de champ, s'embrassaient, partaient dans des fous rires pour tout et pour rien. Les ex-éclopés pétaient le feu. Heureux comme des canards le jour de la fermeture de la chasse. Ils avaient présenté l'une à l'autre Philomène et Adélaïde. Elles avaient échangé ce sourire spécial de deux femmes partageant les deux pôles d'une amitié virile, empreint de la conscience qu'ils se racontaient probablement tout, du moindre câlin à la galipette la plus élaborée. Un sourire compliqué, à la fois complice, orgueilleux, et embarrassé. Plein de sexe et de défi. Et de profil bas. Au cas où les confidences auraient été vraiment précises.

Chacune se préparait, et tout le monde, même Gil et Rigoberte, se retrouverait au salon pour prendre une coupe et manger un morceau avant de partir rejoindre Philomène, reine de la fête, prête à prendre la tête du défilé. C'était une chance d'accompagner une participante. Philomène disposait d'une ribambelle d'invitations, qui donnaient droit à des places assises, chauffées, à la tribune d'honneur, avec petits-fours et tout le tremblement. Loup avait déjà pensé, et minutieusement préparé, les vêtements qu'il porterait ce soir, mais Kim se livrait à une totale improvisation. Il retrouvait intacte l'émotion qu'il avait ressentie trois mois auparavant, avant le grand gâchis Jaune. Il hésitait, essayait un caleçon pailleté, faisait voir à Loup, changeait d'avis, passait une redingote courte à revers de satin, demandait à Loup de choisir. Sexy ravageur à faire loucher la gent féminine ? Ou dignité toute neuve de futur père ? Tout en se maquillant méthodiquement, par petites touches pour que ça tienne toute la nuit, Loup conseillait à Kim de la jouer bimbo à mort, poupon Barbu, mascotte de fille.

— Fais comme moi, signe extérieur de richesse. Qu'elle soit fière. Elles adorent frimer.

— C'est pas de la frime, c'est de l'amour.

— L'une n'empêche pas l'autre.

— Je vais le dire à ma sœur !

Kim et Loup finirent pas être prêts. Leur cuirasse d'ivoire luisait comme une tenue de combat. Ils allaient être les plus beaux. Ils s'étaient fait un teint de coquillage, avaient allongé leurs cils avec le nouveau Rimmel blanc qui faisait fureur, avaient mis des perles à leurs oreilles, crêpé leurs cheveux et les avaient vaporisés d'une impalpable poussière pailletée. Ils enfilèrent leurs doudounes longues de nylon cristal bourré de duvet immaculé et traversèrent le jardin.

Gil et sa chevalière servante étaient déjà arrivées. Rigoberte, joviale comme à son habitude, avait tendu à son hôtesse un magnum de Veuf Coquelicot rosé. Bernardine s'en saisit avec une gourmandise dont on ne savait pas trop si elle venait de la vue de la bouteille ou de celle de Gil, éblouissant dans un ensemble fluide d'un cachemire soyeux qui accrochait autant la lumière que le regard. À son cou, une écharpe de mousseline rebrodée de minuscules perles pesait comme un bijou.

— On va lui mettre le cul dans la glace et lui faire sa fête !

Gil sourit.

— Ah non, pas le cul dans la glace, je veux pas attraper un rhume de fesse !

Dans la bouche de Gil, une telle grivoiserie avait quelque chose de forcé. Bernardine rit pour la forme, jeta un œil vaguement inquisiteur sur celui qu'elle considérait comme son homme, et qu'elle connaissait si bien. Quelque chose le gênait, et il mettait tout son soin à n'en rien laisser paraître. À observer, mine de rien. Pourquoi Gil était-il triste ce soir ? Elle voulait le savoir.

La foule affluait vers la porte du Soleil, terme de la parade. Elles s'avancèrent avec une certaine difficulté jusqu'à la tribune, où des hôtes d'accueil vêtus comme des Mères Noëlle, mais en beaucoup plus court, jouaient les cerbères. On les laissa passer avec des gestes de bienvenue. Philomène était quelque part au milieu de l'avenue qui verrait le départ du cortège. Les participantes se rassemblaient, mettraient une quarantaine de minutes à boucler le parcours. Les écrans géants, de part et d'autre de la tribune, s'animaient déjà des mouvements de foule et des vues aériennes transmises directement sur les chaînes de télévision. Kim appela son amoureuse, il ne se lassait pas depuis la veille de répéter ce mot, son amoureuse. Elle faisait partie de la tête de défilé avec les autres députées enceintes, une quinzaine. Il lui roucoula quelques encouragements et rejoignit les autres.

L'espace sous la tribune avait été emménagé en open-bar. D'épaisses tentures de velours ivoire masquaient les tubulures de la structure métallique et créaient une sorte d'immense tipi ouaté. Des hôtes d'accueil assortis au décor promenaient leur gigantesque silhouette et proposaient sur des plateaux d'extraordinaires petits-fours qu'on aurait dit taillés dans un rayon de lune, des petites choses cristallisées comme des étoiles de neige qui fondaient dans la bouche en créant une divine surprise : c'était chaud et salé, alors que ça avait l'air d'un bonbon frigorifié.

Bernardine profita de la conversation qui animait Gil et Loup autour d'Adélaïde au sujet de la recette de ces nuages comestibles pour prendre Rigoberte sous le bras et l'entraîner un peu à l'écart.

— Dis-moi, Rigoberte, avec Gil, ça se passe toujours bien ?

— On ne peut mieux. Il s'en sort très bien. Au moins apparemment, il a chassé ses idées noires. La preuve, c'est qu'il a des projets.

— Des projets ?

— Mais oui, c'est dingue. C'est bien un truc d'homme…

— C'est-à-dire ?

— Je sais pas si c'est génétique ou quoi, mais faut toujours qu'ils se dévouent, même si tu leur demandes rien…

— Moi, personne se dévoue pour moi. J'aimerais bien…

— Pas plus tard qu'hier je le vois débouler avec des outils, des trucs de jardinage. Je lui demande ce qu'il va en faire, sais-tu ce qu'il me dit ?

Bernardine voyait très bien.

— Non…

— Il voulait refaire mon jardin ! Mon jardin à moi ! Tu te rends compte ? Depuis le temps que je suis célibataire ! Où ça va pas se nicher ? On se sent agressée par des trucs comme ça. Mon jardin, il est bien comme il est. C'est mon sanctuaire. Rien n'a bougé depuis… Et l'autre qui rapplique avec son râteau ! J'ai manqué d'enthousiasme de manière assez éloquente. Fin moucheron comme il est, il ne lui fallait pas plus d'explications.

Les deux copines se prirent par le bras. Bernardine savait ce qu'elle voulait savoir. Elles se frayèrent un chemin jusqu'à Gil, Kim, Loup et Adélaïde. La tribune était presque entièrement occupée, les meilleurs sièges accueillaient quelques membres du gouvernement avec leurs époux. La parade venait de commencer, on entendait se rapprocher la musique et, comme en écho, sa retransmission par les haut-parleurs. Le résultat donnait une sorte d'harmonie irréelle et décalée qui convenait aux circonstances. De la tribune, l'effet d'ambiance céleste était très réussi. Kim ne quittait pas les écrans des yeux, attendait l'apparition de sa dulcinée. Il ne pouvait pas la manquer, elle défilait au premier rang.

Une clameur enthousiaste monta de la rue. Kim n'eut pas le temps de se demander pourquoi. Il reconnut le faciès ahuri qui venait d'apparaître sur les écrans : c'était lui ! Lui-même ! Sa bouche s'ouvrit, ses yeux s'écarquillèrent. Sur l'écran, même chose. Un gland total. Il n'avait pas vu la caméra, n'arrivait pas à la repérer. Son visage disparut enfin. Remplacé par des images qu'on avait vues en boucle depuis des jours, et qui lui parurent dater d'une vie antérieure : lui-même, fou de rire, accroché à la Lune, en zoom arrière, de son visage à sa minuscule silhouette d'amoureux agrippé à une étoile. La foule délira, une marée de hourras et de bravos se déchaîna jusqu'à lui, qui ne se calma pas quand un fondu enchaîné laissa apparaître le visage souriant de Philomène, éclairé par le halo doré de sa couronne de bougies.

On n'entendait pas les commentaires des reporters, mais Kim pouvait les deviner : des centaines de sourires étaient tournés vers lui. Son histoire avait ému tout le monde. Il ne savait littéralement pas où se mettre, regrettait d'être là. Il en avait oublié de regarder Philomène. Les caméras filmaient maintenant la suite de la parade, le flot des Femmes Bulles s'écoulant sereinement en direction de l'Arche comme un courant irrépressible de foi en la vie. Kim fut soulagé que l'attention générale se fût distraite vers d'autres sources. Au sourire satisfait de Rigoberte il soupçonna que le clin d'œil de la télé n'avait rien eu de fortuit. Il espéra que Philomène n'y était pour rien… On ne pouvait pas savoir. Ce genre d'épisode ne pouvait qu'être médiatiquement payant et pour Philomène et pour son parti. C'était une évidence. On n'était jamais seul avec une femme politique.

Kim regarda la suite du défilé avec d'autres yeux. Tenta de repérer les caméras et se composa une attitude. Il sentit coller à sa peau celle du personnage qu'il était censé jouer. Un jouet, justement. Un jouet dans la panoplie de la femme qu'il aimait. Et qui l'aimait, ça ne changeait rien. Adélaïde, comme si elle lisait dans ses pensées, lui pressa le bras.

Cet après-midi, juste après une de ces étreintes qui l'amarraient à Loup un peu plus solidement chaque jour, Adélaïde avait mentionné le billet d'avion, le retour dont elle devait confirmer la date. Il leur restait une petite dizaine de jours. Elle avait raconté à son amoureux l'implacable compte à rebours qui avait commencé à lui grignoter les entrailles, tout au fond d'elle, loin encore, mais rongeant insensiblement le noyau même de son bonheur tout neuf. Elle savait qu'au creux des félicités les plus extatiques se glisse toujours une particule de tristesse qui tient à la conscience même de la brièveté des choses, de leur fragilité. Elle regardait Loup, le voyait déjà s'éloigner, voulait le graver, à tout jamais, dans ses prunelles, sa peau, sa mémoire.

Loup la tenait par les épaules, la serrait contre lui. Elle était exactement celle dont il avait toujours rêvé. Elle était l'amour. Il n'avait qu'à saisir sa chance. Il commençait à comprendre qu'il ne pourrait pas. Il se sentait vide. Incapable. Il avait réussi à la séduire, et c'était inespéré. Mais n'arrivait pas à l'aimer. Il aimait se laisser aimer, aimait inspirer l'amour. Il avait su se faire aimer d'elle. Ça n'avait même pas été difficile. Il aurait tant voulu ressentir cette force. Mais il se voyait de l'extérieur, il se regardait fonctionner telle une mécanique absurde. Son cœur battait comme une horloge qui ne marquait que le vide. Son corps répondait comme un moteur déconnecté qui tournerait pour rien. Il la regarda, si heureuse, si confiante, si sûre. Et il en conçut de l'irritation. Elle ne voyait donc rien. Loup se sentit submergé de chagrin, atterré par sa capacité à donner le change. Seul Gil était difficile à tromper. Mais les autres ! Son histoire avec Adélaïde ressemblait tellement à ce que tout le monde avait envie de vivre que personne n'y regardait de plus près. Même pas elle. Signe extérieur de tendresse. Signe extérieur de passion. Signe extérieur d'amour. Et, dedans, des cendres.

Ce n'était que le premier couplet d'une longue petite chanson qui allait leur faire du mal, qui lui en faisait déjà, mais sur laquelle il était en train de construire un mensonge vital, un mensonge de survie. Un mensonge pour faire taire les réminiscences, éteindre les flashes qui au plus noir de la nuit venaient régulièrement trouer son sommeil.

— Je ne pars que pour trois mois, même pas, et après on ne se quitte plus, lui avait-elle dit.

Il redoutait ces trois interminables prochains mois. Mais ne savait pas le dire. Il n'allait vivre que dans l'attente du moment où il la reprendrait dans ses bras comme il la tenait à cet instant précis. Ce n'était pas de l'amour, c'était de la peur. Et s'il avait trop peur il chercherait ailleurs une chaleur rassurante. La peur est une maîtresse autrement exigeante qu'une amoureuse. Il avait peur de ne pas tenir. Il avait peur de trahir. Il avait peur de ne jamais guérir. Il se détestait. Il se méprisait. Il avait toujours méprisé les lâches. Le seul moment où il avait oublié de se détester, c'était face à son adversaire, à la boxe. Entre les cordes, on savait qu'on allait prendre des coups. Et en donner. Ça avait le mérite de la clarté. Il savait qu'il n'arriverait pas à s'empêcher d'y retourner.

Gil regardait l'avenue, les gens, la parade qui approchait. Il ne voulait pas décevoir ses enfants, essayait de se laisser envahir par la gaieté ambiante, mais sa pensée faisait preuve d'une autonomie incontrôlable, et revenait malgré lui rôder autour de la même obsession. Comment avait-il pu se laisser aller à envisager de faire ce jardin ? Il avait été pris en faute, rappelé à l'ordre gentiment, comme on montre à une enfant la limite de son terrain de jeu, au-delà duquel elle gêne les adultes. Gil n'en avait rien laissé paraître, mais il s'était senti humilié. Profondément. Il se rendait compte avec une terrible acuité que sa situation ne lui permettait pas d'exprimer ses sentiments, d'agir librement en fonction de ce qu'il ressentait. Il devait forcément y mêler la réalité de sa dépendance matérielle. On ne choisit pas quand on dépend des autres.

S'il restait chez Rigoberte, il la parasiterait et ça finirait par devenir lourd. Il pouvait toujours, en foulant au pied sa fierté, revenir chez Bernardine. Quel serait le poids des considérations de simple survie dans cette réunion avec sa marie ? Où était sa liberté d'aimer ou de cesser d'aimer ? Ce qui n'aurait dû être guidé que par les exigences du cœur obéirait à des nécessités d'ordre alimentaire. Le cœur passant par l'estomac, tel était finalement le destin de l'homme au jardin. Il lui restait toujours une alternative, le vieux cauchemar de ses aïeuls, encore tristement réel. Pousser sa roulotte dans la rigole et affronter la précarité mortelle de qui sortait du giron féminin. Se laisser glisser, mourir, pourrir, comme tant d'autres. La parade des vies annoncées avançait lentement vers lui avec ses promesses dégoulinantes. Les petits garçons à naître apprendraient dès le berceau à plaire pour survivre. À s'accrocher pour ne pas se faire jeter.

Gil ne voyait des bougies que leurs larmes de cire.

Le cortège s'immobilisa devant la tribune et fut applaudi par la publique debout. La Présidente ne s'était finalement pas déplacée. La Première ministre promit d'être brève, et tint parole. On allait chanter la *Chanson Blanche* juste avant le feu d'artifice. Philomène en profita pour rejoindre Kim. Il se jeta sur elle. Elle interrompit son élan.

— Attention, laisse-moi enlever ma couronne… Je vais mettre le feu…

— Ça fait longtemps que c'est fait…

Elle se décoiffa, Kim l'aida à éteindre les bougies.

Les souffleries d'air chaud se mirent en fonctionnement, avec une surprise de dernière minute concoctée par les organisatrices : l'air chaud crachait de la fausse neige qui mit la foule en extase. Tout le monde se resserra pour se tenir chaud et s'extasier comme il se devait. Adélaïde s'était vautrée sur Loup. Kim couvait Philomène qui couvait son ventre. Gil avait glissé ses bras sous celui de ses voisines. Les premières fusées firent péter dans le ciel des milliers de carats éphémères. La plus longue nuit de l'année explosait comme une tempête.

Équinoxe de printemps

56.

On attribuait le nom de la Fête Verte à la couleur des choux dans lesquels la légende voyait naître les petites filles. À ce compte-là, remarquaient les hoministes, on aurait pu également l'appeler la Fête Rose, puisque les petits garçons prenaient joliment naissance dans ces fleurs. L'origine du nom de la Fête Verte se trouvait plus probablement, et tout simplement, dans les teintes du renouveau de la nature.

Au matin de l'équinoxe de printemps, avant le déjeuner, on promenait au premier soleil les enfants nées depuis le printemps précédent. On exposait, disaient les méchantes langues, la récolte de l'année. C'était le seul défilé motorisé. Les intervenantes ne dominant qu'à peine la station debout et pas du tout la marche, on les installait sur des chars, munis de puissants moteurs électriques afin qu'on n'entendît que les comptines et les chansons enfantines diffusées par les haut-parleurs. Les véhicules des plus petites figuraient des poussettes et des landaus géants. Un peu plus grandes, elles étaient embarquées sur des manèges qui avançaient en tournant sur des musiques foraines. Les aînées des toutes-petites étaient assises dans des paniers géants. Déguisées en petits fruits et en petites fleurs elles lançaient des pétales sur les spectatrices, dont certaines filmaient les bambines depuis les trottoirs. C'était à leur caméra qu'on reconnaissait les parentes.

Le défilé portait les couleurs pastel, fraîches et naïves. Tout évoquait la petite enfance. L'avenue était décorée de fleurs aux couleurs douces, de guirlandes de tototttes, nounours et biberons. On lâchait dans la fraîcheur acide du matin des ballons aux tons tendres et, autour de la Grande Arche, les souffleries faisaient danser des milliers de rubans multicolores. On distribuait des bonbons acidulés, des sucettes comme des roues de trottinette, des barbes à papa, des spirales de guimauve. C'était mignon, adorable, délicieusement gnangnan, à la limite du supportable pour qui n'avait pas d'enfant.

Gil jeta un œil distrait sur la télé qu'il avait installée dans sa chambre. Il avait adoré ces défilés quand ses propres enfants y participaient. Il recevait les consignes, par la poste, dès le mois de janvier. Il fallait obéir à un code couleur, et présenter les enfants avec leur stock de pétales et de bonbons, qu'on ne fournissait gracieusement qu'aux familles modestes. Dès l'année suivante, il y retournerait. La bébée de Philomène était sur le point de naître. Son statut de grand-père au jardin le mettrait en première ligne à la parade des nourrissonnes. Au jardin était une façon de parler. Gil avait négocié chaque détail de son retour chez Bernardine. Il avait eu pleinement conscience que poser ses conditions constituait en soi un privilège, il avait de la chance. Il pensait à certains de ses amis, dont la marie avait séduit un autre homme. Ils retournaient en deçà de leur point de départ. À vingt ans, la roulotte avait un parfum d'aventure. À cinquante, elle était le signe évident de l'échec. Échec à se faire aimer, échec à se rendre indispensable, échec de toute une vie de dépendance. Gil, encore chez Rigoberte, avait pesé le pour et le contre. Chez Bernardine, il avait au moins sa légitimité de père de famille. Chez Rigoberte, il n'avait que son reflet dans un souvenir. Et il n'est pas bon pour un reflet de devenir réalité. Il valait mieux battre le fer quand il était chaud, et, puisque Bernardine le réclamait encore, Bernardine allait l'avoir.

Gil aurait adoré choisir, s'installer seul et attendre d'y voir clair dans ses propres sentiments. Mais ce luxe était hors de sa portée. Il avait donc formulé ses exigences. Une chambre à lui dans la maison, et un job à temps partiel à la Foon. Il chapeauterait à l'avenir l'implantation, l'organisation et l'entretien des espaces verts du siège social, sélectionnerait les espèces qui survivent avec peu de lumière, programmerait les changements de décor au fil des saisons. Une fonction simple au titre ronflant, exactement ce qu'il fallait à l'homme de la patronne. Personne n'était dupe, lui moins que quiconque. Il restait dépendant, mais avec dignité. N'avait pas les moyens de faire autrement. Au moins disposait-il d'un budget personnel et d'un espace sous un vrai toit.

Rassurée par ce qui ressemblait à un retour à la normale, Bernardine se montrait charmante et attentionnée. Gil jouait le jeu. Donnait des signes d'affection. Il aimait sa marie, il l'aimait beaucoup, il l'aimait vraiment, mais comment oublier qu'il était, et restait, un jouet ? Un jouet préféré, c'était sa chance et il devrait s'en contenter. Gil veillait sur Loup, était allé le récupérer à la boxe une paire de fois, avait réussi à l'empêcher d'y retourner, protégeait son fragile équilibre. Il redoutait de voir se reproduire à la génération suivante le piège de silence qui avait décoloré sa propre vie. Il ferait tout pour l'éviter.

Mars avait pleuré toutes ses larmes, giboulé à qui mieux mieux pendant trois semaines. Mais, ce matin, les déesses de la météo étaient du côté des moutardes. Un petit soleil aigrelet avait évaporé les dernières gouttes de rosée et on avait replié les parapluies qui auraient hérissé le défilé de leurs tranches bigarrées au cas où le ciel eût persisté dans ses dégringolades.

Kim et Loup, côte à côte dans leur chère roulotte, regardaient le jardin à travers la vitre. Les fleurs roses et blanches des fruitiers et quelques bourgeons d'une pâleur veloutée mouchetaient de confettis le gris qui persistait. Les langues toutes fraîches des feuilles du saule dont personne n'avait encore coupé la frange cinglaient au passage, laissaient sur le visage leur petite trace mouillée. Kim était venu prendre quelques affaires, il bivouaquait chez Philomène, ne se résolvait pas à s'installer pour de bon, par une sorte de superstition qui lui faisait craindre que toute installation apparemment définitive ne porte en elle les prémices d'une inéluctable séparation. Mais il n'avait pas passé une seule nuit à la roulotte depuis trois mois. Philomène, sur le point d'accoucher, allait partir à la maternité livrer son combat solitaire et glorieux. Il avait insisté pour l'accompagner. On admettait désormais, bien qu'avec réticence, la présence des hommes sur les lieux de naissance. Il avait bien l'intention d'assumer son rôle, aussi limité fût-il. Jouer les seconds couteaux ne lui plaisait guère, mais la biologie posait des limites à ses ambitions.

Kim avait, quelques jours auparavant, pris une leçon dont le goût amer lui restait en travers de la gorge, et dont il sentait qu'elle alimenterait longtemps sa soif de revanche. Rigoberte lui avait demandé où en étaient ses recherches. Il lui avait fièrement remis un dossier de plusieurs centaines de pages, fruit de son travail solitaire de bénédictine obstinée. Le document, baptisé « Rapport Cargis », puisque Rigoberte l'avait signé et s'en attribuait tout le mérite, avait fait l'objet d'une conférence de presse et un certain bruit dans les médias. On avait salué son sérieux, son exhaustivité, et la compétence de sa rédactrice. Pas une fois, même de manière allusive, le nom de Kim n'avait été prononcé. Rigoberte était devenue championne d'une cause qui l'indifférait profondément mais pouvait valoir à son parti des suffrages précieux. Kim savait que son travail irait rejoindre la poussière des étagères ministérielles, mais il aurait apprécié, à tout le moins, un petit remerciement de celle qui tirait seule le bénéfice de l'opération. Il s'en était ouvert à Philomène, qui, d'un sourire, lui avait fait comprendre à quel point il lui restait, avant une reconnaissance qui ne viendrait peut-être jamais, de chemin à parcourir. Et encore ! Kim, comme individu, arriverait à la notoriété bien avant que ses idées ne soient perçues comme légitimes.

Kim soupira contre la vitre, qui se couvrit d'une petite buée. Loup se tourna vers lui.

— Comment ?

— Je ne dis rien, je réfléchis…

— Oui, je sais, ça doit être flippant…

— Quoi ?

— Enfin, surtout pour la pauvre gosse qui t'aura pour père…

Kim le chahuta, le jeta sur le canapé.

— Tu ferais mieux de te dépêcher, tu vas être en retard à l'aéroport, faire attendre ta dulcinée, quelle horreur ! Elle va en profiter pour partir avec un autre. Un beau, un bien roulé…

Loup se dégagea. Retourna surveiller le jardin.

— Elle atterrit dans trois heures. Elle est encore au-dessus de l'Océan.

— Vous vous installez dans la maison ?

— C'est ce qu'elle a l'air de dire. Pauvre roulotte, elle va être toute vide.

— Vous avez parlé de tes intentions imbéciles ?

— Trois heures au téléphone…

— Et ?

— Elle pense comme toi, elle dit que c'est la plus grosse glanderie qu'elle a entendue de sa vie, elle veut pas en entendre parler. Ça ne me laisse guère le choix.

— Heureusement. C'est bien ma sœur, elle en a dans le citron, pas comme un que je connais. Quelle idée. Laisser tomber ton job ! T'occuper du jardin d'Adélaïde ! Faut être malade !

— Je croyais qu'il n'y a rien de plus beau au monde que de se consacrer à celle qu'on aime.

— Oh, tu me fatigues avec tes histoires à l'eau de bleu.

Kim, Gil et Loup rentraient à la maison. C'était sûrement un signe. Les temps changeaient. Les hommes partageaient un peu le monde avec les femmes, désormais. Tissaient des liens quotidiens dans le partage de sphères radicalement incompatibles pas si longtemps auparavant. Vivre au foyer était-il une garantie de liberté nouvelle ? Ou bien une façon inédite de domestiquer les hommes et de les soumettre encore, différemment, avec la même poigne ? Kim ne le savait pas. Il songea à son enfant, qui arrivait au monde au moment même où la roulotte perdait son statut millénaire de maison des hommes. Un jour, si les hommes réussissaient, les cabanes ne seraient plus que des abris pour les outils de jardinage et les ustensiles de barbecue. Demain, le premier jour du printemps venait au monde.

FIN

Table

Cet ouvrage a été imprimé par

FIRMIN DIDOT
GROUPE CPI

Mesnil-sur-l'Estrée

pour le compte des Éditions Robert Laffont
24, avenue Marceau, 75008 Paris
en avril 2003

Imprimé en France

Dépôt légal : avril 2003
N° d'édition : 43780/01 – N° d'impression : 63727